顾七兮 著

时光未老，
终于
等到你

Deng dao ni

七年前，
你放开我，不是因为我不够好；
七年后，
我遇上他，为了真爱不顾一切。
看「情伤小剩女」相亲路上披荆斩棘，
收获满满幸福！

远方出版社

图书在版编目（CIP）数据

时光未老，终于等到你 / 顾七兮著 . —呼和浩特：远方出版社，2017.9

（紫水晶情感小说系列）

ISBN 978-7-5555-0956-1

Ⅰ.①时… Ⅱ.①顾… Ⅲ.①长篇小说—中国—当代 Ⅳ.① I247.5

中国版本图书馆 CIP 数据核字（2017）第 228339 号

时光未老，终于等到你
SHIGUANG WEILAO, ZHONGYU DENGDAO NI

作　　者	顾七兮
责任编辑	云高娃
责任校对	云高娃
出版发行	远方出版社
社　　址	呼和浩特市乌兰察布东路 666 号　邮编 010010
电　　话	（0471）2236471 总编室　2236460 发行部
经　　销	新华书店
印　　刷	三河市华东印刷有限公司
开　　本	170mm×240mm　1/16
字　　数	241 千
印　　张	18.25
版　　次	2017 年 9 月第 1 版
印　　次	2018 年 3 月第 1 次印刷
标准书号	ISBN 978-7-5555-0956-1
定　　价	48.00 元

如发现印装质量问题，请与出版社联系调换

目录

第1章　相亲遇到极品 / 001

第2章　初次相识 / 013

第3章　渐渐相熟 / 023

第4章　刁蛮婆婆 / 043

第5章　温情感动 / 061

第6章　暧昧流转 / 070

第7章　极品兄妹 / 083

第8章　情感纠结 / 104

第9章　假戏真做 / 120

第10章　情意绵绵 / 142

第 11 章　三个人的电影 / 159

第 12 章　暗伤，残爱 / 175

第 13 章　电视台相亲 / 188

第 14 章　初恋情人 / 207

第 15 章　执着的偏爱 / 232

第 16 章　爱情，不靠谱 / 257

第 17 章　大结局，我们要结婚 / 282

第1章　相亲遇到极品

"夜然，都什么时候了，你竟然还有心思在这看杂志？皮痒，欠抽是不？"

夜然捏着杂志的手，不由自主地颤抖了下，心跳更是快了好几拍，脑子里条件反射地冒出几个字：看吧，母老虎要发威了。

"夜然，你少给老娘装死！"美阳一阵河东狮吼，从厨房内杀气冲冲地奔出来，接着朝夜然恼火地抱怨着，"当初要我介绍对象的是你，这会儿约好了要相亲，你又推三阻四地给我找借口不去，你几个意思啊？存心找茬不是？存心寻我开心是不是？"

夜然心虚地看了眼围着围裙手里举着锅盖和菜刀的美阳，她这个形象，怎么看怎么像泼妇骂街！想当初，在学校是温柔的小绵羊，一结婚，就沦落成这般模样了……婚姻这个坟墓真……真……感慨万千哪。

"夜然，我可告诉你，你今天要敢说不去，我就跟你没完！"美阳一手插着腰，一手拿着菜刀气呼呼地指着夜然警告。

夜然抬眼，无辜地望着美阳那起伏不定的胸脯，悔得肠子都青了，心想：当初不该在失意的时候，大唱我会孤单一辈子；不该在热衷于做红娘的美阳面前似真似假地表现出恨嫁的心态；更不该开着要相亲的玩笑……以至于现在沦落到要被逼着去相亲。

"没话说了是吧？那快去相亲吧。"

夜然嬉皮笑脸道："美阳，这个相亲……我没说不去，只是，我还没做好心理准备，给我点时间缓缓嘛。"

美阳似笑非笑地盯着夜然，轻轻地拍了拍胸脯，很努力地让自己的声音听起来温和些，"相亲要什么准备？你想缓多久呢？"

"比如说，买套漂亮的时装，换个好看的发型，再做个全身的SPA……"夜然的声音越来越小，底气也越来越不足。

"嗯哼？这些你不都时刻准备着么？"美阳冷哼了一声，挥舞着手里的锅盖和菜刀蠢蠢欲动，"你没脸见人吗？"

碍于锅盖和菜刀的威胁，夜然很没骨气地摇摇头，识相地回道："好吧，就算我这张老脸还能见人，可是，相亲耶，这么伟大神圣的事，你一下子给我安排了两个，这场子，我赶得及吗？"

"别废话，你现在就给我去。相一个是一个，等真来不及再说。"美阳粗暴地将夜然手里的杂志抢了去，接着连推带踹地将夜然踢出了门，砰的一声关上了大门。

夜然一阵目瞪口呆之后，才想起她还没问美阳到底要跟谁相亲？去了咖啡厅，不知道哪个是相亲主角，难不成，她得一个一个去问？

正当夜然抬手准备敲门时，美阳拉开门探出头，将杂志毫不犹豫地塞回到夜然手中，殷勤地关照说："这本杂志是暗号，我一会儿要去接孩子，第一场相亲就不作陪了，第二场我陪你哈！你给我认真点，不许胡来。"

杂志？暗号？怎么搞得跟地下党会面一样神秘兮兮。

夜然呆呆地看着手里这本幸福婚恋杂志，心头不由得升起了一阵酸涩。曾经她是多么渴望在最美好的年华里遇见属于自己的王子，然后一起手牵着手，幸福地慢慢变老，可事实上是，王子遇见了，她却不是公主。时间飞逝而过，七年过去，她从一个天真烂漫的女生，渐渐变成了剩女。爸妈开始急了，朋友开始急了，亲戚也都开始急着想喝喜酒了，唯有夜然自己依旧偏执地等待着，等待着一个未完的承诺，一个年少时的约定。

"夜然，别怪我没提醒你，你要是敢不去，或者半路开溜的话，后果自负！"美阳狠绝的声音清晰地传到夜然的耳中，丝毫不给夜然任何开口的机会。

这八年的朋友，果然不是白做的，美阳实在是太了解夜然了，连夜然准备开溜都被她算到。好吧，退路被堵死，又遭威逼利诱，夜然仰头大步往前走。

不就是相亲吗？不就是跟个陌生男人随便扯些家常吗？有什么难的！来一个杀一个，来两个杀一双，姐姐就让他们华丽地拜倒在自己的花花裙下。夜然豪情壮志地给自己打着气，穿着八厘米高的高跟鞋，扭着小碎步，走得那叫风姿绰约。

"啊——"随着一声惊呼，夜然咬唇无语地望着从她身边呼啸而过的白色宝马。车是好车，但是，在这样狭小的街道上疾驰，也忒拉风了点吧？

拉风就拉风吧，人家有资本，夜然没意见。但是，她为了闪躲被车撞的命运，朝后挪了一大步，长裙钩到一旁的建筑物，此时的高跟鞋不稳，脚向前迈了一步，那飘逸的长裙非常给面子地扯开了长长的一个口子，声音真脆……可是这也太有碍观赏了吧？

"真是出门撞鬼，流年不利。"夜然深呼吸了口气，将怒火生硬地压下，看了看破损的长裙，她毫不犹豫地伸手将本来飘逸的长裙撕开，此时地道的辣妹短裙，刚好能包住屁股，而且绝对是那种不修边幅的毛边型……

夜然将撕扯下来的布片扔进一边的垃圾桶，然后站直了身子，认真地将身上的短裙整理了一下。

这时，白色宝马再一次拉风地倒了回来，直接停到了夜然面前。

摇下车窗，车内探出一个男子的面孔：光洁白皙的脸庞，透着棱角分明的俊朗；乌黑深邃的眼眸，泛着迷人的色泽；那浓密的眉，高挺的鼻，绝美的唇形，无一不在显示此人的高贵与优雅；那飞扬的剑眉，嘴角挂着温和淡雅的笑意，仿佛跟记忆里的青涩少年重叠了起来。陈铭轩，是你吗？

眼前的男子朝着夜然歉意地笑笑，"小姐，对不起！"

夜然从幻想中被拉回现实，失落地撇了撇嘴，生硬地回了句："没关系！"当然，夜然心里很明显不满地嘀咕道：道歉有用的话，要警察干吗？再说了，你车性能再好，即使能当跑车开，但是这狭小的弄堂，也不是跑道。

那男子拉开车门走了下来，咧着嘴，挤出个灿烂的笑容，歉意地看着夜然说："小姐，你没事吧？"

伸手不打笑脸人，既然他都再三道歉，夜然有火也发不出了。夜然扫了眼裙子，除了短点和有撕开的毛边，也不算特别惊世骇俗，于是夜然摇摇头，"我没事！"

"都怪我不好，开太急了！看你的裙子都坏了，我赔你一条吧。"那男人倒是非常有自知之明。

夜然摆摆手，对着他挤出了一丝笑容，有风度地说："不用。"

"可是，我真的很不好意思，要不，你给我个地址，我买条一样的给你快递过去？"那男人黝黑的眸中闪着执着的目光。

夜然没有心思和时间去研究这个男人，于是潇洒地对他摆了摆手，说了一声"真不用了，我赶时间，再见"，便匆匆忙忙地朝出租车奔去。

江浩目送夜然急匆匆离去的背影，若有所思地站了一会儿，嘴角不自觉地微微上扬，弯身跨入车内。

夜然在出租车里第 N 次地瞅着手表，该死，赶时间的时候竟然堵车！如果被美阳知道夜然第一场相亲就迟到的话，夜然绝对死定了！倒不是夜然真的胆小怕事，而是美阳的爆发力比较强。还记得在学校时，美阳帮夜然约了某帅哥见面，结果夜然迟到了，回寝室后，美阳愣是摆出一张黑脸一整天不跟夜然说话，夜然讨好地赔了不知道多少个笑脸，浪费了多少口水，美阳才勉为其难地原谅了夜然。但是美阳滔滔不绝地教育夜然，要她保持准确的时间观念，不能迟到，听得夜然云里雾里，只能胡乱地点头应是。后来美阳说累了，往床上一躺休息去了，夜然才算是解脱。

夜然瞅了眼外面堵着的车流，又抬眼看了看表，终于坚定地准备徒步赴约，"师傅，我要下车！"

司机愣了下，认真地瞄了瞄四周，看到没有停禁区，于是点了点头，压下表。

夜然付完钱下车，在众多车的缝隙里穿行，好不容易才走到步行街，她顾不得理会人们投来的目光，抱着包包，朝着目的地拔腿狂奔。

这一刻，夜然庆幸飘逸长裙变成了短裙，不然，若要提着裙子百米冲刺，那就真是一道"亮丽"的风景线了。

终于在约好的时间内赶到了咖啡厅，夜然累得直拍胸脯顺气，深呼吸了好几次后才平缓过来，心里不住地得意：哈哈，当年的百米冠军宝刀未老，这一路上除了回头率高些外，速度还真不是盖的。

"夜小姐是吧？"原本对相亲抱着点期待的夜然，在看到手里拿着《幸福婚恋》杂志的相亲对象时，愣了很久，被他熟稔地半扶半拽着拉进了包厢，被热情地按坐到位置上后，还是有些回不了神。

凌山倒是拉了把椅子大大咧咧地坐在夜然的身边，双眼很不客气地将夜然上上下下打量了个遍。

那灼热的目光，看得夜然心惊肉跳，头皮发麻，心里一阵阵地发虚，不由得轻咳了下。

"夜小姐，你迟到了两分三十六秒！"夜然的咳声让凌山收敛了目光，他抬手看了看手表，语气认真无比。

夜然望着凌山手上那款金闪闪的劳力士，心里嘀咕道：明明是你的手表快了两分好不好？但脸上赔了个干笑，讪讪地道歉："对不起啊，凌先生，路上堵车！"

"虽然夜小姐迟到的时间不长，堵车也算情有可原，但是，迟到就是迟到，我认为一个优雅的女人，不应该让男人等，哪怕只是等一秒钟！"凌山的语调一转，看着夜然开始了意味深长的说教，"夜小姐，你知道吗？

做生意的人，一分一秒的时间都是耽搁不起的……"

夜然僵着脸，不知道该接什么话，是辩驳，还是就这样保持沉默呢？

凌山对着夜然笑了笑，结束了这个话题："夜小姐，我这人就是有什么说什么，你可别介意。"

"不介意，怎么会介意呢。"夜然暗自磨了磨牙，虚应着，心里恼得不行。介意？她怎么会不介意呢？明明她没有迟到，却被安个迟到的说辞，好吧，她客气地道歉了，这人倒顺着杆子往上爬，理所当然地教训起她来。

"天花板有那么好看吗？夜小姐进门后，就没正眼看过我，是不是嫌我长得不耐看？"凌山皮笑肉不笑地问。

"啊？怎么会呢。"夜然被凌山这么一说，尴尬地将眸光转移到他的身上。凌山身高约一米七，梳着三七分的发型，估计啫喱抹得有些多，有几缕头发黏着一起塌在了额前，让他本来就不长的脸看起来像个蘑菇似的。他身材有些横向发展，肚子跟人家怀孕四五个月的有得拼。皮肤粗糙暗淡，满脸泛着油光。眼睛不算大，眼角已经挂满了密密的褶子，不用细看，那黑黑的眼圈，明显就是酒色过度，休息不良造成的。

"我的情况你大概了解吧，我有一家工厂，有三十个工人，还有三套别墅，一辆奔驰，一辆别克商务车……"凌山像背课文似的将自己的情况说了一遍，自我感觉良好得不行。

夜然的眉头微微地蹙了下，嘴角越来越僵硬，心想：你的工厂、你的房子、你的车子，都抵不上你这个人实在吧？那些东西，生不带来，死不带去的，你这个人的优缺点给我详细说说还差不多，我又不是跟东西结婚，我跟人结婚好不好？

"我的条件应该算是不错的了。"

夜然不太自然地将目光从凌山的脸上移开，因为他那口龅牙实在让她感觉不怎么舒服，让她有种强烈地想拿把锉刀帮他把牙齿磨平的冲动。

"我的这些条件，配你可是绰绰有余了吧？"凌山信心十足地对着夜然眨了下眼睛。夜然心里恨恨地说：大哥，你都一大把年纪了，这装什么嫩啊，尤其是你那醒目的龅牙，咧着嘴很滑稽好不好？而且，你那句话，听着就让人不舒服，什么叫配你绰绰有余了？要较真地对比下，还不一定是谁配得上谁呢！你除了钱多，自身有什么优势！

说到这里，有必要介绍下夜然。

夜然，今年二十八岁，身高一米六五，体重五十公斤，长相也算对得起大众，偶尔还在杂志上友情客串拍拍封面露个小脸什么的。当然，夜然的工作是在服装公司做人事经理，每个月拿万把块的工资，这样的小资女人，在人堆里也算得上是亮丽的风景了。另外，夜然还有一个自豪的事，她会烧一手好菜。抓男人的心，就要从他的胃抓起！就这长相，这能力，配什么男人，都是贤妻良母啊！

至于，夜然为什么会沦落到跟这些陌生男人相着莫名其妙的亲，这说来就话长了。

首先是她二八的芳龄，在这个年代，已经是剩女了。她爹妈为这事没少愁，头发都白了无数，天天催，天天念，简直比每天读《圣经》还准时。

其次，很多人都认为夜然是个在千草万花丛中翻舞嬉戏的"花蝴蝶"，再不找个长期饭票把自己嫁出去，以后就很难找到合适的对象了！用她爹妈的话说，就是挑花眼了！

单身的女人身边从不缺殷勤的男人，尤其是在漂亮优雅的单身女人身边，殷勤的男人自然是多得不胜数，每一段火花都擦得很是激烈，但一旦进入恋爱状态，所有的激情都会毫无道理地湮灭。

经历得多了，夜然从伤心到习惯，再到麻木，最后绝望。这些游戏人间的男人，实在没办法让她拐进婚姻的坟墓，不靠谱。

二十七岁的生日时，夜然当着好友的面，坚定地许下不婚主义的誓言后，被好友美阳和米娜狠狠地教育到泪流满面，悔过自新后，从此就步上了这条伟大而又神圣的漫漫相亲路。

说到这，又不得不说起夜然那段从不肯轻易说起的初恋。

陈铭轩是夜然的高中同学，两个人属于典型的早恋，因为是彼此的初恋，所以投入了最美好的时光，成了一段单纯而又美丽的青涩回忆。

夜然全心全意地爱了三年，一直以为陈铭轩就是她的王子，以为他们能够就这样一直在一起，直到变老。但是，在高中毕业前夕，陈铭轩毫无预警地飞去了国外，并且多年杳无音讯。

夜然真的不明白，为什么相爱的人，最后分别时，各啬得连句再见都不说？

夜然更加不明白，她到底做错了什么？陈铭轩要走，她竟然是最后一个知道的。如果不爱，为什么要在一起？如果爱，为什么不声不响地丢下她就走了？

这就像是一个终极的思考题，却永远得不出答案。分开后的每一天，她思念成灾，泪水克制不住地横流，夜然整夜整夜地失眠，情绪低落到开始厌倦这个世界。也是从那个时候开始，夜然开始留恋酒吧，喜欢深夜买醉，醉了的时候，才能忘记伤痛，忘记那些曾经发生的事。

哭过，怨过，恨过，最后随着时间的推移，夜然渐渐抚平了伤口。但是，经过这场毫无预警的失恋后，夜然不敢再去爱，不是她不想去爱，而是爱的能力有限，她一开始就超支了，现在想再去不顾一切地爱，太难……

"夜小姐，想什么呢？"凌山朝着神游的夜然挥了挥手，直截了当地问。

夜然从恍惚中回神，斟酌着该怎么拒绝凌山。虽然她心里已经把凌山排除在外，可是，她不能让美阳为难，还是要花点心思说点含蓄的措辞。

凌山等不及夜然开口，清了清嗓子，"夜小姐，你知道的，平时我很忙的，所以，我们速战速决！"

"啊？"夜然一愣。

"狼爱上羊啊爱得疯狂……"

夜然掩嘴轻咳了几声，强忍着没笑出声来。

凌山倒是面不改色地接起了电话，豪迈的嗓音清晰地传到了夜然的耳中,"嗯,这边快结束了,要定下来,我就不过去了,不行的话,我再去你那边,反正今天要把事情定下来!我妈急着要抱孙子!"

夜然听到这,才明白凌山和她一样,买了双重保险,约了两个相亲对象。A不行,就B。

凌山挂了电话,咧着龅牙对着夜然笑了笑,"夜小姐,你看,我真的挺忙的。"

夜然很配合地点了点头,"凌先生,如果你忙的话,就先走吧。"

"那我们的事,你看成不成?"凌山问得很是迫切,不等夜然回话,又补充道,"我看我们挺合适的,你长得不错,我的条件也不差,干脆这样定了吧?"

"这个,我们才第一次见面,直接定下来,似乎有些儿戏吧?"夜然尴尬地微笑着说。若不是怕美阳会活劈了她,夜然可没那么好的耐性陪凌山磨叽。哪有这样的结婚狂,见面第一次就直接问成不成?这叫相亲吗?明显就是仗着钱多,想随便拉个女人回家做生孩子的机器嘛。

"我很忙,没那么多时间相处啊。"凌山惋惜道。

相处的时间都没有,那你娶还老婆干吗?看人家姑娘好看,娶回家当花瓶摆设吗?真是有病!夜然在心里不满地嘀咕着,不过脸上依旧挂着温和的浅笑,装傻充愣地点了点头,"嗯,我知道凌先生很忙,所以我不会去打扰你的。"

凌山刚张嘴,似乎还想说点什么,夜然快他一步抢过话,委婉道:"凌先生,你时间那么宝贵,先去忙吧,耽搁了正事可不好!我们的事,回头再说吧。"

凌山听到夜然委婉的拒绝,脸立马涨得通红,气呼呼地丢了一对白眼给夜然,"早说你看不上我就好了,何必浪费我时间呢?等你这么久,我能开多少会议,签多少合约,赚多少钱啊!"

夜然被凌山这义正词严一吼,傻愣了半响不知道怎么接话。

凌山看着夜然无动于衷的模样,脸上更加难掩愤怒,恼火地拍案而起,

"夜小姐，你这样的行为，完全是在消遣我！我要求你赔偿我精神损失费！"

夜然瞪圆了眼睛，不可思议地看着凌山，心想：这个极品暴发户是从外星球来的吧，不然，我咋听不懂他的话呢！

"夜小姐，你将会收到我的律师给你的信函！再见。"凌山猛地拉开包厢的门，丢下这句话，大步地走了出去。

上帝啊，如此极品的男人，简直就是前不见古人，后不见来者。夜然摸摸鼻子，终于憋不住大笑起来。

"然然，刚才的凌先生怎么样啊？"美阳用手肘顶了顶夜然的胳膊。

夜然憋着笑意，认真地对美阳说："他准备告我！"

美阳不可思议地紧盯着夜然，"告你？为什么？"

夜然老实地将凌山讲的话一字不漏地复述给美阳听，说完还不忘记可怜兮兮地眨了眨无辜的大眼睛，怨念道："今天这事可不能怪我，我已经很努力、很努力地跟他交流了，可是，他那人实在太极品了，我接受不住。"

美阳听后飞速地从包里掏出手机，按了几个号码，那神情完全就是想找人打上一架的仗势。夜然不动声色地往后小退了一步，心里默念：我不认识这女人，我不认识……

电话一接通，美阳瞬间河东狮吼，"程翠，你给我小姐妹介绍的是啥鸟人？"

那边不知道回了句什么，美阳的火气腾地就上来了，情绪更加激动，毫不留情面地吼道："那么个矮冬瓜、大饼脸、肥肚子、死秃头，你还好意思介绍出来？长得太难看我就不说了，人品还那么差，相亲不成功，竟然还要发律师函，告我小姐妹消遣他，浪费他时间，有病吧！"

美阳的情绪正处于激动状态，完全无视一切，继续保持着高分贝怒吼道："他要真心里有病，那就去看医生，奶奶的，出来相个屁亲！"

吼完之间挂断手机，完全无视咖啡馆内其他人的侧目。

眼看着美阳已经成为咖啡馆内的焦点，夜然只好悄悄地拉了拉美阳，小声提醒道："阳阳，这是公众场合，注意形象。淡定……"

"没蛋，定个屁！"美阳没好气地推开夜然，气呼呼地训着，"你个笨蛋，平时不是挺机灵的吗？被欺负了都不知道，我要不给你出气，难不成等着那变态男人先说你坏话啊？"

夜然穿着八厘米的高跟鞋，在没有心理准备的情况下被美阳一推，眼看就要和地面来个亲密接触，而且还是后脑勺朝下，要摔成脑震荡……

没有意料中的疼痛，夜然倒进了一个宽阔的胸膛中，一股清凉的香皂味顺着她鼻尖传入了肺腑，夜然回过头迎上一张温和的笑脸。

江浩将夜然扶稳后，看着夜然轻扯了下嘴角，微微挑了下眉，才友好地招呼道："没想到又碰到你了！"

夜然礼貌地点了点头，微微笑了笑，"是啊，真巧！谢谢你！"

江浩还没机会开口问夜然的名字，美阳已经大惊小怪地拉过夜然，把她从上到下打量个遍，轻呼了声："好险，还好没摔，然然，我们走吧！"

夜然在美阳的搀扶下离开，经过江浩身边时对他微笑着点了点头。

江浩再一次目送夜然的背影从他的视线里远去，嘴角那抹笑意越发明朗了。

"然然，你认识刚才那个男人？"美阳一出咖啡厅就追问。

夜然点了点头，又摇了摇头，挠了挠后脑勺才说："认识？谈不上，只是今天巧遇了两次！"

"你不认识最好，要是认识，你也给我离那人远点！"美阳正色地对夜然说。

"为什么？"夜然的嘴角带着狡黠的笑意。

"因为那男人一看就不靠谱，你现在的主要目标是相亲成功，年前把自己给嫁出去，免得以后做高龄产妇。"美阳一脸正经地说着。

夜然扑哧一声笑了出来，"阳阳，这个人不靠谱都被你看出来了？"

美阳的嘴角抽搐了下,瞪着夜然,"你少给我嬉皮笑脸的,一会儿相亲要是再给我搞砸了,我两笔账一起跟你算!"

"两笔?为什么?"

"夜然,你要是不想死的话,待会儿给我表现好点,不然,后果……嗯哼……"美阳脸上挂着阴森的冷笑,但在推开茶室门的瞬间,突然绽放成灿烂无比的笑脸。这女人,变脸的速度,还真不是一般快!

第 2 章　初次相识

夜然进门，看到身穿花衬衫、黄裤子，还配着一条果绿色领带的相亲对象，瞬间就懵了，再看他脚上那双红色的球鞋，果然个性十足，等等，怎么破了个洞？脚趾头竟然还露了半个出来，虽然今年很流行露脚趾的鞋，但是球鞋有这样的款式吗？

美阳跟王友已经搭上话，寒暄了起来。夜然脑海里浮现出美阳之前告诉她的话，"王友，本地人，二十八岁，从事数控工程师，单条件而言，跟你速配指数挺高的。"

夜然对着王友勉强挤出个笑容，悄悄地暗捏了把美阳，用只有美阳能听得懂的暗语说："我不喜欢这种类型，虽然他身高不错，五官挺周正，戴个眼镜看着挺斯文，但是，他穿衣服的品位也忒让人跌眼镜了吧？"

美阳顺势拉着夜然坐下，悄悄捏了下夜然，潜台词要她闭嘴，然后扫了眼桌子，只有一杯白开水，不由得望向王友，"还没点东西吗？"哪有相亲看一眼就能成的，自然是边吃边聊，才能培养感情嘛！

"我在等阳阳姐来，还没点呢！"

美阳笑了笑，对王友的好感又增加了几分，招手便准备叫服务生点东西。

"阳阳姐，这都要中午了，我们去吃饭吧，茶楼东西贵，还吃不饱！"王友忙拉着美阳的手，理所当然地阻止。

"也是，走吃饭去！"美阳笑嘻嘻地拉着夜然。

"王友，我们到底准备吃什么？"在穿过两次斑马线，走了三条街，穿过四个红绿灯，美阳不动声色地甩了甩脚底下的高跟鞋，心里懊恼地嘀咕：吃个饭要走这么远路，还不如打个车。

"阳阳姐，你喜欢吃什么？"

夜然的脚后跟磨得生疼，但碍于美阳的威势，敢怒不敢言，小媳妇似的跟在他们两个的屁股后面，结果走了这么多路，王友才问要吃什么，也忒马后炮了吧？

"你问然然吧！"美阳这时候仍不忘为夜然创造与王友聊天的机会。

"然然，你想吃什么？"王友倒是接受力强，随口就唤上了。

夜然只觉鸡皮疙瘩掉了一地，吸了口气道："随便吧！"

"那我们去吃馄饨吧！"王友一锤定音。

美阳愣了愣，思路有些跟不上，兜兜转转了这么半天，就去吃馄饨？

一走进馄饨店，夜然便支持不住地靠着门边的空位置坐了下来。美阳同样也是苦不堪言地坐到了夜然的对面，不停地揉着被高跟鞋虐过的脚。

王友自然地坐在夜然的身边，对着美阳轻声说："阳阳姐，我身上都是信用卡，现金没带够，怎么办？馄饨店里好像不能刷卡。"

美阳的神情彻底石化，惊得下巴就差点掉地了。

夜然看着王友从色彩斑斓的衣衫内掏了两张信用卡出来，愣了下，率先回神，掏出钱包，拿了张一百块递给王友，"一百，够吗？"

王友眼镜后面的那双眼睛明显闪过一丝光芒，他忙接过钱，"够,够了,我去点餐！"

"他……他……"美阳看着王友窃喜着奔去点餐的背影，刚才对他的好感瞬间崩塌，指着王友的背影气得连话都说不完整了。

夜然苦笑着对美阳摇了摇头，此时无声胜有声。

美阳将火气强咽下去，讪讪地说："然然，这男人好像挺实在的，会过日子。"

夜然没有说话，只是朝着王友走来的方向努了下嘴。

王友端着一盘蛋炒饭、一个空碗和一碗馄饨走过来，随意地往桌子上一放，"阳阳姐，你吃馄饨吧！"王友说着将那碗馄饨推到了美阳面前。

"谢谢！"美阳勉强挤出微笑。

"然然，你就吃饭吧！这个蛋炒饭很有营养的哦！"

夜然点了点头，"哦"了声，然后随口问："那你吃什么？"

"我也吃蛋炒饭！"

夜然又"哦"了声，端过饭碗，刚准备吃饭，手就被王友一把按住，只见他神色正经道："然然，我知道你们女孩子的饭量小，你这么大盘饭肯定是吃不完的，所以，我帮你一起解决。"

夜然目瞪口呆地看着王友将盘子里三分之二的蛋炒饭分到空碗里，接着他把盘子往夜然面前一推，大义凛然地说："浪费是可耻的！咱们可不能浪费！"

夜然和美阳面面相觑，再一次被王友雷到了。

"吃呀，你们怎么不吃啊？"王友狼吞虎咽地吃了两口饭后，不忘记招呼夜然和美阳。

美阳拿着勺子，舀了个馄饨，刚咬了半个，整碗馄饨就被王友夺去。王友吃饭太急，呛着了，好不容易顺过气来，一脸认真地对美阳说："阳阳姐，我呛到了，借点水喝……"

美阳还没来得及说"好"，只见王友端着她的碗，一口气将馄饨内的汤喝了大半碗，也不嫌烫。

"阳阳姐，我再给你去捞碗汤！"喝完，王友不以为然地抹了下嘴。

美阳惊诧得嘴张成了O型，刚吃进嘴里的半个馄饨，就这样掉在了桌子上。

夜然看美阳受惊的样子，阴笑着损美阳道："阳阳，浪费是可耻的，把桌子上的馄饨给我吃掉！不然，我鄙视你！"

美阳投给夜然一个鄙视的目光。

夜然装作可怜兮兮地问:"阳阳姐,你现在还觉得他跟我速配指数高么?"

美阳默不作声地撇了撇嘴。

"阳阳姐,你看,给你加满汤了,还顺带捞了点面条。"王友沾沾自喜地对美阳献宝。

夜然扫了眼,那加满清汤的碗里确实漂着几根面条,不由得捂着嘴忍着笑对着美阳说:"阳阳姐,快吃吧!"

"我不怎么喜欢吃馄饨,不吃了。"美阳拿着勺子,愣是下不去手,终于放下了勺子。

"阳阳姐,你不喜欢吃的话,我帮你解决好了,浪费是可耻的,我们可不能浪费!"王友忙笑嘻嘻地把美阳那碗馄饨端到自己面前。

"我现在也不饿,不想吃。"夜然也被王友搞得没什么胃口了。

夜然的那盘蛋炒饭再一次在第一时间被王友端走。王友一边扒饭一边口齿不清地对夜然和美阳说:"你们女孩子吃东西就是浪费,要知道粒粒皆辛苦啊!"

"是啊,浪费是可耻的,我们可耻了。"夜然和美阳不约而同地点头附和。

听到夜然和美阳的检讨,王友得意地说:"不过,然然你放心,以后你跟我交往了,我一定会看着你,不让你有浪费的机会。"

夜然一听这话,感觉有乌鸦从头顶飞过,她对美阳使了个眼色。美阳显然也被王友雷得不轻,她满脸悲愤地对夜然点了点头。

夜然装模作样地抬手看了看表。

"然然,你赶时间?"美阳第一时间发问。

"是啊,要赶回公司处理点事。"

"啊,星期天你都要去公司啊?"王友从馄饨碗中抬起头来,嚼着馄饨含糊不清地发问。

"没办法,事情没做完嘛。"夜然赔了个无奈的笑,"要不,今天先到这,改天再聊。"

王友恋恋不舍地放下勺子，朝夜然伸出手。夜然忙蹲下身子，装作整理高跟鞋的姿势，躲过了王友的手。

"然然，那你先回去做事，等你有空了，我们再好好聊。"

夜然低着头，装作娇羞的样子，"嗯，那我走了。"

"我送你吧！"王友先看了看美阳，又看着夜然征询意见。

"不用了，这边打车很方便。"夜然摇了摇头，拒绝他的好意。

"然然，你怎么能打车呢？打车多浪费钱啊，你不知道这边坐公车很方便吗？然然，你这样过日子是不行的。"王友的话成功将夜然拎包起身的动作华丽地定格住。

"那怎么办？"夜然反问。

"我送你们去公交车站吧。"王友讨好地说。

美阳跟夜然已经懒得再跟王友说什么了，彻底被雷晕了。

"等等，我把这些打包！"

夜然的眼前一黑，有种想晕倒的冲动。美阳也终于维持不住那虚伪的笑意，不顾及在那招手要服务员准备打包的王友，直接拿过包，拉着夜然奔出了馄饨店。

出了店门美阳和夜然迅速拐进另一条街道，认定王友不会找来后，美阳安慰夜然道："然然，你别伤心，没关系，男人多得是，下个一定会更好的！"

夜然点了点头，扑哧一声笑了出来，"其实，他还挺逗的。"

美阳没好气地狠狠瞪了眼夜然，"你个傻姑娘，就你现在还笑得出来！逗？逗能当饭吃吗？能相亲成功吗？又不是让你来看小丑戏的。"

夜然无所谓地耸了下肩，"我本来就没抱什么希望，当然也不会失望啦，不像某人和他聊得那个热火朝天，我都差点以为一枝红杏要出墙了！"

美阳撇了撇嘴，总结性地说："其实吧，过日子就得找这样的男人，你想啊，这么小气，不舍得花钱的男人，结婚了，也不会拿钱出去花天酒地。"

"你要喜欢的话，免费赠送给你。"夜然笑嘻嘻地打趣美阳。

"算了，送我我也承受不起。"美阳小声地嘀咕了声，然后长长地叹了口气。

"姐姐，下次不要给我找这么极品的男人，我这小心肝一天承受不住两次打击。"

"你以为我想啊？要知道他是这样的人，我才不丢这个人呢！你电话响了。"美阳满脸委屈。

"亲爱的，怎么了？"夜然用温柔甜腻的声音接听起了电话。

美阳做了一个呕吐的姿势，小声问："米娜？"

夜然点了点头，顺手按了电话的免提键，米娜的声音便清脆地传了出来，"然然啊，今天晚上去夜色泡吧，我要带个帅哥给你认识！一定要去哦，十点准时开场！"

"除了你家那位，你还能带谁啊？"夜然漫不经心。

"废话那么多，到时候你看到帅哥就激动了！十点，不见不散！"米娜说完这句话，不等夜然答应便直接挂断了电话。

"晚上一起去泡吧！"夜然收起手机，笑嘻嘻地问美阳。

"我一个已婚妇女，还是乖乖在家相夫教子算了，才不去那些乌烟瘴气的地方呢！"

"你现在就一标准的黄脸婆，小心哪天被淘汰了，你可别抱着我哭啊，我坚决不同情你。"夜然扮了个鬼脸。

"你少诅咒我！我可告诉你，你也少去酒吧，没有一个男人喜欢自己的女人在外面招蜂引蝶。"

夜然不赞同道："去酒吧的就是坏女人吗？去酒吧就是要招蜂引蝶吗？"

"你也老大不小了，该好好为自己考虑下了！"美阳意味深长地望着夜然,"你说你,二十八岁的人了,怎么就是十八岁的心态?什么时候能成熟点?"

夜然觉得美阳说这句话时的口气特别像她妈,她想笑又不敢笑,"心态幼稚点也没什么不好,至少我每天都过得很充实很快乐,我这种快乐的单身生活,是你们这些已婚的家伙没有办法理解的。"

"我是没有办法理解你所谓的'只讲究不将就',但是,我知道,你爸你妈为你的婚事都快愁出焦虑症了。"

"唉,一提到我爸妈,我现在就得焦虑症!"夜然挫败地说。

"好了,我不说你了,你都这么大的人了,晚上记得早点回家!别玩得太疯了!"美阳边说边帮夜然拦了一辆出租车。

夜然对美阳挥了挥手,钻进了出租车,回到家后蒙头大睡,直到晚上九点多米娜打电话来催,她才磨磨蹭蹭地起身,化了个淡妆便出了门,消失在夜色中。

刚走近酒吧卡座的包厢,夜然便感觉到一道火辣辣的眸光向她射来,她不由好奇地打量起包厢内的人。

包厢内,除了米娜和她那位男友纳米外,还有一位长相秀气的男生,此时那个男生嘴角微微上扬,挑着眉,若有所思地盯着夜然。

为什么要用"男生"这个词呢?

根据夜然目测,这男生白白嫩嫩,一头爆炸式的鸡冠头,穿着一套阿迪的运动装,看着就像个高中生,而且还是那种逃课出来泡吧的痞子生。

"她就是夜然吧?"那男生漂亮的凤目终于从夜然的脸面上移开,转过脸对米娜扬着头问。

"美女吧?"米娜看着夜然调皮地眨了眨眼。

"长得也就一般般吧!"那男生倒是一点也不客气,丝毫不顾及夜然这位当事人在场,"而且年纪好像挺大了。"

虽然他开口说话就伤人,但是夜然不想见面就得罪人,吃了这亏,转脸问米娜："他是谁啊？"

米娜还没有开口，那男生大大咧咧地对夜然伸出手，自我介绍着，"我叫JAM！今天是我妈让米娜安排我跟你相亲的。说实话，要不是米娜说你是美女，我才不会来呢。"

夜然不情愿地伸出手和JAM的手碰了一下，随机马上收回，转脸怒瞪米娜，米娜则用眼神鼓励夜然"老牛吃嫩草"。

"你想不想结婚？"JAM没有注意到夜然的眸光正在和米娜交战，很直接地问。

"还好吧，不是特别想！"夜然耐着性子转过头对JAM回道。如果不是她爹妈催得急，不是美阳和米娜逼得急，不是那些三姑六婆天天念叨着……夜然必定坚持"只讲究不将就"，要结婚，她一定要找个让她心动的男人。

"哦？你不急？"JAM的语气里带着明显的不相信，"实话跟你说吧，我很急！"

"你急什么？"夜然很好奇这个二十四岁的小屁孩急什么。

"找对象，结婚。"JAM滔滔不绝地说，"我妈想抱孙子，说我要是结了婚，就给我换辆车。我看上那款法拉利的……"

"很好，结婚了就能换车，就能给你妈抱孙子了。"夜然打断他的话，手握成拳，真恨不得一拳挥到JAM那自鸣得意的脸上去，他把婚姻当成什么了！

"然然，JAM还小，说话比较直，你要体谅点。"米娜看气场不对，忙出来打圆场。JAM说话太不得夜然心了，再说下去，估计等下场面就要失控了。

夜然甩了一眼米娜，深吸了口气，强忍住怒火。

"嫁给我吧。"

"你在跟我求婚？"夜然的手指指了下自己，很怀疑，她是不是耳朵出现了幻觉。

"是啊，嫁给我吧。"JAM一脸正经地点了点头。

夜然将JAM上上下下，左左右右仔细看了一遍，然后送出了两个字："有病。"

"你才有病呢，能嫁给我，是你上辈子烧足了高香。"JAM倨傲地扫了眼夜然，自我感觉特良好。

夜然无语地翻了翻白眼，懒得跟他废话，心里嘀咕道：见过不要脸的，没见过这么不要脸的。

"告诉你吧，追我的姑娘能排着队围市中心兜几个圈呢！说了你还别不信，以前，我有一个女朋友，艺大的，就是经常上电视的XX……"JAM怕夜然不相信，还从衣服口袋里掏出钱包，翻了张照片出来。

夜然瞥见LV的钱包里放着一张男女合照，果然是XX笑得一脸甜蜜，身旁的JAM呆呆地充当陪衬。

"她不是挺漂亮的吗？你怎么不娶她啊？"夜然戏谑地问。

"她是很漂亮，就是脾气有点不好。"JAM的俊眉紧皱，"所以，我们分手了。"

"哦。"夜然意味深长地回应。

"现在，她随便找了个男人嫁了！她下月初八结婚，我决定在下月初七结婚！"JAM看着夜然说，"跟你说实话吧，我是跨亿集团的少股东。这个身份，你该肯嫁了吧？"

夜然刚才还真没看出来，这个JAM就是S市排行第三的富二代，那个传说中拥有法拉利卡雷拉跑车的家伙。不过，夜然从没想过做富二代养在家的小鸟，也不愿做别人赌气结婚的炮灰，更不愿意跟这样脾性的男人过一辈子。

"怎么样，点个头，钻戒拿去。"JAM随手从口袋里掏了一枚鸽子蛋般大小的戒指，拽拽地朝着夜然一丢。

夜然看到那么大的钻戒，眼中明显闪出光芒，盯着钻戒移不开目光。

JAM自然注意到了夜然的表情，不由得意起来，"我看你也别犹豫了，都二十八岁的老姑娘了,能嫁给我这样的钻石黄老五,简直就是中大奖了。"

米娜跟纳米对视一眼,了然地摇了摇头。

"你该不是乐傻了吧?快拿戒指,我们结婚去。"JAM见夜然还没拿起戒指,催促道。

夜然不以为然地耸了耸肩膀,挑了下秀眉,淡淡地说:"戒指不错,不过,你这个人就不合我的胃口。"

"你竟然嫌弃我?"JAM被夜然气得抓狂,口不择言,"要知道,多少女人抢着要嫁我。"

"那你排队去娶好了,我没兴趣。"

"女人,嫁给我,很有面子。"JAM气恼地大吼。

"面子值几个钱?"

JAM被夜然问愣了,呆呆地眨了眨眼,"我很有钱。"

"有钱我不稀罕。"

"为什么不嫁我?"JAM被夜然直接拒绝,有些下不了台,咬牙切齿地追问。

"给我一个嫁你的理由!"夜然挑了下秀眉淡淡地问。

"你已经二十八岁了!"JAM憋红着脸说。

"谢谢你一再提醒我,我才二十八,离三十还有段距离!我还能慢慢发掘,寻找我的春天。"

"那你去慢慢发春吧。"JAM急躁地吼完,招呼都不打一声,抓着桌子上的车钥匙奔了出去。

夜然从JAM绝尘而去的背影中收回神,看到米娜狠狠地瞪了她一眼。

米娜靠着纳米,抹了一把满头的冷汗,窘迫地看着夜然,挤出一张谄媚的笑脸来,"对不起啦,下次我再给你介绍好的嘛!"

"算了,我先出去跳舞!"

第 3 章　渐渐相熟

夜然心情颓然地走出了包厢，在吧台点了杯鸡尾酒，悠悠地喝起来。

闪烁迷离的灯光下，男男女女挥汗如雨地舞动着身姿，挥洒着积压在心中的抑郁。夜然百无聊赖地靠着吧台，转动着手里的酒杯，心里突然有种无法言语的忧伤……

对于过去，不要太多的回忆。回忆会带来伤感，回忆会消磨人的意志，但是，如果连回忆都没有的话，她的人生又该是什么样的场景呢？

五彩的灯光刺激着夜然的视觉神经，她眯着眼看到米娜和纳米拥抱着跳舞的甜蜜画面，心里有一阵没来由的悸动。

"怎么了？一脸的抑郁？真的受刺激了？"跳完一支舞，米娜拉着纳米从舞台中央走过来。

夜然摇了摇头，强迫自己不去想太多，举起杯，把杯里剩下的鸡尾酒一饮而尽。

见夜然没说话，米娜转脸问纳米："你表哥什么时候过来啊？"

"就快到了吧！"纳米抬手看了一眼手表，不太确定地说。

米娜拉着夜然，神秘兮兮地笑着眨眨眼，"然然，纳米的表哥可是一成熟帅哥哦，你今天真走桃花运了。"

"娜娜，不知道我今天走什么霉运，一天遇见三个极品男人，我这小身板已经承受不住了！"夜然觉得今天自己倒霉透了，不想等会儿再来个乌龙相亲会，尴尬了自己，娱乐了大众。

米娜倒是不以为然地笑了笑,"革命尚未成功,同志你继续努力呗。"

夜然自嘲地笑了笑,随手从包里拿出盒女士香烟,抽出一支,用打火机点燃,深吸了一口,很想努力地将那些失落和黯然吞进肚子里。

夜然不喜欢烟,但是会抽烟,或许本身她就是个寂寞如烟的女子,高傲地站在自己建筑的爱情象牙塔里,拒绝任何人的靠近。明明很害怕寂寞,想好好地去爱,却又很怕受伤害,于是只能在游戏里不断地嬉戏,累的时候却发现没有一个怀抱属于自己。一个人时间久了,习惯了,也就忘记了自己为什么要难过,渐渐地麻木、苍老,学会了用面纱伪装自己,强装快乐和无所谓。

米娜、纳米倒对夜然吸烟见怪不怪,两个人在一旁打情骂俏。

"女孩子抽烟可不好!"夜然一愣,还没来得及反应,就看见一个男子在她身边坐下,并顺手把她手里的烟拿过去,直接摁在烟灰缸里。

这是一张今天已经见过两次的脸。

"好巧,我们又见面了!"江浩倒是丝毫不生疏地朝夜然伸出手,自我介绍,"我叫江浩,很高兴认识你!"

夜然自然地伸手,同江浩握了握,带着微笑说:"虽然我们见过,但是你这样直接掐灭我的烟,似乎有些不太礼貌。"

"表哥,原来你们认识啊?"纳米后知后觉地探过脑袋,对江浩咧嘴笑了笑。

江浩笑着说道:"算认识,也不算认识。"转过脸,又问夜然,"怎么称呼呢?"

"我叫夜然。"说完刚想伸手再取一支烟,被江浩抢先一步拿走了打火机。江浩温和地笑着说:"抽烟对身体不好!"

"江先生,你不觉得你这样做有些过分吗?"夜然面带不悦,语气也冷了几分。

"那么,为了赔礼道歉,我请吃夜宵怎么样?"江浩倒是一脸和煦的笑意,对夜然邀约。

"好啊好啊,我正好肚子饿了!"夜然还没有回话,米娜就兴奋地点头应承了下来,拖着夜然往外走。

一行四个人出了酒吧后,来到酒吧附近的一家消夜馆。

江浩绅士地帮夜然拉好椅子,对纳米扬了下嘴角。纳米识相地说道:"我老婆我自己照顾,表哥,你把夜然照顾好就行了。"

"是我的荣幸!"江浩依然笑着说。

江浩让夜然点菜,夜然也不推辞,点好菜后就和米娜在一旁聊起八卦来。江浩和纳米则在一旁闲聊。

菜很快就上来了,夜然刚夹起一个丸子,那丸子以完美的抛物线飞了出去,最终顺着江浩的俊脸滑落到他衣服上。

"对不起啊!"夜然手忙脚乱地抽了张面纸递给张浩,一不小心又翻倒了江浩手边那杯红酒,红色的液体瞬间在江浩雪白色的衬衫上晕染开来。

"没事,没事。你们继续吃。"

夜然犹如闯祸的孩子一般,惊愕地望着江浩面色淡定地离席去洗手间整理。

"然然,你故意的?"米娜边吃边控诉着夜然。

夜然无辜地眨了眨眼,随手拿着面纸优雅地擦了擦嘴,淡淡地回道:"我才不是故意的!"然后继续吃起菜来。

米娜听完夜然的回答,翻了翻白眼,等江浩进来,堆了个笑脸,"表哥……快坐吧,热菜都上了呢。"

夜然则是尴尬地对着江浩赔了个笑,"实在是对不起。"

"没关系。"江浩温润地笑了笑,脸上竟然还有一个浅浅的酒窝。

因为是周日,星期一都要上班,消夜在十二点准时结束。他们走出消夜馆就感觉夜色中弥漫着低气压以及浓重的潮湿味,看来快要下雨了。

"表哥,你帮忙把夜然送回家吧。"纳米勾着米娜,对江浩拜托。

江浩微笑着看向夜然,"好的。我送你。"

夜然对江浩微笑了下，"那麻烦你了。"说完朝米娜、纳米挥了挥手。

江浩启动车子，又随手放了一首轻柔的音乐，才转头温和地问夜然："夜然小姐，你家住在哪呢？"

夜然搅着手指，拘谨地对江浩回话："XX路的XX花园。江先生，谢谢你了。"

"怎么吃了消夜，我们更生疏了？"江浩笑着打趣。

夜然微微惊讶地看着江浩，

江浩嘴角扯着温润的笑，一本正经地说："我们别小姐先生那套，就直呼名字吧。"

夜然点了点头，"好。"

江浩嘴角带着笑，"夜然。"

夜然转过脸，回了句："江浩。"

"你跟米娜感情很好？"江浩边打方向盘，边肯定式地丢了这句出来。

"是啊，我们是高中同学，又是大学同学，当然大学还是一个寝室的姐妹。"

"这么多年感情了，难怪默契。"

"如果我跟她是一男一女的话，肯定是青梅竹马的恋人。"夜然笑着接话。对于她跟美阳、米娜这么多年的交情，她是自豪的，在这个物欲横长的时代，纯真、深厚的友谊不多见，而且能"臭味相投"地保持了这么多年，当然，以后这样继续下去，更加难得。

"青梅竹马也不一定是恋人。"江浩淡淡地说。

夜然一时接不上话，只能讪讪地不作声，抬眼望着车窗外。

天空飘起了阵雨，又急又密，滴答滴答地敲打在车窗上，雨刮器尽责地工作，连绵不绝的雨点串联成一圈一圈的雨花，顺着车身顺流而下。江浩神色隐晦，不再开口说话，专注开车。

夜然到家的时候，阵雨已经停了，"谢谢你送我回家，再见。"

"认识你很高兴，再见。"江浩同样朝着夜然挥挥手，潇洒地开车离去。

夜然洗完澡倒头就睡，心情丝毫没有被今天遇到的几个极品给打击到。第一个暴发户就那点涵养，第二个是雷人了点，第三个根本不能算是相亲对象，纯粹就是一个宠坏的小屁孩，相不成就继续相，总归会有适合自己的，再说了明天还要上班，还有一堆的报表，周工作总结报告要审核上交。

早上闹钟响起，夜然迅速奔向洗手间，刷牙洗脸，换衣服，化完妆，就精神十足地去公司上班，繁忙有序地迎接一周的新工作。临近下班的时候，美阳的电话就敲了过来，"然然，周五下班后，陪我去逛街。"

"今天才周一，你预约是不是有点早？"夜然咬着笔，看着文件说。

"怕你佳人有约啊。"美阳咯咯地笑了起来，"周五没人给你安排相亲吧？"

"目前佳人没约，不过这周工作挺多的，不知道周五晚上要不要加班，有空的话，就跟你去逛街。"

"好吧。那周五再说。"

接着一周内接订单，处理人事，忙得不可开交，每次米娜打电话来，总是听到夜然疲倦的声音，忙，很忙，什么事情过了这周五再说。繁忙的工作状态持续了四天。

周五，夜然主动跟米娜、美阳联系。

"米娜说不去逛街，那等会我跟你新天地街口见吧？"夜然询问美阳。

"嗯，不见不散。"美阳挂断了电话。

夜然下班后直奔新天地街口，跟美阳会合，带着美阳的宝贝儿子采购了一堆夏装后，走出商场，天空开始飘起了小雨。美阳将宝贝儿子朝夜然手里一塞，顺手接过几个购物袋，拧着眉说："我去车库开车，你在那边路口等我。"

夜然笑着点了点头，"好的。"然后抱着宝贝，顺着街沿走向路口。

"夜然。"夜然的脚步顿了顿，好像听到有人在叫她，"夜然，夜然。"

夜然一愣，转过头，居然看到江浩，一脸和煦的微笑，他正加快了脚步走过来。

"夜然真是你，我还以为认错人了呢。"

"嗨，你好。"夜然笑笑，打过招呼。

"在逛街？"

"是啊，逛完准备回家了。你呢？"夜然随口问。

"我跟朋友在那边刚喝完茶。"江浩顺手指了下不远处的咖啡厅，接着问，"谁家的孩子，真可爱。"

"朋友家的，来宝贝，叫叔叔。"夜然低头招呼宝贝叫人。

"叔叔好。"

"乖，他就叫宝贝？"江浩伸手摸了摸宝贝的头，转过脸笑着问。

"我叫楼雨润，小名宝贝。"宝贝奶声奶气地回答江浩。

"呵呵。"江浩被宝贝逗得一脸笑意。

夜然怜爱地捏了把宝贝柔嫩的脸颊，笑着说："楼雨润小朋友又乖，又帅。"

"夜然阿姨也很漂亮。"宝贝咧嘴笑着说。

"小小年纪就这么会哄人，长大了，还了得哦。"夜然捏了把宝贝的鼻子，眼眸的余光扫到江浩正饶有兴趣地看着她跟宝贝互动，似乎跟他没什么好寒暄的，忙笑着打招呼，"那我们先走了。拜拜。"

"叔叔，拜拜。"宝贝也有样学样地对着江浩摆了摆手。

江浩有些微愣，随即笑笑，"嗯，拜拜。"

"阿姨，你的脸花了。"宝贝咯咯地笑了起来，两只肥嘟嘟的小手朝着夜然脸上抹去。

"宝贝，不要摸阿姨的脸。"夜然忙出声阻止，但是，宝贝油腻腻的小肥手已经在夜然脸上留下了印记。

江浩转过身子看着夜然一脸哭笑不得，拿宝贝没办法的样子，嘴角不知不觉露出笑意，掏出了面纸，伸手递给夜然。

夜然两只手抱抱着宝贝，腾不出手接面纸，只能尴尬地笑笑，"谢谢。"刚说完，手机铃声响了起来。

"不介意我帮你抱会吧？"江浩朝着宝贝张手，邀约。

"叔叔抱。"宝贝一点也不认生，大大咧咧地朝江浩伸过手。

"真是不好意思啊。"夜然将宝贝递给江浩，从包包里翻出手机，看了眼是米娜，随手接了起来，"娜娜，怎么了？"

"现在来我家吃晚饭。"

"不是吧？"夜然抬手瞄了几眼表，"都八点半了，还吃什么晚饭啊，消夜还差不多。"

"那就过来吃消夜，快点，快点。"米娜在电话那头不耐烦地催促。

"那么急干吗？你该不是想给我安排什么人见吧？"夜然心里一紧，戒备地问。

"姐姐，我哪有那么多单身货源给你不停地介绍啊？"米娜大呼冤枉，终于认真地说，"刚才下班，我买了个刮刮奖，不小心就中奖了，想跟你们分享下喜悦嘛。正好明天是周六，一起聚会玩玩嘛。"

"你中了多少？"

"三百块。"米娜沾沾自喜地说，"我这辈子买了那么多次彩票，连五块都没中过，这次终于刮了三百，我激动啊。快来，快来，今晚不到天亮不散场。"

夜然嘴角抽搐了下，"我是没问题，阳阳就不知道了。"

"我给美阳打过电话了，她说要陪宝贝，没办法来，你就自己过来吧。"

"哦。那我放了宝贝就来。"夜然合上电话，看着宝贝跟江浩似乎挺投缘的，不由得笑笑，"还是我来抱吧。"

"你等会要去米娜家？"

夜然愣了下，有些惊讶，但还是点点头，"是啊。"

江浩微笑着对她解释："我不是有意听到，只是你刚才开了扩音！"

夜然有些窘迫地红了脸，她刚才逛街开启了自动扩音，情急地回忆了一遍说的话，好像没什么不妥，才暗自吐了吐舌头。

"这边不太好打车，还下着雨，我带你过去吧。"

夜然有些怔，忙摇头拒绝，"不用，不用了。"

"不用不好意思，我顺路。"江浩笑笑，"我家也在那个小区。"

夜然微愣着张着嘴，一时也不知道说什么。

"走吧。"江浩说完，不给夜然拒绝的机会，抱着宝贝就往车库那边走。

"那个，宝贝给他妈妈就好了，在那边路口。"夜然看着江浩的背影，忙出声。

江浩回身，笑着指了指那边路口，"是那边么？"

夜然点了点头，跟在江浩身后，顺路过去，似乎是比较省事。

从江浩手里接过宝贝，放上车的时候，美阳狐疑地盯着江浩看了半晌，又看了看夜然，悄声问："谁啊？"

夜然忙堆着笑脸介绍了下："阳阳，他叫江浩，是纳米的表哥。"

美阳张了张嘴，欲言又止，最后朝夜然挥了挥手，摇上车窗就开走了。

夜然转身对着江浩笑了笑。

"你等我会，我去开车。"江浩说完，又给夜然递过面纸，指了指她的脸。

夜然目送江浩远去的背影，忙从包里抽出镜子一看，窘了！她脸上被宝贝的小肥手抓了两个油腻腻的黑印，就跟个小花猫一样，而且更悲惨的是，她的妆容遇水有点化开了，真可谓色彩斑斓。

坐上江浩的车，夜然保持着拘谨的姿态，侧着头，默不作声地望着车窗外的景物，刚才真是丢脸。

江浩边开车，边随意跟夜然搭话，"有时候看你挺活泼的，有时候又挺文静的。"

"嗯。"夜然微笑，她跟熟的人话比较多，在不熟的人面前，还是挺淑女的。

"不过，每次见到你，都让我感到惊奇。"江浩温和地笑笑。

夜然扯了扯嘴角，"让你见笑了。"

"你这样一本正经地跟我对话，还真让我有点压力。"

"呵呵。"夜然干笑了两声。

狭小的车厢内气氛有些尴尬，两人沉默了一会儿，江浩伸手播放了一首轻柔的音乐。"冰封的泪，如流星陨落，跌碎了谁的思念……"

"这是什么歌啊？听着挺耳熟的。"夜然跟着调子哼了哼，一时想不起来名字，随口就问。

江浩转过脸，对夜然回话："《千年缘》。"

"哦，难怪呢。"夜然得到答案，又把脸转向窗外，看着那密不透风的车流，眉头不由得有些拧起来了，"哇，怎么堵车堵成这样？"

"前面好像出了交通事故。"

"不是吧？那要堵多久啊？"夜然蹙眉，这条路本来就是市中心最拥挤的一条路，平时就很堵，这会要出了交通事故，那还真的是有的等了。

"那就不知道了。"江浩摊了摊手，有些无奈地回答。

"哎呀，怎么就堵车了呢。"夜然看着外面纹丝不动的车，没由来烦躁，自言自语。

"你反正是去吃消夜，又不急。"江浩笑着打趣。

夜然张嘴正想回话，米娜的电话又打了过来，"然然，你到哪了？"

"还在人民路呢。"

"怎么那么慢啊？你在徒步吗？"米娜没好气地嘲讽。

"我坐了纳米表哥的车，这会被堵在路上了。"夜然边说边抬眼瞄了一眼江浩，他似乎极具耐心，安静地看着前面的路况。

"啊，你跟他表哥在一起啊？"

"嗯，逛街的时候遇到的，他说顺路把我捎过去。"听着米娜那暧昧的语气，夜然不得不解释。

"哦，真巧啊。"

夜然撇了撇嘴，知道越抹越黑，跟米娜解释不清楚，还不如不解释。

"那你不用来我家了，我们去 M 歌 KTV，记得把表哥一起叫上。"

"我怎么叫啊？跟他又不熟。"夜然为难地瞅了一眼江浩，侧过脸对米娜回话。

"少来，一起吃过饭，现在还坐在他车里，这叫不熟？"米娜牙尖嘴利地反问，末了又补充了句，"人多点热闹，唱歌就是要气氛嘛。"

"还是你自己打电话叫吧。"

"你在旁边不叫，还叫我打电话？电话费不要钱的啊？"

"姐姐，一个电话几毛钱？"夜然嘴角抽搐了，没好气地反问。

"虽然只是几毛钱，但是，有钱也不能这样浪费。"米娜义正词严地说，"你说，你这人怎么回事啊？表哥嘛，又不是什么外人，你那么见外干吗？不就叫一下嘛。"

"我把电话给他，你自己说。"夜然看了看江浩，毫不犹豫地把手机递过去，"米娜要跟你说话。"

江浩有点莫名，但还是伸手接过了电话。米娜在那头噼里啪啦地不知道讲了什么话，江浩嘴角的笑意越发明朗，若有所思地看了眼夜然，随即温润地应承了下来："好的，一会儿我就过去。"

江浩挂了电话，把手机递给夜然，神色平常地说："米娜说去 M 歌唱歌，叫我们一起过去。"

夜然点了点头，"她今天中奖了，非得要庆祝下。"

"哦，她说好像还有什么人要介绍给你认识，要我转告你，做好心理准备。"江浩笑着说。

夜然心一沉，面色一窘，正色地看着江浩问："你没听错吧？"

江浩摊了摊手，微笑着说："应该是不会听错的。"

夜然撇了撇嘴，神色犹豫，她倒是不怕乌龙相亲，可是这会江浩一起去，相亲的窘态被他看到，那叫她多难为情啊。

眼看着车移动起来，江浩已经右转弯开向去 M 歌方向了，夜然终于忍不住说:"你把我放在这边的路口吧。"

江浩愣了下,趁着红灯,忙转过脸关切地问:"怎么了?"

夜然咬着唇,低垂着眉眼道:"我还有事要回家,去不了了。"

"有事?很急吗?"

"嗯,急吧。"夜然挤了一个微笑,心虚地说。

"那我送你回去吧,这条路上也不好打车。"江浩忙说。

夜然微愣着,没办法开口拒绝,只能硬着头皮点点头,"那就麻烦你了,我家是……"

"我记得。"江浩笑着打过方向盘,调转了车头。

夜然一时也不知道该接什么话,转过脸望着车窗外,寻思着等会该怎么跟米娜说她不去的借口。想到相亲,她心里就涌现出一股无力。

"你好像心情不好?"

"啊?怎么会呢。还好吧。"夜然强打着精神,回了一个笑。

"都写在脸上了,夜然心情不太好。"

夜然伸手摸了摸自己的脸,淡淡地说:"或许吧。"

"为什么?"江浩边开车,边用眼眸的余光关切地扫着夜然。

"唉,说不清楚为什么。"

"该不是因为米娜要给你介绍朋友认识,你落荒而逃吧?"江浩似真似假地询问。

"呵呵。"夜然苦笑了下,"白马那么多,我这个鉴定师有点力不从心。"

"听听音乐,心情可能会好点。"江浩说完,伸手播放了一首轻柔的曲子。

夜然打开了车窗,刚才的小雨停了,清新的晚风柔柔地吹在脸颊上,无比的惬意,感慨地说:"唉,人生那……"

江浩认真地倾听夜然的感慨,结果半晌之后,夜然依旧没出声,不由好奇地问:"人生下面怎么了?"

"人生啊,当归那。"夜然转过脸,眨了眨眼,淘气地说。

"呵呵,"江浩笑了笑,"还以为你要说什么长篇大论呢,结果,一个当归就完了。"

"一个当归还不够啊?难道还要加个千年灵芝、何首乌什么?"夜然撇看撇嘴,"你以为是熬汤呢。"

江浩一愣,随即笑了起来,"人生不就是熬汤么?经历各种各样的事,慢慢煎熬着成长,有的汤熬出味了,有的变味了……"

"真有哲理啊。"

"书上看来的,我搬来用用。"江浩爽朗地笑了笑,"夜然……"

夜然转过脸,"啊?"刚想问什么事,汽车砰的一下子失去了控制,夜然紧抓拉手,感觉脑袋空白,被弹撞了几下,连疼都没感觉到,彻底吓蒙了。

汽车失控地扭转了几个S型,弹到了路边的护栏边。

夜然惊恐地望着江浩,大气都不敢喘。

江浩同样受惊不浅,拉完手刹,回神对夜然问道:"你没事吧?"

夜然摸着被撞疼的后脑勺,摇了摇头,"我没事。"

"我下去看看怎么回事。"

夜然的心怦怦直跳,惊魂未定地下车,看到江浩拧着眉,看着左边的前轮,忙问:"到底怎么了?"

"车胎爆了。"

"啊?车胎怎么爆了?"

江浩摊了摊手,有点无奈,"我也不知道怎么爆了,不过,还好人没事。"

"那现在怎么办?找人来修吗?"

"不用,换个备胎就行。"江浩抱歉地对夜然笑了笑,"真不好意思,让你受惊吓了。"

"没有,我才不好意思呢!都是送我回家,车胎才爆的。"夜然内疚地看着江浩打开后备厢。

"车胎要爆,跟你没关系的。"江浩安慰着夜然。

"可是……"

"别可是了。你要赶时间的话,去那边路口打车,要不赶时间的话,等我换好备胎再送你回去。"江浩从后备厢里拖出备用车胎,笑着对夜然说。

"我其实也没那么赶时间,我等你换好车胎吧。"夜然可不好意思把江浩丢下,"那个,我能帮上什么忙呢?"

江浩放下备胎,又拿出三角警示牌,对着夜然吩咐:"那就请你帮忙把这个放到车后面五十米的地方。"

夜然放置好了警示牌,走到江浩身边,看着他挽着衣袖,把千斤顶放在故障车轮的车门下方,千斤顶上端凹槽对准车门底部金属支撑边,然后将车体费力地支起,不由得问:"需要我帮忙吗?"

江浩把车体支到了适合的高度,转过脸对着夜然笑笑,"这个你是帮不上忙的,就站在旁边看着吧。"

夜然看着江浩一脸的汗,心里更加内疚了。

米娜久等不到,忙打电话催促,"然然,你被表哥拐跑了啊?怎么还不到啊?这会时间爬都能爬到了。"

"江浩车爆胎了,现在在路上换胎呢。"夜然眼珠一转,顺带着说道,"还有,别等我了,晚上有事,我不过去了。"在米娜即将破口骂人的前一秒,夜然快一步地掐断了电话,顺手关机,低下头看到江浩已经用轮胎扳手依次把螺栓卸下来。

江浩费力地将车胎托起,平稳地卸了下来,夜然认真地看着,都说认真做事的男人特别帅,看着江浩心无旁骛地认真换胎,那俊逸的侧脸更显几分男人的味道,确实挺帅的。

依次把卸下的东西安装上去,最后终于取下千斤顶,把那些螺栓又拧紧了一遍,江浩才抹了一把满脸的汗水,憨厚地对着夜然笑笑,"实在是不好意思。这胎爆得真不是时候。"

"呵呵。"夜然干笑了两声,看着江浩脸上那道黑乎乎的印记,从包里抓了面纸递给他，指了指他的脸。

江浩就着车镜照了下，边用面纸擦，边跟夜然搭话，"我在你面前还想维持绅士形象，结果看来失败了。这样子叫绅士一脸的泥。"

"我也想维持淑女形象啊，可是，每次见你，好像都挺糗的。"夜然深有感慨地说。

"没有啊，我倒是觉得不拘小节的你挺率性的。"江浩放好爆胎，关上后备厢，笑着说。

"我是人见人爱，花见花开，汽车见了都要爆胎的美女，率性是必需的。"夜然自我嘲讽地说。

"我感觉你这人两极分化很明显，有时候率性，有时候特文静。"

夜然呵呵干笑了两声，手指了指那车胎，转移话题，"这个应该不会爆了吧？"

"原则上是不会再爆了，实际上，遇到你这么一个人见人爱、花见花开、汽车要爆胎的美女，那就难说了。"江浩挑了下飞扬的剑眉，笑着说。

"被你这么一说，我都不敢再坐你的车了！"夜然嘴上说着，手却拉开了车门，弯身坐了进去。

"呵呵，放心，这次肯定不会再爆了。"江浩拉上车门，对心有余悸抓着把手的夜然笑着安慰。

"但愿吧。"

"天地良心，我可不想再爆了。"江浩一脸正经地说，"车上难得带一个美女，我还挺沾沾自喜的，结果，车胎爆了，我才丢脸丢大了。"

"我还以为我体重超标，车才爆胎呢。"

"爆的是我这边，你意思该不是说我超重吧？"江浩笑着看了看自己，补充着说，"可是，我还没到中年，也没发福迹象啊。"

扑哧，夜然克制不住地笑了起来，打趣地说："这年头，青年发福的也很多，难说车胎是不是受不住你的体重才爆的。"

"你这话故意在损我？"江浩佯怒，转过脸看着笑得花枝乱颤的夜然。

"哪有啊？"夜然无辜地眨了眨眼睛，一脸正色地说，"我只不过是老实人说老实话而已。"

江浩扯着嘴角笑了笑，这场爆胎，让他跟夜然之间拉近了不少距离。

"那老实人说实话，真的是有事回家，还是故意不去 M 歌的？"

夜然笑着耸了下肩，"这个嘛，你猜喽。"

"女人心，海底针，我可猜不出来。"江浩手搭着方向盘，微笑着说。

"猜不出来就算了。"

"那现在送你回家？"

"啊？开了半天，你没送我回家啊？"夜然吃惊地望着江浩。

江浩挑了下飞扬的剑眉，风轻云淡地说："我以为你喜欢坐我车兜风呢。要不，我在开错第一个路口时，你也不吱声。"

夜然看了看车窗外面，确实开过了一个路口，撇了撇嘴道："你不说记得嘛，怎么会开错呢？我可是相信你的，压根就没看过路。"

"那么相信我，也不怕我把你给卖了。"

"你要卖我，估计得倒贴钱。"

"呵呵，不是吧？"江浩分神地扫了一眼夜然，

"难说。"夜然从包里抓出手机，刚开机，一连串的未接短信冒了出来，有米娜的、美阳的，权衡了下，夜然还是给美阳回了个电话。

"然然，你怎么关机了？"美阳第一时间发问。

"哦，刚才没去唱歌，怕被米娜骂，就直接关机了。"

"干吗不去？"

"这还用我说嘛！"夜然拧着眉，叹息了一声。

美阳心神意会了，"哦，那你在哪里啊？"

"正在路上，快要到家了。"

"那好，等你到家再打给我。"美阳确认了下夜然的位置，就挂了电话。

江浩朝夜然看了一眼，转过脸，又专注地开车。

没一会儿就到了夜然家，夜然走下车，对着摇下窗子的江浩挥手，"谢

谢你，送我回家。"

江浩温和地笑了笑，摇摇手，"你又要跟我客道了，汽车见了爆胎的美女。"

夜然一听这话就笑了，朝着江浩摇了摇手，"那就再见了，慢走哦。"

夜然刚进屋换完鞋，手机就响了起来，心里暗忖，不会是米娜吧？这么准时打过来骂她。从包里翻出来一看，是个陌生号码，但还是接了起来，"喂，您好。"

"夜然，猜猜我是谁？"

这号码陌生，声音却不陌生，夜然不由得好奇，"江浩，你什么时候存我号码了？"

"不是吧，你猜都不猜就听出来是我了？"江浩的声音带着点挫败，"你进屋了吧？"

"嗯，到家了。"

"你习惯用QQ还是MSN？"夜然愣了下，没有直接回话江浩倒是开口问了，"难道你两个都不用？"

"两个都用啊，平时用QQ，上班就用MSN。"

"那QQ告诉我,回去我加你。"江浩刚说完又觉得不妥，直接来了句，"你还是发我信息吧，我怕记不住。"

"我现在加你。"夜然开了笔记本，照着江浩说的QQ加了上去，跳出来的网名是尼罗河的青蛙，弹开他的资料看，等级挺高的，但是除了性别男，其他什么都没写，头像还是原始的青蛙。

"那好，等我回家就加你。现在我在开车，先挂了，拜拜。"

"拜拜。"夜然挂了电话，对着江浩的头像怔怔地发了会呆，然后手指不由自主地在键盘上敲下了校内网的地址，页面弹出来，登录名：霸世青蛙，密码……

夜然看着页面，眼睛渐渐开始发酸，真不明白，江浩、陈铭轩，明明长得很帅，为什么要用青蛙来做网名呢？莫不是男人都希望自己是青蛙王子？

当初，陈铭轩要用霸世蛤蟆，后来夜然嫌太恶心，才改成青蛙……陈铭轩，已经好久没有想他了，不知道他过得怎么样？

不过，他的世界那么大，没有夜然一样精彩，或许，他早已成家立业，再或许，他身边早已有了温柔体贴的女朋友……夜然想不出来，因为，她已经很久没有见过他了，一年，两年，三年，四年……那么久，比当初两个人在一起的时间还久。

可是，每一次想到他，夜然的心就会沉重起来，抑郁，悲伤，难过……可谓百感交集。最终，夜然咬着唇，深吸了一口气，将页面关闭。她不记得密码了，不需要再上校内网。

夜然退出QQ，关了电脑，给米娜回了一个电话，被训了一顿之后，关了手机，泡了个澡，早早地上床睡觉。

第二天睡到日上三竿，夜然才慵懒地起身，光着脚丫踩着地板，走到窗户前，拉开那层层厚重的窗帘，温暖柔和的阳光一下子就照射了进来，夜然忙伸手去挡那炫目的光芒，真是一个晴朗的好天气。

开电脑，刷牙，洗脸，上QQ，江浩已经通过验证，QQ也在线，发了一个笑脸过来，"吃饭了没？"

"没呢。"

"你该不是睡到现在才起来吧？"江浩发了一个疑惑的问号。

夜然揉了揉眼睛，一只手在电脑上敲下，"是啊，刚刚起来。"

"那么能睡！"江浩打了一个惊恐的表情，"我早上去Y州都回来了。"

"啊？那么厉害？我服了你。"Y州跟S州相距两百公里，大概一个小时四十五分车程，来回的话，将近四个小时。

"我六十五公斤，你确定你能服进去？"江浩冷不丁地冒了句冷笑话。

夜然刚端着茶杯喝了口水，就这样给生生地呛着了……咳咳咳，"帅哥,在说冷笑话之前,能不能给我点心理准备?"

"给你心理准备,就达不到我要的效果了。"江浩发着偷笑的表情,"还有,别叫我帅哥,我听着怪不好意思的。"

"不叫帅哥叫什么?"对着电脑屏幕,夜然不似看着江浩那般拘谨,有些口无遮拦。

"我有名有姓,叫我江浩不就好了。"

"连名带姓地喊,多生疏呀。"

"那你可以分开喊嘛,江啊,浩啊都行。"江浩顺从地接话。

"单叫又显得太亲热了,咱们没熟到那地步。"

"那你想叫什么?"江浩发了个问号来。

"既不生疏,又不显过分亲密,我看还是叫你酱紫吧。"夜然把江子打成了酱紫,见江浩半天不回话,又补充了句,"难道你喜欢叫耗子?"当然,浩子,拼音法直接打出来了耗子。

江浩发了一个晕倒的表情,无辜地说:"你个白字先生。"

"其实,我也不想白字的,都是拼音法给害的。"夜然无辜地喊冤。

"我看你心里挺得瑟的,酱紫,耗子。"

"这都被你发现了,我还怪不好意思的。"夜然对着电脑屏幕笑了起来,"其实酱紫跟耗子还好,要是我喊你小江子或者小耗子,人家很容易想起古代皇宫里的公务员。"

江浩又发了一个晕倒的表情来,"总算是有点味道了。"

夜然发了一个问号。

"看吧,装不了淑女了,本性暴露了。"

一回生,两回熟,认识夜然的都知道,第三回下来,夜然就不会再淑女了。

"虽然我知道你英俊潇洒、风流倜傥、玉树临风、年少多金、神勇威武、天下无敌、寂寞高手,一朵梨花压海棠,"夜然的手指敲到这边停顿了下,估摸着江浩会偷着乐上一番,于是继续在聊天记录里复制出下面这段话,

"但是……"

夜然的"但是"还没出来，江浩已经快一步地发了这么句话来，"夜然，我终于发现你有个很严重的缺点。"

夜然一听江浩这么一本正经的话，忙不耻下问："什么缺点？"

"你太老实了，尽讲实话，把我的缺点都说出来了，搞得我怪不好意思的。"

夜然愣了下回神，才知道被江浩耍了，忙补了句："我也发现你一个很严重的缺点。"

"说吧。"

"自恋，别名，厚脸皮。"夜然把QQ挂成离开状态，准备洗个澡出门找点吃的。

洗到一半的时候，手机铃声大作，夜然不去理会，过了一会，夜然家的门开始被咚咚地捶打。一听这霸道的敲门声，夜然忙随手拿了一件睡衣，拢拢湿乎乎的头发，穿着拖鞋就去开门，"我说姐姐，门铃是用来摆着看的么？就知道踹门。你又不是来砸场子的。"

米娜拎了一袋东西，笑吟吟地站在门边，丝毫不客气地推开夜然，径直奔进屋子，"我觉得踹门比较有个性。"

"你怎么想到来我这了？"

"看你周末一个人在家，孤苦伶仃的，就发发善心来陪你咯。"米娜说得冠冕堂皇。

"我看是纳米出差去了，你一个人在家无聊，所以想拖我陪你玩吧？"

"然然，做女人不可以这样聪明的，男人会有压力。"米娜食指轻摇，说得风轻云淡，末了还庆幸地感慨了句，"还好我不是男人。"

于是，夜然陪着米娜逛街，吃饭，看电影，消夜，折腾到晚上十二点多才回家。

上网的时候，江浩又跑过来无关痛痒地吹了会牛，相互调侃了下，才下线睡觉。

夜然发现，人与人之间真的是挺奇怪，她跟江浩从一开始的拘谨，到现在QQ上乱七八糟闲聊，也不过才几天的光景，却感觉很熟，好像认识很久了一样。

第 4 章　刁蛮婆婆

"你说爱我就跟我走……勇敢牵我的手……"手机铃声响起的瞬间，夜然毫不犹豫地在枕头下摸起，看都没看，直接挂断，随手朝床边一扔，继续她刚开始做的小梦。

"你说爱我就跟我走……风雨也跟我走，海角也跟我走……你说爱我就跟我走，让爱带我们到尽头……"三秒时间不到，手机再一次不死心地响了起来，夜然闭着眼睛伸手在床边四处摸了摸，还好扔得不远，一把抓到手里，再一次挂断，顺手关机，随手一扔，翻了个身，抓着被子继续睡。

"起来，不愿做奴隶的人民……"捆绑的家庭电话，响起了振奋人心的国歌。

夜然伸手抓过那正响得嘹亮的国歌，眯着眼，望着屏幕上闪动的老妈两个字，欲哭无泪，有气无力地接了起来，"喂……"

"喂什么喂？"老妈那一声河东狮吼，明显比国歌还要嘹亮上几分。

夜然抬手将电话稍稍拿远了些，免得被老妈震出耳聋耳鸣现象。

"你竟然敢挂老娘的电话？翅膀硬了，有能耐了是吧？"老妈气恼的声音一字不差，清晰地传进了夜然的耳朵。

夜然忙讨好地哄道："妈，没有的事，刚才手机没电了，自动跳掉的……我这不是接你电话嘛！"

"算你识相！都八点半了，你还不起来？"老妈的语气稍微好了那么点。

夜然无语地望着天花板，深呼吸了下，昨天被米娜拖着逛街，回家十二点多，跟江浩吹完牛睡觉大概也要两点多了，现在八点半……她一共才睡了几个小时？

"夜然，你该不是把今天定的事给忘了吧？"老妈的语调一转，狐疑地问。

"啊？今天定的事？"夜然有些迷糊，"今天定什么了？"难得一个周末，自然是在家好好窝着，睡个昏天暗地。

"你……你给忘记了？"老妈的音调瞬间拔高，恼火地急切地问。

夜然想说好像忘了！被老妈那一吼，脑海里一机灵，该不会是相亲吧？

"你竟然敢把老娘的话当耳边风？你欠抽啊！"老娘等不及夜然回答，便立时做出了结论，知女莫如母。

"没！没忘记！"夜然心虚地接话，讨好地对老妈赔着笑，"我知道，你那个什么姑婆家的儿子，有个朋友，要跟我见见是吧！"

"什么叫我那个姑婆，是你姑奶奶！"老妈没好气地纠正夜然的称呼。

"嗯，是姑奶奶！"夜然嘴里应着，心里不免嘀咕：什么姑奶奶啊，都八竿子打不到一起的老亲，不知道怎么的就想着给夜然介绍男朋友了。

"那你还不起来？"老妈的声音透着恨铁不成钢，"人家小伙可是个公务员，前途大着呢！"

"哦，知道了，我马上就起来！"夜然识相地在老妈面前扮着乖巧。

"那等下要不要我陪你去？"老妈被夜然这么听话给哄得心花怒放，语气明显缓和。

夜然的嘴角抽搐了下，毫不犹豫地拒绝，"妈，我跟他先见见再说，你跟着去干吗呀？不是给人家小伙子压力嘛！"

老妈想了想，也有道理，就关切地嘱咐了句："那你一会可要好好表现！抓住机会！"

"嗯，嗯，我一定会好好表现的！"夜然口是心非地应承着，

"那行，我挂了，晚上听你的好消息！你今天给我好好装扮装扮！"老妈挂电话前，还不忘记唠叨着补充。

夜然挂上电话，长叹了一口闷气后，才心不甘、情不愿地抓了衣服起身。

相亲啊，又要相亲了……老妈啊，之前二十五年，在学校，严厉规定不许谈恋爱，如果发现早恋，直接杀无赦。这会倒好，二十五岁一过，天天催着要交男朋友。古代妓女接客，老鸨都要调教好才能亮牌呢。这老妈前二十五年没调教过，怎么能指望才三年就摸索成才嘛。这明显基础就没打好。

在镜子前，左看右看，那棕灰色的烟熏妆跟身上这套雪白色的飘逸纱裙有些不搭调，夜然犹豫了一会，想把脸上的烟熏装擦去，但想到昨晚严重缺少睡眠而顶着的黑眼圈，便放弃了这想法，干脆地从衣橱里抓了件紧身的白色衬衫跟黑色休闲裤，利索地换好衣衫，手机准时地响了起来。

夜然奔出去抓起手机一看，是那个姑奶奶的电话，不由礼貌地接听起来，"夜然，你什么时候来啊？"姑奶奶用半生不熟，夹杂方言的普通话不标准地问。

夜然细声地说："姑奶奶，我现在过来！你告诉我地址。"

下车后，兜兜转转跑了好几个弯，又打了好几个电话，夜然才找到姑奶奶家这座比较出名的老三茶馆，不由得有些唏嘘！果然是出名的地方，跟人一样，低调得找不到地。

一个五十岁左右的中年阿姨，看到夜然的瞬间，两只狭小的眼睛内立时闪出一道精光，热切地抓着夜然的手，笑得满脸都是褶子，"你是夜然吧？我是你姑奶奶。"

姑奶奶跟这位胖阿姨的年龄似乎有些搭不上，夜然迟疑，但还是硬着头皮喊了句："姑奶奶好。"

姑奶奶热情地挽着夜然往里间包厢走,笑着说:"你一会呢,也别紧张,小伙子呢,人挺好的。"

夜然不知道该接什么话,只能傻傻地赔着笑脸。好在没走几步,便到了一个包厢前,姑奶奶转过脸,对夜然说:"到了。"

一把拉开帘子,夜然就对上了那个跷着二郎腿的男子,不由得额头大冒冷汗。因为那人脸上的斑好醒目……跟嵌满芝麻的大饼有一拼。

那位男子措手不及地收回腿,尴尬地咧着嘴,对夜然跟姑奶奶赔了个笑脸。

"朱文,这是我的侄外孙女,夜然!夜然,这是朱文。"姑奶奶介绍完,又自动闪人,"我给你们拿点吃的去。"

朱文不好意思地挠了挠头,对夜然挤了一个笑,站起身子,朝她伸出手,"夜然小姐好,我叫朱文!"

夜然刚想礼貌地伸手跟他握下,结果那朱文说完,立马做了一个标准的敬礼手势。

夜然的手就这样尴尬地伸着,最后也回了一个军礼,讪讪地自我介绍:"朱文先生好,我叫夜然!"

夜然悄然地比画了下两个人的身高,她净高一六五,穿着这双八厘米的高跟鞋,大概在一七三左右。这朱文先生很明显跟她是平视的。

夜然对男朋友的身高标准是一百八十厘米,显然,除却那张不耐看的脸外,这朱文先生还是没达标!(为什么有这个标准呢,因为不知道哪本杂志上曾说过,十五厘米到二十厘米的接吻距离是最唯美的)

"夜然小姐,我今年二十五岁,在市文化局上班!"朱文憋红了脸,半响才冒了这么一句话出来,接着不太确定地看着夜然,"你好像二十八岁是吧?"

"是啊,我二十八!"

"那个,我不是嫌弃你年纪大,我其实想说,你看着不像二十八岁,顶多,也就二十三四!"朱文的脸绷得紧紧的,一板一眼地对夜然解释,说完问夜然对他的看法，"那，夜然，你觉得我呢？"

"我觉得你，看着挺稳重的……"夜然认真地斟酌了下，才含蓄地说。

朱文一听这话，叹了口气，摸了摸自己的脸，意味深长地说："虽然我比你小，但是看着我就比你沧桑……没办法啊，我在部队的时候，风吹日晒地训练，也没想过要好好保养，退役后到文化局上班，想保养了，却发现要保养得实在太多，有些无从下手的感觉！"

这人倒是有自知之明，还知道用沧桑来形容自己。

"其实，你还好了！"夜然勉为其难地挤着微笑说。

"啊呀，你们两个倒是聊得挺开心的啊！"随着姑奶奶的声音，另外一个身材短胖的女子也挤进了那不怎么宽阔的包厢。

"大妈，让我也看看。"又传出娇滴滴的女声，接着又进来一个姑娘，那红扑扑的脸色，说明她奔来的速度。

夜然只觉得她俩的眼光相当挑剔，上上下下扫视着她，好像灼热得能把人烧出洞来。她有些头皮发麻，僵直了身子，尴尬地看向在包厢门口探了半个头的姑奶奶，眼神不住地求助，这两个谁啊？

"那个，是我妈！"朱文从初始的惊愕中回神，笑眯眯地对夜然解释。

夜然只觉得脚底一软，幸亏是坐着的，不然这一跤摔下去，可就有的看了。

"妈，这么热的天，你怎么跑来了？"

"我来看看你相的姑娘！"朱文的母亲面色淡淡地扫了一眼夜然，不温不热。

夜然微微张着嘴，一时也不知道该说什么？

"嗯，这丑媳妇总要见公婆。夜然，你先见见朱文他妈妈，了解下他的情况，也是不错的。"姑奶奶看夜然紧咬着苍白的嘴，忙说场面话。

"你想了解我们文文什么情况，尽管问好了，我这个做妈的都知道。"朱文妈妈大大咧咧接话。

夜然忍着不快，赔了一个笑脸给朱文妈妈，"阿姨好。"

"那个，你叫什么？"朱文妈妈面色正经地端坐了下来，手指着夜然问。

"妈，她叫夜然。"朱文讨好地上前捏了捏妈妈的肩膀，不等夜然回答，抢过话。

"名字还不错！"朱文妈妈点了点头，中肯地评价。

姑奶奶讨好地帮夜然倒了杯水，介绍着："朱文的爸爸是军人，不过在他很小的时候就走了，是朱文的妈妈把他一手拉扯大的，不容易哪！"

夜然揉了揉额头，那跳动的太阳穴，隐隐地带着不舒服。

"夜然，你家是做什么？"朱文妈妈接过姑奶奶端着的水杯，淡淡地问。

"我爸爸做点小生意，我妈妈是全职主妇。"夜然老实地对朱文妈妈说。

"你们家就你一个？独生女？"朱文妈妈眉头微微打结了下，似乎有什么不满。

夜然点了点头，"我家就我一个。"

"那你怎么二十八岁了，还不着急找对象结婚？是你要求太高，还是你爸妈要求高？"朱文妈妈言语犀利地问。

"这问题……"这个问题还真不好回答。

姑奶奶眼瞅着夜然回答不出个所以然来，忙熟稔地坐到朱文妈妈的身边，笑嘻嘻地说："他婶，这个问题好像不重要吧！"

"那你是准备嫁出来，还是招赘呢？"朱文妈妈看了一眼姑奶奶，又问。

夜然的表情更加无辜，说真的，她还真没考虑过这问题，尤其把朱文作为对象来考虑。

"我可先说明，不管你嫁出来，还是我儿子入赘，你们一定得生两个孩子！"朱文妈妈不顾夜然错愕的表情，正色地说，"你们家姓一个，我们家姓一个！当然，你要生三个、四个，只要你们家有条件养得起，你都可以生！"

夜然抬头看了看天花板，翻了翻白眼，深吸了一口气，当她是母猪嘛，这样的生法。

"他婶……"姑奶奶拉了拉朱文妈妈的手臂，嘴巴朝着夜然努了努。

朱文妈妈无视姑奶奶，依旧自说自话："结婚以后，不管是住你们家，还是我们家，或者你们另外买房子，我是一定要跟着去照顾儿子的……跟着你们一起住。"

夜然一听这话，呛得差点没背过气，双眸无辜地望着朱文妈妈。

"你也别嫌我这个老人家碍事，有我照顾你们，你们可省了一笔请保姆的费用！当然，你要给我钱，我也是会拿的，给我孙子存着……"朱文妈妈口若悬河地说。

夜然已经不知道她该用什么样的表情来形容她现在的心情，一个窘字，已经完全不够用了。

"对了，夜然，你是做什么的？"半晌之后，朱文妈妈又关切地问。

夜然连回答的力气都没有了，先不说朱文的内外在条件，就他这么一个极品的妈妈，夜然心里就两个字：淘汰！

姑奶奶笑着回答："夜然啊，可是一家公司的经理，很能干的。"

朱文妈妈的神色犹豫了下，开口要求道："结婚以后，你就不要去上班了，女人做啥经理，一听就不是什么贤惠的女人……"

朱文终于忍不住打断他母亲："妈，现在这个社会男女平等，你那些想法早就过时落伍了。"

"儿子啊，妈还不是为了你好？你现在好歹也是有铁饭碗，挑老婆虽然说长相要好，但是一般般，过得去就行了，太漂亮的女人放在家里跟外面都让人不省心。"朱文妈妈边说边扫视着夜然，那赤裸裸的眼神，明显在说夜然以后肯定会不安分地红杏出墙。

"咳咳咳……"那个同时来的姑娘一阵干咳，成功地打断了朱文妈妈的话。眼瞅着众人的焦点都放到了她身上，才开口问道："夜然，《HE》

杂志上上期那个封面女郎是不是你啊？"

夜然眨了眨眼，点了点头。

"呀，真是你啊？你本人比杂志上还要好看呢！"那姑娘热切地抓着夜然的手，满脸的崇拜。

夜然尴尬地缩了缩，不太习惯陌生人的触碰。

朱文妈妈脸色微微冷了几分，转脸问那姑娘："翠花，你说的那个杂志什么东西？"

"就是书上的封面女郎，模特嘛！"

"模特？给人家脱光了拍照片的那种？"朱文妈妈的音调不自觉地拔高，脸色瞬间黑了下来。

"婶婶，也没那么夸张。"

夜然的笑容早就僵在了脸上，面部肌肉一阵阵地抽搐。

"只要给别人拍就不行！不像正当好女孩会做的事！"朱文妈妈的语气非常坚决，"儿子，你出来，我有话跟你说！"朱文妈妈一把拽着朱文，将他拖出了包厢。

接着，夜然的耳朵内便清晰地传来朱文妈妈的声音，"文文啊，娶老婆不要太漂亮，要会持家，老婆不是娶回家当花瓶看的，要实用。这个夜然，我怎么看，怎么觉得不适合你！"

接着是朱文讨好地辩解，"妈，你不要以貌取人，这夜然的谈吐修养不错，而且能力也不错，就是年纪比我大了点，不过，看着也不显老……"

夜然似笑非笑地望着姑奶奶，又转头看着那脸色憋得通红的翠花，难道外面那两位不知道，这个包厢的帘子是竹子的，没隔音效果。

"她们家条件怎么样？"朱文妈妈犹豫着问。

"听说不错的，有好几处房产呢！"朱文的声音微微压低了点。

"那你们结婚以后，在我们这买套房子，再让她们家给你买辆车子，房子也不用太好，就那个新出的楼盘，连体别墅的绿湖花园，车子嘛，文文你喜欢什么牌子就什么牌子！"朱文妈妈理所当然地说，末了低声地补充了句,"不用替他们太省钱的……咱可不能亏待了自己!"

"妈,这些以后再说吧!"朱文显然也有些吃不消他母亲。

"这个可不能以后说,要是她们家赖账怎么办?都要提早说好,能成就成,不能成就算了,反正她一个二十八岁的老姑娘了,等不起的!儿子你可是堂堂国家干部,多少人抢着呢!"朱文妈妈沾沾自喜地说。

这厢的夜然已经是满脸的黑线,忍不住清着嗓子,咳嗽了一声,提醒下借一步说话的两个人。外面两个人的声音,立马低了下来。

朱文亲切地拉着他妈妈再一次跨进包厢,对夜然讨好地笑笑,"夜然,我爸爸走得早,我妈妈吃了很多苦才把我带大,所以说话比较朴实,希望你不要介意!"

朴实?是现实吧!夜然心里没好气地嘀咕。

"老人家要靠儿女享享福,也是正常的!"姑奶奶硬着头皮再一次发挥红娘的作用,打着圆场。

夜然费力地挤出一个比哭还难看的笑出来,对朱文妈妈说:"我这么个二十八岁的老姑娘,跟你们国家干部不适合!我还有事,先走了!姑奶奶再见!"

朱文恋恋不舍地看着夜然优雅地迈着步子走出包厢,在追跟不追之间犹豫不决。

朱文妈妈倒是从鼻子里冷哼了下,"都二十八岁的老姑娘了,还拽什么拽?要搁我们那年代,就是一朵挑剩了没人要的老黄花。"

夜然头脑一闷,脚底软了软,差点就背过气去,不停地拍胸前,自我安抚,不跟这老太太一般见识……淡定。

"夜然,等等我!"朱文最终还是跨着步子朝夜然追了上去。

朱文妈妈明显受挫,对姑奶奶诉苦:"你看吧,这孩子,有了媳妇,就忘了妈!我命苦哪!"

朱文的脚步立马停下来,接着转过身子,对他妈妈谄媚着笑了笑,"妈,人家一个姑娘要走,我总要送送嘛!我去去就回来!"

朱文妈妈脸色带着不悦，扫了一眼儿子，最终撇了撇嘴，丢了一句，"送送她是可以的，但是，我不要这样的媳妇！除非，肯听我话！"

夜然看着气喘吁吁跑得满头大汗直接挡住她去路的朱文，有些不解地拧着秀眉，"你怎么出来了？"他老妈跟夜然犯冲，两人绝对没戏。

"我送你回去吧！"朱文挠着头皮，腼腆地笑说。

"不用了，这边打车很方便的。"

"我妈就那样，你别介意。"朱文面色尴尬，无奈地说。

夜然挤了个微笑，淡淡地说："嗯，老人家，就那样吧。"

"那，你看，我们是不是能再接触接触？"朱文憋红了脸，带着羞涩问。

"如果是朋友之间接触的话，那当然没问题，其他的话，抱歉，我觉得我们不太适合。"夜然正色地回答，凭良心说，朱文除却长相有点抱歉外，骨子里倒是朴实的孩子，适合做老公，不过他妈妈实在是有些极品，这样的婆婆，夜然是顶不住的。

朱文的脸上瞬间挂着失落跟惋惜，但是，他没有再说什么。

夜然没有再开口，两个人沉默着，气氛一时之间尴尬了起来。

"你说爱我就带我走……风雨也跟我走……海角也跟走……决定就不回头……你说爱我就跟走……勇敢牵我的手……"

夜然望着手机上跳动的米娜字眼，瞅了一眼朱文，才按下了接听键，"喂！娜娜啊……怎么了？"

"然然啊，你现在是不是在XX路？"

"是啊，怎么了？"夜然反问。

"在相亲是吧？"

夜然还没回话，米娜清脆的声音又响起来，"那个哥哥长相一般，身高一般，还有张花儿一般的笑脸，不过，在你的摧残下，貌似现在很失落，挂着不开心啊！"

"你看到我了？"夜然转头四周看了下，看看米娜是不是在附近。

"我才没看到你呢,我忙着跟我家米米看电影呢!"

"那你怎么知道我在XX路相亲?"夜然嘀咕了句。

"我是没看到,可米米的表哥看到了,正好打电话说到你,我就打个电话慰问下呗!"米娜呵呵地对着电话大笑了几声,语气带着暗损,"我对那位有张花儿笑脸的哥哥挺好奇的,你啥时候带过来,给我瞅瞅呢!"

夜然嘴角抽搐了下,这样无伤大雅的玩笑,早就是见惯不怪了,"切,懒得跟你说!挂了!"

"等等,让表哥顺路捎你来,我们一起吃饭。"米娜在夜然挂前忙说。

"哦,好的。"

朱文看着夜然收线,挂了电话,忙出声说:"夜然,这会都中午了,要不我们一起吃个饭吧!"

"哦,不了,谢谢!我还有事,要赶回去呢!"

"一起吃个饭,耽误不了你多少时间,你不会这点面子都不给吧?"朱文执拗地想请夜然吃饭。

夜然有些无奈地看了一眼朱文,眼眸的余光瞥见那辆白色宝马从眼前缓缓地驶过,忙从手机里按了江浩的电话,彩铃刚响两声,那白色宝马已经拉风地倒退了回来,停在夜然的面前。

朱文急切地拉了一把夜然,生怕她被车撞了似的,等宝马停稳了,看到从车窗内探出头的江浩,不悦地指责:"我说,你这人怎么这样开车的?没见这是人行横道么!"

"我顺路接朋友的。"江浩笑嘻嘻地看着夜然说。

朱文有些不快,挡在了夜然身前,接受住了江浩的视线,正义地说:"你要接朋友,也不能这样随便停车,违反交通不说,万一撞到人了怎么办?"

江浩倒是不以为然地耸了下肩膀,无视朱文的气急败坏,对着夜然微笑着问:"可以走了吗?"

"对不起啊,今天真没时间跟你吃饭,我要走了!"夜然歉意地对朱文说。

朱文情急下一把拉住夜然，眼神扫视着江浩，带着一丝不明的敌意问："你认识他？"

"他是我小姐妹的表哥。"夜然撩了下额前散落的发丝，对朱文随意地解释，心想着：米娜跟纳米算一家人，纳米的表哥，也能算米娜的表哥吧。

朱文若有所思地看了一眼江浩，然后转头对夜然说："那你留个号码给我吧。"

夜然愣了下，随即勉为其难地将自己的号码报了一遍。

朱文存完号码，对夜然说："改天等你有空了，我们一起吃个饭。"

夜然微笑以对，虚应着回答："好的。"

江浩百无聊赖地把玩着喇叭，猛按了几声。

朱文拧眉，不悦地瞪了他一眼。

江浩越发起劲，叭叭叭地连按了好几下，潜意思是催促夜然速度点。

夜然对朱文摇手道了一声再见后，转身便朝着已经给她开好车门的副驾驶坐了进去，江浩一脚油门开了出去，前方一个红灯，一脚急刹车。

"砰！"夜然就这样被弹出了椅子，又惯性地弹回来，揉着撞疼的额头跟腰肢，小声对江浩嘀咕了一句："开这么急干吗？小心车又爆胎。"

江浩扑哧一声笑了出来，"赶时间要去吃饭嘛。"

夜然刚张嘴想说话，却见人行横道上突然窜出一个违章带人的小电驴，江浩急切地转回方向盘，朝着一边猛转，踩了个急刹车。

夜然的心里咯噔了下，不由自主地冒了几多冷汗，暗叫好险！

好在那个电驴安全通过，旁边也没车，有惊无险地继续上路……

江浩叹了口气，略带歉意地说："不好意思，又让你受惊了。"

夜然回神，撇了撇嘴，无辜地说："受点惊吓倒是习惯了，只是，我那可怜的小蛮腰……"

江浩转过脸，仔细地将夜然打量了一遍，撇了撇嘴角，不认同地说："就你那个腰，还叫蛮腰？明明就是 H 形，俗称水桶腰！"

夜然没好气地望着江浩，华丽地丢了两白眼给他。

"开玩笑，开玩笑的，你可别生气。"江浩手握着方向盘，眼眸余光分神地看着夜然，嬉皮笑脸地道歉。

"我看着像是那么小气的人吗？"

"当然不像。"江浩忙不迭地恭维，"像你这种人见人爱，花见花开，汽车见了都要爆胎的美女，怎么可能气量那么小呢？"

夜然慵懒地打了个哈欠，回了一句："你知道就好。"接着安静地看着车窗外，江浩也不再说话，专注地开车。

夜然跟江浩比米娜、纳米早到了那家约好的川菜馆，挑了一个靠窗边的位置刚坐下，服务员送来了菜单，江浩转手直接递给夜然，"我对川菜没研究，你点吧。"

夜然看着菜单，抬眼问江浩："能吃辣吗？"

江浩眉头微微皱了下，随即嘴角扯了一抹笑，淡淡地说："还行吧。"

夜然一手指着菜单，嘴里毫不犹豫地点着："辣子鸡，水煮鱼片，麻婆豆腐……"

江浩的俊眉微微拧了下，不动声色地抓着茶壶倒了杯水。

夜然点完一堆菜，眯起眼睛对着江浩笑着说："吃川菜就要麻辣香，够味才爽。"

江浩看着夜然的笑，嘴角不觉得微微上扬，心情也被感染了，涌现出一股难以言喻的欢快。

"明轩，我不爱吃这个。"娇滴滴的女声在夜然斜后方传了出来，夜然浑身一震，似乎被雷击了一般，条件反射地转过身子，朝那桌看了过去。

说话的是个长得眉清目秀的姑娘，二十左右，一脸青春朝气，此时，拧着秀眉，手里的筷子不断在碗里挑着，把不爱吃的菜往对面的碗里夹过去。

她对面坐着的男子，叫明轩。

夜然这个角度正好看不清那个男子的脸，只能看到那灰色的西装背影，怔怔地发呆。他是陈铭轩吗？转过脸的时候，是不是还是七年前那张棱角分明、俊逸的脸？这样合体、稳重的西装，一定能把他衬托得更加英伟不凡吧。

"你啊，就挑食。"那男子带着宠溺对姑娘说，随即又说，"还好我爱吃芹菜，要不都得浪费了。"

粗犷、喑哑的嗓音，不似陈铭轩那么温润，听着如沐春风，可是，七年的时间，能改变得太多，能记住得太少。

江浩若有所思地看着有些恍惚的夜然，顺着她的视线，也朝那桌看过去，小伙子满脸温情地帮女朋友夹菜，"好了，芹菜不吃，那你多吃点肉。"

或许感觉到有人注视，敏感的姑娘率先朝夜然看了一眼，又低头跟她男朋友说了句什么，那叫作明轩的男子终于侧目，朝夜然他们看过来。

那是一张很大众的脸，皮肤黝黑，微微带点发福，此时，正带着不明所以的问号，看了看江浩，看了看夜然，又对着姑娘撇嘴，摇了摇头。

夜然带着几分尴尬收回视线，端坐好身子，眼眸余光扫到江浩正一脸关切地看着她，不由得讪讪笑了笑，"米娜她们怎么还不来？"

江浩也不多问，抬手看了看表，不确定地说："应该快到了吧。"

夜然不再说话，盯着桌子上的茶壶发起呆。虽然刚才的男人不是陈铭轩，但是"铭轩"这两字，在夜然心里激起了波涛巨浪，一时之间，思绪奔涌而泄，往事历历在目。

夜然想起当初在学校的时候，她虽然不挑食，除了香菜，什么都吃，但是有个奇怪的特点，每次吃白菜或者大青菜，她喜欢吃叶子，不吃茎。

陈铭轩每次都极有耐心地坐在夜然对面，宠溺地看着夜然把茎一根一根地挑到他的碗里，然后他伸出洁白、修长的手从他饭盆里把叶子挑到夜然碗里，说："幸亏我能吃茎，不然像你这样只吃叶子，咱们家的茎可不都浪费了。"

听到"咱们家"这三个字的时候,夜然的心里总是带着温暖,那时候,她天真地以为可以这样过一辈子,她跟陈铭轩真的能恩爱着到老。

可是,快乐、温馨的时光总是飞逝如电,三年的时间,最美好的青涩年华,不过是一场短暂的梦,梦醒了之后,却发现原来的温暖带着疼痛,纠结着她心房某处柔软的角落,不时疼上一番。

"你说爱我就跟我走……勇敢牵我的手……"手机铃声把夜然从回忆里拉了出来,接着米娜轻快的声音就传了进来,"然然,我们到了,现在在停车,你东西点好了吧?"

"嗯,现在刚开始上菜。"夜然看着服务员刚放下的那盆菜,红彤彤的一层辣油,泛着热乎乎的香味,嘴角不由得放缓了,心情有些抑郁的时候,吃些够味的东西,浑身出热汗,泡个香薰澡,好好睡一觉,醒来的时候,就神清气爽了。

这个世界,没有谁离开了谁就活不下去,开始的时候很难接受——在一起的时候,谁都不想分开的——但是没有办法在一起了,真的分开了,随着时间的推移,一切又都能恢复过来。只是心里会留下一道槛,跨过去就能迎接新的生活、新的幸福,跨不过去,就跟夜然一样迟迟地在门槛前徘徊,但是这样的徘徊跟享受生活、放松自己是没有任何关系的,因为对自己好,才是真的好。

没多久,米娜跟纳米推门进来,刚坐下,米娜笑着问:"今天相亲的对象是干吗的?"

夜然扫了一眼米娜,见她一脸八卦,不由得撇了撇嘴,"好歹姐妹一场,你幸灾乐祸的表情能不能收起来,起码戴个面具伪装一下关心嘛。"

"我要伪装了,那多不真实啊。"米娜笑嘻嘻地接过江浩给她倒的水,讨好地说,"表哥你说是吧。"

江浩只是笑笑,没有说话。

夜然优雅地夹了点菜到碗里,细嚼慢咽地吃着,慢慢地想把刚才涌起的回忆给淡化、消灭。她不想记得有关陈铭轩的任何事情,也不想让这个心魔一直锁着她。

米娜夹了一筷子的菜，狼吞虎咽地塞进嘴里，呛着了，咳咳咳……

纳米又好气又好笑地帮着她拍背，顺了顺气，"我说没人跟你抢，你吃那么急干吗？"

米娜含糊不清地说："我都快饿死了。"

夜然嗤笑了声，无语地摇了摇头，余光撇见江浩并没有动筷子，不由得问："江浩，你怎么不吃呀？"

"这不在吃嘛。"江浩硬着头皮说，看着眼前那盆一层红辣油的剁椒鱼头，俊眉微拧了下，伸手夹了一片看着不那么辣的菜叶。

"表哥，这剁椒鱼头是这家的招牌菜，尝尝，可好吃了。"米娜热情地伸手指着红红的辣椒介绍。

"是吗？"江浩回了一个笑，伸手又夹了一片鱼放在碗里，但是没有下口。

"是啊，挺好吃的。"夜然也笑着点头，吃了一块鱼片，夸赞道，"味道真是棒极了。"

"你们好像都挺能吃辣的。"江浩看着吃得欢快的三个人，笑着说。

"我跟纳米能吃，然然不算能吃辣的。"米娜抬眼，笑着说。

江浩听了这话，转脸看着夜然，见她优雅地在吃剁椒鱼片，不由得定心，夹起之前那片看起来不怎么辣的青菜，一口送入嘴里，菜入口便传来一阵火辣辣的灼烧，咳咳……咳咳咳……鼻涕眼泪一把一把地流，吞也不是，吐也不是……好不容易泪眼婆娑地吞咽下那口菜，忙端着桌子上的茶杯猛灌，接着等不及服务生倒，又顺手把夜然杯里的茶水一口气喝掉，张着嘴不断龇牙咧嘴地扇风，狼狈地大呼着："好辣……好辣……快点，快点给我倒白开水！"

"表哥，你不能吃辣啊。"纳米同情地看着江浩神色狼狈地连喝了四杯水，才总结性地发言。

"还行吧。"江浩尴尬地说。

"我估计你就能吃微辣。"夜然歉意地看着江浩,"对不起啊,早知道我就不点这么重口味的菜了。要不,换点不辣的吧?"

"不用,不用。"江浩大度地摆了摆手,"其实味道挺好的,就是有点辣。"

"那你吃这个鱼块吧。"夜然转手给江浩夹了一块鱼片,笑着说,"其实,这个菜比鱼块入味,辣得多。"

江浩见夜然看着他,忙毫不犹豫地夹起那块鱼片,一口塞入嘴里,没有刚才那么呛的辣味,但是对不能吃辣的他而言,还是挺辣的,他胡乱地嚼了几口,面不改色地吞咽了下去,才夸赞道:"嗯,味道确实很好。"

夜然这才松了口气似的,挂着笑意招呼:"那你多吃点。"

江浩笑着点头,手机响了起来,看了一眼,忙起身,对他们说了一声"抱歉"就出去接电话了。

"明轩,我们走吧。"夜然身后斜桌的那对情侣吃完,要走人了。

米娜耳尖地听到"明轩"这个名字,忙好奇地探过头去看,确认此明轩非彼铭轩后,才缩回脖子,看着专注吃菜的夜然,有些诧异地说:"你今天有点反常哦。"

夜然从碗里抬起脸,疑惑地看着米娜问:"反常?哪里反常啊?"

米娜朝着那对走出门的情侣努了下嘴,"听到这个名字,我以为你会激动下。"

"早激动过了,发现不是又淡定了。"夜然说完,看着江浩神色平常地挂了电话进来,结束了这个话题。

"那等会去唱歌?"米娜征询地看了看夜然,又转脸看着江浩问,"表哥,你一起吧?"

江浩神色犹豫了下,随即笑着摇了摇头,"不了,我还有事。"

"啊?周末都有事啊?"米娜顺口就接了句。

"喏,就刚才,秘书给我打电话说,给我们样品拍摄的模特有事来不了了。"江浩无奈地说,"这临时要去找个模特呢。"

"要找个什么样的模特啊?"米娜若有所思地看了看夜然,随意地问,"兼职的行不行啊?"

"哦?"江浩挑了下飞扬的剑眉,笑问,"你有认识的模特?"

米娜朝着夜然挪了下嘴,"我们家然然不就是现成的模特嘛。"

江浩略感意外地瞅了眼夜然,忙问:"真的吗?夜然,能不能请你帮个忙?"

夜然眼瞅着米娜已经把她推销了出去,也不好推辞,忙笑着说:"帮忙是没问题,不知道你要拍些什么东西?"

"就是几件工艺品,需要模特摆点造型,拍组照片。"江浩简单地说明了下情况,"明天要给客户传过去的。"

"那没问题。"米娜快一步地把夜然的话抢了,笑着说,"我们不去唱歌了,看你们拍照片去。"

夜然朝着江浩笑笑,江浩回了一个感激的眼神,招手服务员买单后,四个人笑着去了预定好的摄影棚。

夜然刚拍的时候,江浩接了一通电话,神色隐晦,打了个招呼就匆匆地走了。

米娜拖着纳米全程陪同夜然拍完,也不见江浩回来,不由得有些嘀咕:"米米,你家表哥真不靠谱,我们然然那么辛苦帮他拍照,他自己倒是跑人了。"

纳米歉意地对夜然赔了个笑,问道:"今天一定很累了吧?"

"其实还好啦。"夜然强打着精神回应。

"那我们一起去吃晚饭吧。"米娜勾着夜然说。

夜然摇了摇头,"不了,我想回家了。"

米娜也不勉强,笑着说:"那好,我们送你回去。"

第 5 章 温情感动

到了小区门口，夜然挥手送走了米娜跟纳米，随便买了一份炒面，拖着疲惫的身子慢慢地走回家。

小区里的人家都早早地亮起了灯火，偶尔有忙碌的人影投照在窗上，显得那么温馨。这就是家的魅力，在外面无论多么累、多么忙，只要想着回家有人陪、有人等，有灯为自己亮着，是件多么让人心情愉悦的好事。

曾经，夜然幻想过她跟陈铭轩的家，不需要太大，两室一厅就好，周末的时候，两个人不上班，就在家打扫卫生，整理家居。房子一定要布置得很温馨，暖暖的粉色调，加上天蓝色的天花板，客厅里的灯用那种富丽堂皇的水晶吊坠，房间里的灯就用那种柔和的壁灯，书房的话，一定用白炽灯，因为她要上网，灯光一定要够亮。对，要上网，书房里还得有一张超级大的书桌，因为她跟陈铭轩有两台电脑，两个人能一起打游戏、逛论坛、聊 QQ。当然，现在手提电脑普及了，笨拙的台式电脑不那么实用，不需要那么大的书桌了。

当然，现在陈铭轩离开了她，夜然根本不需要幻想两个人的家。但是，每次走在华灯闪耀的路上，夜然总会不知不觉地浮想着她想要的家，而一想到这，就不得不想到陈铭轩，似乎除了他，夜然找不出第二个能跟她组成家庭的人。

人只有在忙碌、充实的时候才不会胡思乱想，刚才那么繁忙的一个下午，脑海里根本就没"陈铭轩"这三个字，这会一个人漫步在回家的路上，短短两百米的距离，却百感交集。夜然暗自嘲笑地摇了摇头，钥匙开门，回到家，按开灯，昏黄的灯光便流泻了一室。夜然把高跟鞋随意地扔在玄关处，光着脚走到沙发边，把自己的身子塞进沙发里，略带着几分疲惫合上眼。

包里的手机响了起来，夜然睁开眼叹了口气，伸手抓过搁在沙发另一头的包，胡乱地找出手机，看了眼江浩来电，按了接听，"喂，你好。"

"夜然，今天真的是谢谢你了。"江浩的语气里充满了感激，"要不是你，我临时还真找不到那么适合的模特。"

夜然扯着嘴角，淡笑着说："没事的，你不用客气，朋友之间帮忙是应该的。"

"我一定得好好谢谢你，请你吃个饭。"

"不用，不用。"夜然忙客气地说。

"朋友之间帮忙是应该的，朋友之间一起吃个饭，你不会这么不给面子吧？"江浩拿夜然的话压她。

"呵呵，那改天有空再说。"夜然拗不过江浩，忙应了下来。

"你档期太满，有空的时候太少了，要不我定个时间吧？"江浩一本正经地问。

"啊？"夜然傻眼。

"你明天晚上有时间吗？"

"有是有，不过……"夜然想了下，星期一晚上一般是周末狂欢后用来调养生息的一个晚上，得早睡。

"别不过了，有时间就好，明天晚上，我请你吃饭。"江浩一锤定音。

"那好吧。"夜然也不推辞，应承了下来。

"嗯，把公司地址告诉我，下班后我接你去，省得高峰期不好打车。"江浩体贴地说。

"哦，我在XX路XX服装公司。"夜然也不矫情，大大咧咧地报出了公司地址。

"你现在在上网吗？要不要把照片发给你看看？"江浩试探地问。

"好的呀，我现在上 Q。"夜然忙奔去电脑前开机，挂 QQ，然后又奔到外面把炒面端进来，对着电脑边上网边吃。

等江浩传完照片，又乱七八糟地吹了会儿牛，各自下线睡觉。

第二天起来，夜然感觉有点不太舒服，浑身有点有气无力，头又有点晕，仔细想了想，她昨晚睡得有点出汗，半夜的时候开窗透风，该不是着凉了吧？夜然想到着凉，忙起身冲了一杯板蓝根，喝完才慢条斯理地收拾了下自己，往公司奔去。

赶着点到了公司，开例会，交周总结报告，忙了一整个早上。夜然回到办公室的时候，感觉自己身上有着不寻常的热度，从抽屉里翻出体温计，量了会儿，拿出来一看，温度不是很高，37.1 度，不算发烧。于是，她泡了一杯板蓝根喝下，寻思着，等会下班的时候去药店买点感冒药、退烧药。夜然的体质一向不算差，除了七年前那场自虐出来的重感冒外，平时很少生病，感冒的时候喝点板蓝根，抗一抗就过去了，想必这次也不例外。

中午吃饭的时候，夜然没胃口，吃得极少，接着一下午脑袋都是昏昏沉沉的。好在工作上没什么大状况，夜然强撑着挨到了五点，临下班前她又测了下体温，蹙眉看着体温计上 37.6 度，心里嘀咕：这喝了板蓝根怎么还往上升呢？药是不是过期了啊？

刚放下体温计，手机便响了起来，看着屏幕上的江浩来电，接了起来，"喂，你好。"

"夜然，你下班了没？我来接你去吃饭。"

夜然才恍惚记起，她约了跟江浩一起吃饭，结果被烧得糊里糊涂，忘得干干净净，看她这发烧的病人，根本没战斗力去吃饭，忙对江浩说："你不用过来接我了，我有点不舒服，改天再吃饭吧。"

"你不舒服？要紧嘛？"江浩关切地问。

"还好吧,有一点感冒。"夜然轻描淡写地说,"吃点药就没事了。"

"没事就好,我还有两分钟就到你们公司门口了。"

夜然怔了下,忙问:"还有两分钟就到我们公司门口了?那就不用改天了,一起吃饭吧。"

"是啊,就到了,你现在出来吧。我先挂了。"江浩切断了电话。

夜然忙抓着包急急地走出办公室,头重脚轻地朝着公司门口走去。江浩白色的车已经醒目地停在那,他眸光紧锁着夜然,看她缓缓走来。

夜然上了江浩的车,强打着微笑问:"我们去哪里吃饭呢?"

江浩一愣没有回答,随即说道:"看你脸红扑扑的,是不是在发烧啊?"

夜然垂着脑袋有点昏昏沉沉,还没回话,江浩的手就这样毫无预警地朝着她的额头摸了过来,惊呼道:"哎呀,好烫。你不是感冒,你真的在发烧。"

江浩的手带点冰凉,让她很舒服,夜然尴尬地红着脸辩解说:"没什么的,就有点着凉,一会儿吃完饭回去吃点药,睡一觉就没事了。"

江浩看着夜然,不认同地摇了摇头,"都发烧了,还逞什么强,吃什么饭呀。"随即调转车头,对夜然说,"我送你去医院吧。"

头确实很晕,连眼睛都有点睁不开,夜然也就乖乖地任由江浩带她去医院看病。

到医院后,刚下车,夜然一阵头晕目眩,脚底一个踉跄,还好手快,狼狈地扶着了车门,否则非摔倒不可。

江浩奔过来,一把搀扶着夜然前进,俊眉拧得紧紧的,关切地问:"夜然,你没事吧?"

夜然浑身软绵无力地摇了摇头,借助江浩半搀半扶的力度,才勉强站稳步子,看了眼挂号大厅,这会都下班了,挂号窗口关闭了大半,就留了两个值班窗口。看着挂号处那条不长也不算短的队伍,她心里暗叹倒霉,看个病都要排队,以后千万不能生病。

江浩搀扶着夜然坐在椅子上,看着排队处说:"你先坐着等等,我给你挂号去。"

夜然头重得抬不起来,萎靡地眯着黑眸,从缝隙间看着江浩极具耐心地帮她排队的背影,心里竟然安心地想要沉睡。

恍惚间,想到之前高中时,她偶尔有个小痛小病,陈铭轩总是第一时间会送药过来,嘘寒问暖,那关切心疼的表情,恨不得生病的是他,而不是夜然。

可是,再怎么把她小心翼翼呵护,捧在手心当作宝的男孩,还是毫无预警地离开了她,一走就是好多年,了无音讯。此后,身体不适时,夜然一个人去没有人情味的医院看病,拿药。这时回忆就会如潮水一般朝她涌来。陈铭轩,那么真实地温暖过夜然,却又毫无预兆地把那些温暖收回,让夜然从此更加地寂寞。她不喜欢被这样的回忆掩埋,不到不得已,她不再去医院,渐渐地,一般感冒,不适,休息休息也就熬过去了。

原来,夜然的坚强跟独立,只是因为缺少依赖才养成的,从一开始,她渴望呵护跟被疼爱。

夜然重重地叹了口气,不想再去跟回忆较劲,也不想再跟生病的自己过不去,强颜欢笑地看着江浩挂好了号,满脸关切地朝着她走来。这一刻,心底有一种温暖流过,那种感觉叫作感动。原来,人生病的时候,真的很容易不安跟孤独,有个人陪着的感觉真不错。

"我挂了急症,直接去二楼吧。"江浩搀扶着夜然走进了值班医生的急症室。

医生给夜然量了下体温,还是37.6度,又让她张嘴,看了看喉咙、舌头,接着慢条斯理地问:"喉咙痛不痛?"

夜然摇了摇头,轻声地说:"不痛。"

"咳嗽吗?"医生抓过笔,连眼都不抬地问。

夜然还是乖乖地回答:"不咳嗽。"

"那就问题不大,扁桃体没发炎,又不咳嗽,只是发烧,打个退烧针就好了。"医生很肯定地在处方上龙飞凤舞地写着,又补充了句,"没什么大问题,不用担心。"

"那谢谢医生了。"江浩扶着夜然在椅子上坐等,然后又主动拿着药方去排队取药。

打完针,胡乱地吃了点晚饭,江浩把夜然送回家,临走前关切地嘱咐道:"一会儿多喝点水,盖得暖和点,出一身汗,烧退了就好了。"

夜然乖巧地点了点头,过意不去地道谢:"嗯,今天真是谢谢你了。"

"客气什么呀。"江浩不赞同地撇了撇嘴,"你这见外了,是吧?"

夜然只是扶着门,扯着嘴角微笑。

江浩转过身,摆了摆手,"那我走了,有事打我电话。"

夜然点了点头,目送着江浩离去,接着关上门,心里涌现出一丝不寻常的怅然。

洗完澡,夜然就早早地上床,用被子把自己捂得严严实实,闭着眼睛数绵羊开始入睡。半夜迷迷糊糊地被热醒,满头大汗,夜然也不敢掀开被子,翻了个身,心想,这身汗出来,烧就退了,忍忍,继续睡觉。

第二天早上醒来的时候,夜然感觉浑身黏糊糊的,伸手摸了下额头,温度正常,忙开心地起床,奔向洗手间洗澡。洗完澡,神清气爽地出来时,手机铃声大作,夜然拖着鞋从床头抓起手机,是江浩,忙接了起来,"喂,你好。"

"夜然,烧退没?"江浩温润的声音透过话筒传了过来。

大清早就有人关心的感觉很不错,夜然的嘴角自然快乐地上扬,轻快地说:"烧退了。嗯,昨天真是谢谢你了,改天我请你吃饭。"

"先把我欠的饭吃了再说。"江浩打趣着,"今天听声音就感觉你活力四射了,应该精神不错。"

"那是,呵呵。"夜然沾沾自喜,她的抗病毒抵抗力还是不错的。

"那今晚有没有空呢?"江浩笑着问。

"有吧。不过,不确定。"夜然说完,忙随口解释了下,"昨天烧得晕乎乎的，我都不知道有没有把事情处理干净，如果没事的话，就有空，有事的话，那只能加班了。"

"那行，下班之前我再打你电话确认下，有空的话，我们一起去吃海鲜。"

江浩说了个不错的提议，夜然满口应承了下来："好的，那一会儿再联系。"

夜然到公司以后，先仔细检查了下昨天批示的文件有没有出错，又把没来得及处理的东西整理了一遍，统一处理了下，一个上午算是忙得不可开交，但是她的心情不错，全程带着笑意，效率也很高。

下午，江浩打电话来问，夜然给了他一个确定的答案，约好了等会去海港城吃海鲜。

下班的时候，江浩准时接上夜然直奔海港城。两个人吃了一顿丰盛的海鲜后，心满意足地离开饭店，江浩提议："这会时间挺早的，要不，我们去看个电影吧？"

"啊？"夜然有些诧异，在她的概念里，去看电影就好像是情侣之间约会的必备步骤，而她跟江浩只是纯粹比较聊得来的朋友，一起看电影，感觉有些说不出来的怪异。

"今天是《让子弹飞》的首映，我挺想去看的。"江浩真切地看着犹豫的夜然说，"听说这部电影不错。"

江浩这么说了，夜然忙点了点头，"好吧，去看电影吧。"

江浩在买票的时候，夜然就去买了水跟爆米花。

夜然抱着一大桶爆米花，满脸纯真的笑意，她对江浩说："我买了最大桶的爆米花，等会应该够我们两个人吃吧。"

夜然跟江浩并排走进场，落座的时候，江浩体贴地接过夜然的水跟爆米花，笑着说："买得早，不如赶得巧，这票买得可算及时。"

夜然对着江浩笑笑，没有说话，专注地看着屏幕，影片开始播放了。

画面开始就出现了葛优、刘嘉玲等人围着吃火锅的场景，夜然笑着说："这火锅挺有创意的。"

江浩凑过脸，挨着夜然低声地说："是啊，改天我们也吃火锅去。"

接着，整个故事徐徐展开，由姜文扮演的麻匪、葛优扮演的机智师爷跟周润发扮演的富绅黄四郎之间斗智斗勇，场面大手笔，剧情环环紧扣，最终以黄四郎的死终结。

本城此次首映，邀请了明星来场，所以电影结束后，主要演员出来跟观众见面。明星出席，引得影院内瞬间一片轰动。

江浩问夜然："要不要去拍照？"

夜然摇了摇头，她对明星不是特别感兴趣，没有什么特别喜欢的，要看明星照片，网上多得是，自己跑人堆里挤去，就为了拍几张照片的话，还真划不来。

江浩笑了笑，生怕走散，自然地伸手拉住夜然的手臂，跟随着散场的人潮一起走了出去。

夜然抬眼悄然地看着江浩俊逸的侧脸，心里有股不知名的感觉蔓延起来。

走出影院，一股凉爽的晚风吹来，才把夜然不知名的躁动吹散，她深吸了一口气，笑着感慨道："哎，现在电影里的台词都好经典。"

"是啊，现在的电影拍得都挺有才的。"江浩笑着接话。

"那我们现在回家吧。"夜然抬手看了一眼表，九点多了。

"我们现在回家？"江浩笑着把夜然的话重复了一遍，打趣地说，"你确定我们回家？"把"我们"两个字咬得特别重。

夜然面色一窘，知道她说的话带着歧义，忙笑着说："谁跟你是我们啊，当然是各回各家啰。"

江浩捏着车钥匙，开了解锁，笑看着夜然，"各回各家之前，我是不是得先把你送回家啊？"

"那肯定是必需的。"夜然自觉地走向车的一边，拉开车门坐了进去，顺手系上了安全带,末了还故意补充了句:"这次车不会爆胎了吧?"

"你就只记得车爆胎。"江浩扑哧一声便笑了,"我好像就爆过一次胎吧。"

"我活了二十八岁,坐了那么多次车,还就你那次,是第一次遇到爆胎的。"夜然一本正经地说,"没办法啊,记忆犹新哪。"

"真不知道该说是我的荣幸,还是不幸?你把爆胎这事记得这么清楚。"江浩握着方向盘,苦笑着说。

"那就要看你怎么想啰。"夜然微笑。

江浩笑着挑了下飞扬的眉,"能被美女记得,不管是用什么方式,总归是荣幸。"

夜然跟江浩又胡乱地吹了会儿牛,没一会儿就到家了。

"江浩,谢谢你啊。"夜然临下车前,转过脸,笑着跟他道谢。

"我得谢谢你陪我吃饭,又看电影。"江浩咧嘴笑了笑,"为了表示我的谢意,改天一定要请你吃饭。"

夜然被江浩逗笑了,拉开车门,一边跨出去,一边说:"那你回去吧,开车当心点。"

"嗯,如果你不放心的话,那陪我开回家好了。"江浩温润的俊脸上闪着狡黠的笑容,一本正经地对夜然说,"等我开回家,我再送你回来。"

夜然关上车门,对着车窗内大笑的江浩没好气地说:"我陪你开回家,你再送我回来……我再送你,你再送我……你以为是上演八点档连续剧,演十八相送啊?"

"偶尔客串下也不是不行。"江浩笑着接话。

"好了,你走吧。再见。"夜然朝江浩撇了撇嘴,摇了摇手,转身就往家走。

第 6 章　暧昧流转

第二天早上，老妈的电话把熟睡的夜然吵起，原来那个姑奶奶不死心，又拉了一匹白马，要夜然去鉴定是不是王子，于是，晚上被定去相亲。碍于老妈的威严，夜然不敢说不。

一整天夜然都心不在焉，上次朱文他妈真的让夜然心有余悸了好久，你说吧，万一她以后老公凑合了，也遇到这样的婆婆，那该怎么凑合呢？

上 QQ 的时候，夜然改了个签名：不是所有骑着白马的都是王子，唐僧也有小白马。什么时候，我这伯乐能遇到千里马呢？

江浩第一时间冒了出来，"怎么，伯乐想找千里马？"没等夜然回话，又不确定地补充了句，"该不是要去相亲吧？"

夜然有气无力地回答："是啊。"

"哪里相亲呢？"江浩好奇地问。

"就上次让我大受刺激的老三茶馆。"夜然带着愤愤不平，又顺口把朱文以及他那个极品妈妈的事对着江浩吐了一肚子苦水，直把江浩听得惊悚万分，几次不确定地问："真的吗？真的有那样的相亲以及刁蛮的婆婆吗？"在得到夜然的肯定答复后，江浩同情地说："夜然，我感觉你今天去相亲，挺玄的。"

"何止是玄，我感觉，就我姑奶奶能给我找匹不病态的马就不错了，还别说千里马。"夜然完全不抱任何希望，免得等会失落。

"那晚上要不要去接你呢？"江浩问，随即又正色地补充了句，"那边不太好打车。"

"晚上再说吧。"夜然不好意思麻烦江浩,给了个模糊的答案。

下班后,夜然准时到达姑奶奶家那出名的老三茶馆,见到了这次的相亲对象,肖奇。夜然悄然地瞄了几眼,挺白的,就是油光满面,鼻子有点小小的塌,眼睛单看还可以,但是配上整体妆容,就显得有些吊起,给人感觉有些不太舒服,

姑奶奶在一旁小声地对夜然说:"他可是个硕士。"

夜然心想,这年头博士、海归一抓一大把,硕士有什么好稀奇的?不过面上还是端出了职业的微笑,"你好,我叫夜然。"

"我叫肖奇,很高兴见到你。"

姑奶奶看着肖奇跟夜然寒暄了起来,忙笑呵呵地说:"我去给你们弄点吃的,你们慢慢聊着。"

姑奶奶闪人之后,肖奇又问了一堆乱七八糟的问题,在夜然耐心耗尽之前,终于切入正题问:"夜然,你是在XX公司做人事经理的?"

夜然敷衍着回了句:"是啊!"

"我有个表妹,想去你们公司上班,你看能安排个什么职位?"肖奇正色地问。

夜然公式化地微笑了下,反问:"你表妹是什么学历的?准备做什么?"

"我表妹高中毕业的,长得可漂亮了。"肖奇从钱包里掏了张照片出来,开门见山地说,"你看,能不能给安排在老总身边做个秘书什么的?"

夜然公式化的笑容僵在脸上,因为她听着怎么感觉有那么点猫腻啊!啥叫长得可漂亮了?不过,夜然还是耐着性子回他话:"不好意思,我们公司招聘秘书都是需要专业学院出来的,跟长相没有关系!你表妹学历不够,我帮不了。"

"夜然,那你觉得我呢?我马上要从学校毕业了……你看,你能给我安排个什么工作?我可是硕士。"肖奇搓搓手,认真地问。

"别说你是硕士,你是博士,我们公司也不招啊!"夜然满脸的黑线,眉头拧得快成麻花了。这都什么跟什么啊?她努力克制着自己暴走的冲动。

"为什么?这么看不起我!"肖奇怒了,一拳拍在了桌子上。

"你是研究体育的,主专业还是羽毛球,你说吧,跟我们这外贸服装公司有什么专业对口?能做什么呢?采购?订单?就算你英语好,也做不来啊,我们都是服装专业英语!"夜然窘了。

"怎么说,至少也得让我做个车间主任吧!你一个经理,难道这么点事都拿捏不住啊?你还真白做了!"肖奇不满地扫了一眼夜然。

话不投机半句多,夜然的额头太阳穴跳动了几下,撇了撇嘴,识相地保持了沉默,不再说话。

"夜然,说实话,我对你不是很满意。"肖奇一脸正色地说。

夜然只觉得松了口气,接着听他说:"你相亲一点诚意都不带,怎么能这样呢!"

"那行,我们就到这吧。"夜然连辩解都不想辩解。大哥,到底是谁的诚意不够啊?你是来相亲的,还是来找后门找工作的?

夜然在姑奶奶一脸惋惜中走出了老三茶馆,重重地叹了口气后,抬眼看到拐角的街口似乎停着一辆熟悉的车,不确定地朝着车走了几步,车窗内露出一张熟悉的俊脸,此时和煦地对着夜然在笑。

夜然微微皱眉,江浩会出现在这当然不是巧合,但是作为一个朋友来说,他殷勤地来这边算什么呢?尤其,还是不请自来?太让人匪夷所思了。

夜然是个长得还不错的单身女青年,如果之前比较大线条的话,那么,这会江浩都表现得这么明显了,她自然会联想到江浩是不是对她有好感。

夜然想到江浩对她似乎存在着某些好感,心里不由得有些紧张,当然更多的是自己也理不清楚的矛盾。她曾经抱怨过,她的相亲对象为什么不似江浩这样正常，但是真正把江浩当作相亲对象或者男朋友来看的话，又觉得似乎有些不太对劲。

或许，幸福来得太突然，就会让人对它的真实性产生怀疑，就像此时的夜然宁愿相信她跟江浩是好朋友，而不愿意再去多想别的，就怕承受不起失落的后果。

"发什么呆呢？还不快上车。"江浩对夜然朝着副驾努了下嘴。

"江浩，你特意来等我的？"夜然笑着问。

"是啊。"江浩一本正经地承认。

夜然愣了下，随即扯着嘴角假笑了下，"你特意等我的？那我太感动了，走吧，请你去吃晚饭。"

"你还没吃晚饭？"江浩拧眉问。

"吃过了。"夜然笑笑，"但是，我还需要再吃一顿。"化悲愤为食量。

胡乱地吃了点东西，夜然跟江浩又去电影院看了一场电影才回家。

内容放了什么，夜然完全不记得，只是满脑子在想，到底要不要捅破这层纱？她是跟江浩装傻，还是干脆问出实话？装傻的话，还能继续做着朋友。但是，夜然是那种心里憋不住东西的人，不弄个清楚明白，她心里就堵得慌。

"江浩，你喜欢我么？"夜然终究忍不住地问，看着握着方向盘专注看路的江浩。

江浩神色一愣，随即转过脸，笑看着夜然反问："那你喜欢我么？"

夜然怔怔地看着江浩，想过他说喜欢，也说不喜欢，但是没想过他会反问，于是，点了点头，又摇了摇头，不确定地说："我不知道。"

似乎除了陈铭轩，夜然心里还没有别的男人存在过，她根本没想过她还会去喜欢哪个男人，从来没有用这样的角度考虑过问题……或许，这么多年，她一直是生活在自己的世界里。

"嗯。那我也不知道。"江浩转过脸，看着前方开车。

"你真狡猾，逃避问题。"夜然指控把皮球踢给她的江浩。其实她内心有点虚荣,想知道江浩是不是真的对她有好感,或许更多的是想肯定她的直觉是否准确。

"我有么?"江浩无辜地反问,"就许你问我,我就不能问你啊?"

"好了,不跟你说了。"夜然撇了撇嘴,"开车注意安全,我可不想受惊。"

"那你还问这么不安全的问题。"江浩摊了下手,有点抱怨地说。

"我这不是调节下气氛嘛。"夜然笑着对江浩扯了个鬼脸,或许这样也挺不错的。如果真跟江浩扯上情啊爱啊,就不能这样随性自在了。

又是一个周末,江浩大清早就打电话给夜然说知道一个特别漂亮的地方,漫山遍野的樱花,问她有没有兴趣看看。

夜然一听漫山遍野的樱花,忙来了兴趣,顾不得跟江浩计较他扰人清梦,忙欢快地答应:"好的,我现在马上起来。我们去看樱花。"

"嗯,好的,我在楼下等。"江浩笑着切断了电话。

夜然很快收拾好自己,脚步欢快地下楼,走过去看到江浩的车已经调好头等她。夜然嘴角自然地上扬,勾着微笑,看江浩探头对她笑着招呼,"快点上车。"自从那晚问过喜欢不喜欢之后,他跟夜然就有了这样的默契,不再去问喜欢不喜欢,就这样凑合着,快乐就好。

"你怎么想到去看樱花啊?"夜然上车,边拉保险带,边问。

"这样春暖花开、风和日丽的周六,不出去找地方溜跶,难道你想宅在家发霉。"江浩看着夜然,笑说。

"当然不想。"夜然喷笑,接着又跟江浩胡吹海侃,欢声笑语地来到了上山村。车子沿着山坡路顺延,一路蔓延着攀爬了上去,两边都是浓郁碧翠的树木,笼罩在阳光底下,带着丝丝惬意的爽快。

"没想到这边的风景这么幽美。"夜然开着车窗,深深地呼吸了口气感慨,"空气好新鲜啊。"

江浩扯着上扬的嘴角,认真地开车,随意地接了句:"你一会儿就能看到更美的场景了,等着尖叫吧。"

夜然满怀希冀地等待,一路雀跃。直到下车,看到大片大片的樱花,已经欢快得不知道该怎么形容了,直接奔到就近的樱花树下,抱着树,傻傻地大呼:"哈哈……好美,好美啊。"

整个山坳里种满了粉色的樱花树,放眼望去,粉嫩粉嫩的一片,山间偶尔吹起阵风,那些粉色的花瓣就这样漫天的"落樱"缤纷。

原来在电影里看到的那种唯美场景,现实里是存在的。

江浩笑看着夜然跟个孩子一样淘气地在樱花丛中奔走,抱抱这棵树,摸摸那棵树,欢快的神情,心里就涌现出幸福的暖流,他想要的是这样毫无城府的欢笑,想要这样一个女子跟着他携手过一辈子,可是,现实……江浩拧着俊眉,轻轻地叹了口气,总是有那么点不尽人意。

"江浩,你是怎么发现这里的?"走在落英缤纷的樱花间,感受着暖风吹袭在脸上温和的触感,偶尔夹杂着粉色的花瓣,夜然的心里真的很快乐、舒服以及满足。

那些什么千里马、白马都通通地见鬼去,单身也能享受这样轻松自在的约会,单身也能有这样无法言语形容的欢快。

"昨天听一个影楼的朋友说的。"江浩伸手接了几片粉色的樱花,神色平常地叙说,"这个季节来这里拍婚纱照、写真的人很多。看,那边。"

江浩的话说完,夜然顺着他手指的方向看去,似乎是有不少穿着婚纱的新人在摄影师的指点下摆着不同的姿势,看着他们脸上洋溢的幸福笑容,有一瞬间恍惚,如果她跟陈铭轩没有分开,会不会也在这样漂亮的地方拍婚纱照呢?

脑海里浮现出陈铭轩模糊的身影,夜然的神色有一瞬间黯然,不知道从什么时候起,夜然已经开始渐渐淡忘他的容颜,那张曾经不顾一切挚爱的俊颜,竟然随着时间的消磨会渐渐地模糊,那以后,会不会哪天,突然就再也记不起这样一个人呢?想到再也记不起陈铭轩,想到再也记不起那张扬的青春,夜然的心头就开始堵得发慌。她要记得,狠狠地记得,她那么深爱陈铭轩，得到的结果是毫无预兆地被丢弃。爱情是个不靠谱的玩意儿，再也不要去相信男人，再也不要去轻易动情了。

心里有座坟，葬着未亡人！夜然就这样把陈铭轩葬在心里，祭祀着她失去的曾经。

江浩关切地望着紧咬着唇，盯着花瓣恍惚的夜然，张嘴想说点什么，但是没说，夜然眼中那个缥缈恍惚的世界，他没有办法涉足，也没有勇气去踏足。

江浩看着夜然的眼角开始渗出晶莹的泪珠，终于忍不住伸手将她眼角的湿润擦去。

夜然回神，感激地朝着江浩一笑，抬起脸看着满眼粉色的樱花，不动声色地调整了下情绪，感慨地说：“浪漫的樱花啊……漫山遍野的樱花……真美。”

"夜然，我怎么感觉那人好像见过。"江浩拧着眉，认真地指着那身穿大红色喜袍的新郎官说，想了下，终于记得，好像是夜然的某位相亲对象。

夜然转过脸，顺着江浩所说的人物看去，还真的是熟人。

夜然遇见江浩那天的相亲对象，那个相亲不成要给夜然发律师函的极品暴发户凌山先生。两个多月没见，他的外表一点变化都没，还是矮个、秃顶、大肚子、压扁的缩水蘑菇头。不过，他就长那样，也指望不了他改变。可是，他的品位，能不能不要这样独特？大红色的喜袍、马褂，穿在他那好像顶着四五月身孕的肚子上，还真的是难以形容。他身边的娇小女子化了妆倒是挺可爱的，不过看着年纪好像挺小的。他们站在一起穿的是套装，拍的是婚纱照，脱了那套衣服，换便装的话，估计叫作父女照。

这可不能怪夜然说话刻薄，而是事实。她只是形容得比较到位而已。

凌山眼尖地看见夜然，低下头跟他媳妇不知道说了什么话，又跟摄影师打了个招呼，就朝着夜然蹬蹬地跑了过来，胸前那朵大红球花，一耸一耸的。

"夜然，真巧啊。"凌山开口唤住了准备换个地方看樱花的夜然。

夜然停住脚步，回身微笑以对，客气地说："凌山先生，你好。"

"我跟老婆在拍婚纱照。"凌山咧着嘴呵呵地笑了下，关切地看着夜然问，"你结婚了没？"

夜然摇了摇头，诚实地回答："没有。"

"那你可要加把劲了。"凌山正经地对着夜然说，"你看，我都要结婚了呢。"

夜然面上赔了一个微笑，心里嘀咕：大哥，从我们相亲到现在，连头连尾不过两个月的光景，我怎么可能结婚呢？你以为人人都像你啊，随便拉个生孩子的女人就能闪婚。

"夜然，不是我说你，你都这么大年纪了，还挑三拣四的，以后还有谁敢要喔。"凌山语重心长地对夜然说，"当初你还嫌弃我，你看，这会我老婆可比你年轻，可比你漂亮，可比你温柔贤惠得多了。"

夜然恼恨地磨牙，竟然被凌山这么一系列的并列句打击，还真的是受伤不浅。

"然然，怎么了，遇到熟人了？"江浩本来见相亲对象找夜然，识相地保持了点安全距离，这会瞅着氛围不对，忙跳出来打圆场。

"是啊，我之前一个相亲对象。"夜然甜腻地朝着江浩笑了笑，又亲昵地勾着他的手臂，走到凌山跟前，巧笑嫣然地说，"凌山先生，这是我朋友，我也觉得他比你帅，比你有钱，比你体贴，总之是比你好。"

并列句谁不会啊？实物对比，气死你！夜然心里暗爽地看着凌山瞬间黑脸，得意扬扬地甩了甩手，道了一句："祝我们各自都幸福啊，再见。"丢下气得抓狂的凌山扬长而去，她可不想等凌山的律师通告函。

夜然拖拽着江浩直接朝刚下车的地方奔去，远离了凌山的视线。夜然松开他，深吸了一口气，拍了拍自己胸脯，安抚道："淡定。"

江浩嘴角玩味地挂着笑意，看着夜然半响之后，才啧啧地说："夜然，你真的让我佩服得五体投地啊，刚才那位凌先生被你气得脸都绿了。"

"脸绿是小,他媳妇给他戴绿帽子才事大呢。"夜然气呼呼地说。

"不是吧,你这样诅咒他?"江浩笑着摇了摇头,"最毒妇人心啊。"

"切,你不知道他有多变态?"夜然瞪了一眼江浩继续说,"跟我相亲的时候,谈掰了,竟然说要发律师函给我,告我消遣他,浪费他时间,要我赔偿精神损失费。"

"不是吧?"江浩不敢置信地反问。

"看他刚才那嚣张的神情我就不爽。"夜然缓了缓气,继续说,"竟然嫌我年纪大,还说我不够温柔,不够贤惠,不够好。"

"就你现在这样子,很难跟温柔、贤惠联系起来。"江浩看着在那指手画脚表示愤慨的夜然,中肯地说。

"不是吧,你也打击我?"夜然不满地怒瞪了一眼江浩,"你伤害到我幼小的心灵了,我要求你补偿我。"

"想补偿什么呢?"江浩扬了下下巴问。

"请我去吃大餐。"夜然伸手接了几片粉色的樱花瓣,吹了出去,继续说,"我要狠狠地吃一顿,消消火。""这个补偿我乐意接受。"江浩笑着点了点头,开了车门,将夜然请了进去,随口问,"准备吃什么?"

"香辣蟹!"夜然想也不想地说。

江浩的表情明显僵了下,商量道:"能不能换个别的吃吃?"

夜然这才想到江浩好像不能吃辣,本来没那么强烈想吃香辣蟹的,这会更是恶作剧地笑了,"我一定要吃!"

一进餐厅,夜然就对着服务员说:"那个锅要辣,一定要辣!才够味!"

江浩的俊脸扭曲,压低了声音对夜然恶狠狠地说:"夜然,你一定是故意的是不是?"

夜然转过脸,风情万种地笑了笑,无辜地反问:"我有吗?"以前心情不好,她也会叫上美阳或者米娜过来一起吃香辣蟹,因为出一身汗,会感觉爽很多。

"你有!你一定是故意的!"江浩可怜兮兮地指控着夜然。

夜然面色从容地比画着,手指放在唇边嘘了嘘道:"我说你偷偷地知道就好,别说出来,搞得我多难为情啊!"

江浩一听这话,明显气结,最毒妇人心,就是说夜然这类人的。

江浩纠结地看着夜然笑里藏刀给他夹了几块带着辣油的菜,没有下筷子,转手夹了块面积比较小,不是那么辣的蟹肉。

当夜然看到江浩表情,心里暗爽,畅快得无与伦比,嘴里不由热切地招呼着:"吃吧……水我都给你准备好了!很够味的!"

江浩的表情好像吞了砒霜那般痛苦,咬牙愤恨地啃着那辣得足够变形的蟹脚,没两口,便已经支持不住,伸手就去端茶杯。

夜然眼疾手快地讨好着给江浩递过茶杯。

江浩不疑有他,接过就一阵狂饮,不过才下口,就觉得不对劲,忙不顾形象地吐了出来。

咳咳咳……一把鼻涕,一把眼泪地咳着,幽深的黑眸毫不客气地扫视着夜然,那悲切的神情好像夜然谋杀亲夫似的。

"夜然,你给我喝的是什么?"江浩咬牙切齿地质问。

夜然的脸上挂着"无辜"两个字,对江浩眨了眨明亮的星眸,淡淡地回话:"糖醋水嘛。"

"你能给我解释下,什么叫作糖醋水吗?"江浩磨了磨牙,显然情绪在抓狂边缘。

"糖醋水,顾名思义,就是糖跟醋的结合体嘛,你好笨哦!"夜然眨了眨纯真的大眼,继续扮可爱,扮纯洁。

"你是故意整我的?"江浩的神色,已经从抓狂转回控诉。

夜然毫不犹豫地摇了摇头,信誓旦旦地辩解:"没有,绝对没有!天地良心,我这么不温柔,不贤惠,不善良,怎么可能会故意整你呢?

要有也是有意的。"

"夜然，你很好，很强悍！"江浩挣扎了半响，才愤愤不平地说了这么句总结性的话语。什么叫作花钱买罪受，他现在这个状况就是！而且，女人真是小心眼，他刚才说的那几句话，就这样被原封不动地退了回来。

夜然恢复了面色，兴致高昂地在锅里挑蟹肉吃，嘴里更是窃喜地说："啊，终于没有人跟我抢吃的了。"

江浩无语地翻着白眼望了望天花板，跟女人是完全不用讲理的，因为她们压根就不爱讲理。

"吃喝饱足，该回家洗洗睡觉了！"夜然拿着面纸擦了擦满嘴的红油，一手揉着滚圆的肚子，心满意足。

江浩随意瞅了一眼夜然，招手让服务员买单后，转脸对夜然说："我花钱请你吃大餐消气，你给我说说你相亲的事吧。"

夜然若有所思地扫了一眼江浩，眼珠子转了两下，笑嘻嘻地伸手指着那盘香辣蟹遗留的锅底，一字一句地说："想听我相亲的事？没问题！你先把这锅汤水给我喝干了，我再慢慢给你道来！"

"算了，那我还是不听了！"江浩一听夜然的话，毫不犹豫地打了退堂鼓。

夜然嬉皮笑脸地说："姐姐的相亲故事可是很多哦，不听可就忒可惜了。"

"我是个男人，对你相亲那么八卦的事才没有兴趣呢！"

"那你刚还想问我相亲的事？"夜然正经地指出江浩的企图，"你可不要告诉我，你对我这个人感兴趣才问的？"

江浩的嘴角抽搐了下，看着已然起身的夜然，极为绅士地为夜然拿过包包，淡淡地说："对你这个人，确实有那么点兴趣。你这人也是的，悄悄知道就好了，何必要说穿呢？搞得我多难为情啊！"

夜然一听这原汁原味还给她的话，气结地翻了一对卫生球眼给江浩，"啊？你还会难为情啊？你的脸皮都能跟长城媲美了。"

"我的脸皮能跟长城媲美？我怎么都不知道啊。"江浩低垂着眉眼，含羞状。

"你不知道？那你想不想知道呢？"夜然挑了下下巴，颔首微笑着对江浩问。

"听听又何妨！"

"在告诉你之前，我先问你一个问题！"夜然的神色难得正经，望着江浩的黑眸。

江浩眨了眨黑眸，点了点头，"好吧，你问吧！"

"天上掉下来一张皮，你要还是不要呢？"

江浩刚想回道不要，一个激灵回神，不要，那岂不是不要脸？那回答要了，听听夜然会怎么解释。

夜然认真地指着江浩，一字一句夸张地说："你既然要了，还问我？你好呆！你要了，自然是比平时多了一张皮，不是厚脸皮是什么呢？既然是厚脸皮，怎么会脸红？"

江浩对夜然这样强词夺理的牵强解释无言以对。

夜然得意地嘟了嘟嘴，满脸灿烂的笑容，不过下一秒，自然就乐极生悲，那双八厘米的高跟鞋在有水渍的地面上打滑，整个人失去平衡，还来不及惊呼完"啊"，条件反射地抓了个垫背，直直地仰躺了下去。

夜然惊魂未定地拍了拍胸口，暗呼好险哪！幸亏这地面不太硬，也幸亏她眼疾手快地拉了个垫背的，要不然她这把老骨头可真的要散架了。

"江浩，你没事吧？"夜然手脚并用，狼狈地爬起来，随口询问了下江浩。

江浩爬起身子，面色淡淡，"没事！"

"啊！"夜然刚站直身子，便感觉脚踝处传来一阵钻心的刺痛，不由得抓着江浩，维持平衡。

"你怎么了？"江浩顺手扶过夜然关切地问。

"好像扭到脚了！"夜然龇牙咧嘴地痛呼了几声。

"确实是扭到了，我送你回家吧！"江浩半蹲着身子，抓起夜然的脚踝，仔细地瞅了两眼，才说。

"啊？不用去医院么？"夜然睁着星眸，望着江浩问。

"这是小扭伤，贴个膏药扭正就行了，还需要去医院么？"江浩头也不抬地反问。

"好像不用去。"夜然讪讪地说。

江浩弯身，在夜然眼前半蹲着身子，拍了拍后背，邀请道："上来吧，我送你回家！"

"啊！"夜然惊讶地望着弯身准备背她的江浩，有些迟疑。

江浩倒是咧着嘴角，笑吟吟地打趣，"难不成你想抬着脚一路跳回家？我是没什么意见的，只要你不怕成为焦点。"

"当然是不可能！"夜然毫不犹豫地摇了摇头，要她一路蹦跳着回家，她又不是兔子。

"那你的意思是想让我抱？"江浩挑了下飞扬的剑眉，面含微笑地继续问。

夜然摇了摇头，脑海内浮现出江浩横抱她的姿态，不由得感觉脸上一阵燥热。

"那你还愣着干吗？还不快点上来！"江浩带着不耐烦的口气催促。

夜然这才咬着嘴唇，心不甘情不愿地朝着江浩的背上趴了上去，伸手勾住了他的脖子，脸颊滚烫滚烫的，长这么大，除了老爹，还没有别的男人背过她呢，感觉怪怪的。

江浩稳稳地起身，环过手托住了夜然的臀，仪态万千地在店内服务员的注目礼下，缓缓地背着夜然优雅地走出大门，直奔停车场。

第7章　极品兄妹

江浩把夜然送回家，又小心翼翼地背着她开门进屋。

夜然的心思万转，回想起小时候爸爸背着她在大街小巷闲逛，那是童年的美好时光，嘴角不由得绽放出了一抹自然的笑意。

"你偷笑什么呢？是不是奴役我了，让你心情特爽啊？"回到家，江浩便将夜然放置在沙发上，缓了缓气。

夜然挑了下眉，嬉皮笑脸地反击着，"我感觉奴役你是挺爽的，不过看着你被我奴役好像感觉更爽，你说你是不是有被虐的爱好？"

江浩忍不住翻了翻白眼，无奈地求饶："你的嘴巴实在太能说了，算我怕了你了，你家的药箱呢？有没有膏药什么？"

"我家没有药箱……也没有膏药……那个OK绷可以不？"夜然咬了下唇，说得有些心虚。

江浩白了一眼夜然，没好气反问："OK绷，你说行不行？"

夜然赔了一个笑脸，装可怜，"那么，麻烦你帮我去买下，可以不？"

"你不要乱动，我很快就回来。"江浩认真地吩咐完，拉开门大步流星地走了出去。

夜然对着江浩的背影咧嘴，扮了个鬼脸后，便随手抓了本杂志胡乱地翻看起来。有人照顾，确实是件很幸福的事。

因为脚扭伤了，夜然请了一个星期病假，安分地在家休养。每天三餐都是江浩义务送上门，顺带换膏药，按摩。

夜然望着江浩认真地帮她换膏药的侧脸，轮廓分明，鼻梁高挺，不由得吸了吸口水，问道："江浩，你多大了？"

"三十三。"

"保养得真不错！有啥秘方啊？"夜然由衷地赞叹完后，不忘记八卦。

"采阴补阳！"江浩嬉皮笑脸。

夜然的嘴角抽搐了下，"采阴补阳？那你的意思就是女人很多？"

"女人不多，但是也不算少吧！"江浩收拾着药箱，不温不火地回话，那嬉皮笑脸的表情倒是很难让人分辨出真假。

"你的第一次啥时候没有的？给了你的右手还是左手？"

"嗯，这个……"江浩料想不到夜然会突然冒出这样的问题。

"怎么了？不好回答么？还是，你两个手一起了？"夜然无辜地眨了眨明亮的黑眸，一脸的好奇。

江浩抬起脸望着夜然，没有回答，转移话题，"干吗？看上我了？关心起隐私问题。"

"嗯，我看上你了！"夜然接得那个叫顺口。

江浩被口水呛了下，咳咳咳……

夜然漫不经心地继续调戏，"唉呀，我看上你有什么好激动的，你至于这样咳咳咳么？又不是得了肺结核。"

江浩默不作声地看着夜然，等着她接下来的话。

"江浩，我说我看上你了，你怎么着也得给我点反应吧？"夜然伸脚朝着江浩的肩头踢了踢。

"哇！我好荣幸啊！竟然能被人见人爱，花见花开，汽车见了爆胎的夜然大美女看上，我前辈子肯定是上过高香，荣幸之极，荣幸之极啊！"江浩夸张地对夜然一阵惊天动地地猛夸。

"算你识货！"好话人人都爱听，夜然这厢也不例外，这么多奉承话听下来，脸色自然是笑开了花。

"夜然，要不你别去相亲了，我们就这样凑合凑合吧？"江浩抬捏着夜然的腿，半真半假地问。

夜然转过脸，发现江浩神色温柔地看着她。这种眼神让夜然毫无招架力，有些说不清楚的仓皇，只得掉转视线，讪讪地问："为什么不是结婚？"

江浩的神情有些不知所措，接着叹息了一声后才缓缓地说："我这个人比较喜欢做王老五，也比较享受恋爱的状态。除了那纸婚书，我能给你一切浪漫跟唯美的恋爱。怎么样，考虑下我吧。"

夜然没有看江浩，盯着前方黑乎乎的电视屏幕发了会呆，心里隐约带着不舒服，很讨厌这样无法控制的情绪，她跟江浩之间似乎缺少了点什么。当她想要个清楚明白的答案时，江浩却给了模糊的回答；当夜然想着干脆糊涂下去时，江浩却又想要一个明白的现实。

这样暧昧的话，这样暧昧的情感，可进，可退，但是她始终没有办法抓捏这样的感情。

只谈恋爱，不结婚，在二十五岁之前，夜然会考虑，但是二十八岁的她，没有勇气去考虑了。再说了，对于一个三十三岁还要谈情说爱，而不是直接要求绑着去结婚登记的男人，夜然心里有太多的不确定！她二十八岁了，耗不起风花雪月了！

天真烂漫的爱情时代过去了，她现在要的不是浓情蜜意，卿卿我我，而是平平淡淡地过日子。算了算了，不想跟江浩八字不带撇的事，累人，就这样做好朋友挺好的。

"夜然，怎么样，考虑下我的提议。"江浩正色地盯着夜然发问，手里不忘记抓着夜然的金莲，免得一会儿被她踹出门去。

"考虑个屁。"夜然没好气地说，"在我没有说滚之前，你自动闪人。我要的是结婚，不是恋爱。"

"不是吧？"江浩撇了撇嘴，小声地嘟囔了句，"你现在要求高了，恋爱都不谈就直接想结婚了？"

"谁说我不想谈恋爱?"夜然气呼呼盯着江浩的黑眸反问,"但是,我想请问,你是以结婚为前提的恋爱吗?"

"恋爱了,也不一定要结婚吧。"江浩不认同地补充了句。

"毛主席爷爷曾经说过,不以结婚为前提的恋爱都是耍流氓。"夜然义正词严地说出毛主席语录。

江浩被夜然说得没话,过了好一会儿才弱弱地冒了一句:"咱们都耍过流氓了。"

"你才流氓呢。"夜然白了一眼江浩,"滚吧,滚吧,我不想看见流氓。"

江浩无奈地摇了摇头,想生气,却又拉不下脸,只能自嘲地扯了扯嘴角,感慨地说:"女人心,果真海底针。刚才还温柔似水,这会翻脸无情,叫我滚?对不起,活这么大岁数的人了,还真没滚过,要不麻烦你给我示范个?"

"去你的!"夜然没好气地伸脚踹了下江浩,便缩回脚,抱着垫子蜷缩在沙发里,难得安静得不再开口说话。

"春心萌动了?发什么呆呢!"江浩眼瞅着夜然神色茫然,不由得挂着笑脸继续调笑。

夜然不紧不慢地说:"春天到了,百花开了,思春有什么奇怪的?哪像你,不但思春,下面还带着两条虫子呢。"接着无害地对江浩笑了笑,吊着音说,"蠢,蠢,蠢……"

"夜然,你是个女强人!"江浩斟酌了半响,才冒出这么一个形容词出来,手指直直地竖着大拇指,佩服得不行,"女的,强悍,不是人。"

"一般一般。"夜然难得谦虚地摆了摆手。

江浩这会儿连嘴角抽搐都省了。

"你说爱我就跟我走,风雨也跟我走,海角也跟我走……决定就不回头……"夜然伸脚踹了下江浩,奴役着指挥道,"帮我把电话拿来!"

"就知道。"江浩一幅早知道的样子,认命地帮夜然在沙发上翻找手机。

夜然接过电话，娇滴滴地出声，"喂，亲爱的，好久不见。"

江浩拢了拢浑身的鸡皮疙瘩，对夜然这甜腻死人，故意发嗲的声音毛骨悚然。

"哦……知道了。"电话那头的人不知道说了什么，夜然的表情由惊喜渐渐转为无力。

江浩侧目，好奇地看着夜然面无表情的收线，挂了电话，开口道："我说，你的两极分化也忒明显了吧？刚才还那么激动，一下子蔫了。"

夜然白了一眼江浩，气呼呼地噘着嘴，"要是一个你几年没联系的死党突然冒出来，给你电话，你能不激动么？"

江浩理解地点了点头，"嗯，确实需要激动下，可是你激动过后就蔫了，怎么回事？"

一提到这个，夜然的嘴角又抽搐了下，深呼了一口气，才说："可是她给我打电话，就为了她一个远房表哥缺个媳妇，而我正好挺符合要求的。"

"夜然，你跟我就不要拐弯抹角了，直接说，她给你安排对象相亲就是了！"

夜然怒瞪江浩，表示不满，半晌之后才幽幽地问："江浩，有没有人给你安排过相亲啊？"

江浩摇了摇头，安慰似的拍了拍夜然的肩膀，"夜然同志，革命尚未成功，你继续努力！做老女人不可耻，老女人相亲更不可耻，放心吧，没人会鄙视你的！包括我。"

夜然被江浩的话气得差点就闷死过去，恼怒地踹了他一脚，怒吼道："滚！"

江浩防备不及被夜然踹倒在地，优雅地爬起来，理了理衣衫，拍了拍并不存在的尘灰，对着夜然无害地微微一笑，"我滚了，一会儿谁给你救场去？"

"谁要你救场了？不就是相亲么，姐姐没有一百次，也有八十次了，早就炼成了金刚不坏之身。再说了，我家亲爱的可说了，这次是个精英！精英你懂么你？"

"精英我是没见过，极品倒是见你相了好几个。"

"切，你这种没有相亲经历的人，很明显就是羡慕、嫉妒。哼，我不跟你啰唆，我要换衣服化妆了。"夜然扭着小腰，风姿绰约地往房间内走去，习惯性地开始挑选相亲战衣。

江浩的嘴角毫不遮掩地扯着一抹鄙视，"我说，你去相亲又不是选美，干吗还换衣服、化妆啊？"

"江浩，相亲前，换衣服、化妆呢，是对相亲重视的一种表现！算了，跟你这种没有相亲意识的人解释，完全是浪费口水！"夜然毫不留情地推开了江浩凑近她的俊脸，对着镜子细心地开始往脸上擦隔离霜、粉底。

不管相亲的结果怎么样，不管对象如何，也不管之前受过多少次打击，出门前的夜然，一定会为了相亲而好好装扮下，这是对相亲对象最起码的尊重。

"那我这种没相亲过，又没相亲意识的人，今天跟你去长长见识吧！"

"什么意思？"夜然眯着一只眼睛，另外一只瞪得大大的，刷着睫毛膏，随意地接话。

"我跟你去相亲啊，长长相亲意识，见识见识精英嘛。"

涂睫毛膏的手抖了抖，一道黑线便划在下眼睑，夜然顾不上擦，激动得转过身子看着江浩，"你说什么？"开玩笑，带着江浩去相亲？夜然不亚于听到平地炸雷。

"我说得很清楚啊，我跟你去相亲！"江浩坚定地说明意向。

"江浩，你说的笑话一点也不好笑。"夜然随手抓了张面纸，擦了擦花了的妆容，撇着嘴说。

"我没说笑话啊！我做车夫送你去相亲，全程做亲友团陪同你会见精英，免得你到时候看到人家帅哥紧张，犯花痴，破坏了形象，被嫌弃。"

江浩满脸正色地提议。

夜然撇了撇嘴，还没说出拒绝的话，江浩又特狗腿地补充了句，"夜然，我这都是为你考虑！你要是相亲不成功，我还能请你吃东西，消火呢。你看，这一举多少得的好处，全给你占尽了！"就为了这么句话，夜然面含微笑地同意带江浩这位亲友团去相亲。

在约定的时间内，夜然跟江浩到达了步行街那家人满为患的咖啡厅。

夜然优雅地跟着引领小姐走上了楼梯，到了一间小包间，"小姐，这是08号包厢。"

望着空无一人的包间，夜然不解地朝着江浩发出疑惑的问号，"该不是走错地方了吧？"

江浩率先反应过来，对着那个小姐说了声"谢谢"，就把夜然推进那个看着情调还不错的包间，"人家明显是去洗手间了，你坐着等等！"

夜然接过江浩递来的白开水，默不作声地喝了两口，放下杯子，若无其事地对着江浩来了句，"你今天不像是亲友团，很像是介绍人，如果脸上化个痣或者描个红唇，胸前再别个大红花的话，就更像了！"

江浩刚端着杯子喝水，就这样被自己给呛着了，咳咳咳。

夜然一般都是行动派的，说完话的同时，已经伸手在包里抓着唇膏了，笑得特别邪恶，"别的材料暂时没有，不过画个美人痣、描个大红唇倒是现成的。"

江浩防备不及地被夜然拽着，被夜然捏着脸颊用唇膏狠狠地盖了个红印。夜然嘴里不忘记威胁，"你可千万别乱动，不然，我可不保证会化到别的地方哦。"

"您好，您是夜然小姐吧？"随着包厢的门被推开，一个身穿白色衬衫，深蓝色牛仔裤的男子便咧着嘴跟夜然打招呼。

夜然随意地瞄了一眼，便再也移不开眼，很典型的犯花痴类型。

因为这个男人不像三十三岁，俊美突出的五官，白皙的皮肤衬托着淡淡桃红色的嘴唇，配着细长的眉毛，高挑的鼻梁，尖细的下颚，加上一双明亮得像钻石般的眼眸，此时微微含笑，扯着的嘴角带了几分玩味。

相亲那么多次，就这个男的长得最周正，有点花样美男的味道。特别是左耳闪着炫目光亮的钻石耳钉，给他的阳光帅气中加入了一丝不羁。

"请问夜然小姐，你能否从我身上起来？"江浩咬牙切齿。

"那个，请问夜小姐你在做什么？"花样美男拧着俊眉，出声问。

夜然后知后觉地尖叫了声，这才注意到，原来她以非常不文雅的姿态趴压在江浩身上，还特流氓地拽着他的下巴，活脱脱一个采花贼的形象。

相亲主角登场，见到这样的诡异情景，会怎么想？

夜然只觉得头顶一群乌鸦飞过，留下三道华丽丽的黑线，触电似的放开江浩，整理了下衣衫，窘迫地红着脸，胡乱地瞎掰着，"嗯，蟑螂，刚才有个蟑螂爬过，我就去打了。"夜然吞咽下了打蟑螂这么彪悍的话，免得吓跑帅哥。

邱守随意地扫了眼包厢，配合性地寻找着夜然嘴里所说的蟑螂。

"嗯，现在估计被吓跑了。"夜然尴尬地扯开话题，硬着头皮对邱守笑了笑。

邱守绅士地邀请夜然落座，眸光在看到江浩的那瞬间，刷一下子精亮了起来，"夜小姐，请问这位是？"

夜然顺着邱守的眸光看向江浩，温柔地回话："嗯，他是我表哥，今天是陪我来的。"

江浩憋着笑意，朝着夜然不动声色地竖了下大手指，以示夸赞。

"表哥？原来是表哥啊，坐，快请坐！"邱守一把拽过江浩，热情地招呼着他坐在身边。

夜然不动声色地挑了下眉，看着邱守热情地帮江浩端茶、倒水，还递纸巾，心里不由得挂了疑惑的问号，这孩子殷勤的对象好像不对吧？夜然才是相亲的正主啊。

江浩咳咳咳地清了下嗓子，将茶转手递给夜然，"然然，你看人家邱先生多热情，你看你，怎么来了就发愣。"

邱守听出江浩的潜台词，忙堆了一脸灿烂的笑容，"夜小姐，叫着还真别扭。要不然，我也叫你然然？"

"随便吧，你怎么顺口怎么叫好了。"夜然笑笑。

"然然，你觉得我这个人怎么样？"邱守开门见山地问。

夜然愣了下，随即回答："邱先生风度翩翩，一表人才，挺好的。"

"然然一定很好奇，为什么我这把年纪了还没找女朋友是吧？"

"你的年纪也不算大。不过，好奇还是有那么点，不知道邱先生是否方便说。"夜然顺着邱守的话题说。

邱守深情款款地看着江浩，笑着说："不瞒然然你说，我对女人没感觉。"

江浩一听这话，刚喝进嘴的茶水便扑哧一声喷了出来，动作更是犹如被踩了兔子尾巴似的，直接拉远了他跟邱守的距离，嘴里道歉着，"不好意思，你们继续。"

夜然咬着唇，努力让自己淡定，"那邱先生的意思是对女人没感觉，那对什么有感觉呢？"要邱守冒出一句对女人没兴趣，对男人有兴趣，那夜然得抱着邱守哭呢还是抱着江浩哭啊？

"我就喜欢念书！"

"喜欢念书挺好的。"夜然暗自松了口气，还好，最多是个书呆子，不解风情，以后慢慢培养吧。

"等我厌倦念书，也就毕业了，出来创业，然后一直忙着打拼事业，创办自己的公司，就没有考虑过恋爱，对象，甚至结婚。这不，一下子三十三了，父母急了，非给我介绍对象相亲。"邱守还算挺朴实，一口气解释得清清楚楚。

"相亲现在好像挺流行的。"夜然赔了一个笑脸，随意地接话。

"然然怎么也没男朋友呢？该不是为了赶相亲这潮流吧。"邱守带了点小幽默感。

"其实我也不知道，一直遇不到适合自己的那个人，可能所谓的缘分没到吧。"夜然歪着脑袋，很认真地想了想后才回答。

"是不是你要求太高了？"邱守眉眼含笑地问。

"也没有吧。"夜然没觉得她对男人有什么要求啊。不过，没要求是不是就是最高的要求呢？

"邱守，你混蛋！"随着这一声不和谐的声音，包厢的门便被大力踹开，直接冲进一个二十左右的女孩，猛地将邱守扑倒，接着毫不留情地手打脚踢。

夜然惊恐地看着被揍得直哼哼却没有回手的邱守，又瞅了瞅完全事不关己的江浩，咬着唇思，是不是要出头，做个劝架的和事佬。

江浩在桌子底下朝着夜然踩了一脚，使了一个眼色：这理直气壮冲进来的女孩，连名带姓地喊邱守的大名，又那么肆无忌惮地大打出手，邱守只避让而没有还击，可见女孩跟这个邱守的关系匪浅，你就别多管闲事了，围观看戏。

夜然了然地朝着江浩点了点头，同情地看着邱守护着头给人当沙包打。

"瑶瑶，够了你！起来！"邱守一把拽着那个女孩的手，从狼狈的闪躲中发威。

那个被叫作瑶瑶的女孩子气呼呼的，张嘴朝邱守手臂上咬了一口，恶狠狠地瞪了眼邱守，一下子靠着沙发坐下，张嘴大呼："呼，累死我了，渴。"

夜然跟江浩对视了两眼，都识相地继续保持沉默是金的美德，准备以不变应万变。

瑶瑶接过邱守递过来的杯子，猛地喝了好几口水，放下杯子后，才漫不经心地扫了一眼夜然，接着没好气地哼了哼，问道："你就是我哥的相亲对象？"

夜然被那一眼鄙夷的哼哼看得有些不舒服，愣了半晌才回神，点了点头，原来是妹妹啊，还以为是小情人打上门呢！可是，既然是妹妹，那么鄙夷地瞅着夜然干啥？夜然又没得罪过她。

那个叫瑶瑶的女孩子手朝着江浩一指，高傲地问："那他是谁呀？"

江浩眼瞅着自己被点名，忙温和地笑笑，用夜然的介绍回话："我是夜然的表哥。"

"表哥，然然，这是我妹妹邱瑶。"邱守讨好地拉着邱瑶对夜然、江浩做介绍。

"你有没有结婚？"邱瑶一把将邱守推开，径直坐到了江浩身边，紧盯着江浩问。

"啊？"江浩窘了，俊脸挂着大大的问号，他结没结婚，跟夜然的相亲没什么利益关系吧？

"我看你的样子也不像结婚的，手指上没戴戒指。"邱瑶边说边伸手抓住江浩的左手，朝着夜然跟邱守扬了扬，对她这个发现，有些洋洋自得。

"啊？表哥，你没结婚啊？"邱守一听这话，明显乐了。

"肯定没结婚的，这还用问嘛。"邱瑶白了一眼她哥。

夜然面部微微有些抽搐，眼角都不安分地跳动了下，不动声色地咳嗽了一声，以提醒众人还有她这位的存在。

"然然，不瞒你说，我这妹妹什么都好，就是脾气有些躁，所以二十了，也没个男人敢收她。既然你表哥没结婚，那么一起来相下吧！"邱守乐颠乐颠地将自己的妹妹推销着。

彪悍！这才二十岁的小姑娘，就怕找不到对象了！还一起来相下，这算是买一送一的促销活动吗？

夜然哭笑不得地看了看邱守，又瞅了瞅面含娇羞的邱瑶，才小心翼翼地朝江浩望去。

江浩意味深长地看了一眼夜然，接着歉意地看了看邱瑶，从对面的位置换到夜然身边坐了下来。

邱家兄妹并排坐好，眸光灼灼地看着对面的夜然跟江浩，那眼里毫不遮掩，透着欢喜。

"表哥啊，我叫邱瑶，邱的邱，瑶的瑶，你叫什么啊？"邱瑶想对江浩放电，但是她双眼贴着厚重的假睫毛、闪钻，眨巴个不停，犹如眼抽似的。

夜然强忍着爆笑的冲动，低头玩弄着手里的杯盖。

江浩看看邱瑶，余光扫到玩得不亦乐乎事不关己的夜然，没好气地用手肘顶了下，夜然缩了缩身子，没搭理江浩。

"表哥，我们来个亲上加亲？我哥跟她，我跟你，就这样定了吧。"邱瑶边说边指。

夜然正喝着水，就这样扑哧朝着对面的两位喷去，咳咳咳。夜然忙捂着嘴，看着被她喷得狼狈的邱守、邱瑶，讪讪地道歉，"对不起啊，我不是故意的！"

邱守温和地笑笑，随手抓了纸巾擦了擦，大度地说："没关系。"

邱瑶怒瞪了一眼夜然，直接探出身子搭在桌子上，俏脸带着愠怒，"表哥，人家在跟你说话呢。"

"瑶瑶，你不要那么心急嘛，坐下来。"邱守拉了一把邱瑶，歉意地对江浩赔了个笑脸。

夜然总觉得怪怪的，邱守对江浩这个表哥讨好的意味实在有些过头了吧？即使看上夜然，要讨好夜然的娘家人，也不能把夜然这正主给晾着啊。

"好吧，表哥，你先告诉我，你叫什么？"邱瑶瘪着嘴，退而求其次。

江浩稍微退远了些身子，无视邱瑶胸前那两坨山峰抖得跟地震似的，淡淡回了句，"我叫江浩！"若不是看在夜然这个相亲正主没发话的分上，他还真的想拂袖走人。

"江浩表哥，你觉得我长得漂亮么？"邱瑶对江浩大大咧咧地丢了一个抽风似的电眼，当然手指不忘记沿着曲线展示下她那水蛇一般灵动的腰肢，摆了一个芙蓉姐姐的经典 S 型。

骚，真骚！

夜然在心里暗自下结论，抬眼悄然地扫了几眼邱守，还好，目前他的表现看着还不算极品。他这妹妹邱瑶嘛，就有点忒夸张了。

"你漂亮不漂亮，好像跟我没关系！"江浩语气淡淡的。

"什么跟你没关系啊？人家现在看上你了，想跟你谈恋爱嘛。"邱瑶的手指朝着江浩一点，娇媚地撒娇。

夜然彻底石化，这个八零后跟九零后的差别还真不是一般大。

你看，人家八零后还含蓄地在那装模作样，即使看对眼还要扭扭捏捏，相互试探一下呢，这九零后倒是轰轰烈烈，直接而又猛烈，看上了就示爱。

"开什么玩笑！"江浩瞬间冷脸。

"我没开玩笑啊！我就是喜欢你这样的老男人。我哥都说了，我有恋父、恋哥情结！"邱瑶面不改色地说完，红艳的小嘴一嘟，媚眼含丝地朝着江浩舔了下舌头，做作得赤裸而又直白。

"你的恋父情结、恋哥情结跟我无关。"江浩对邱瑶那句老男人非常不爽，气恼得黑脸。

"我说有关就有关，我看上你了，我就要泡你。"邱瑶的脸上丝毫没有受伤的颓然，越挫越勇地说。

"被你看上还真是我的荣幸，谢谢，可是我并不需要。"江浩冷着脸拒绝。

"为什么？为什么？这是为什么呢？"邱瑶眨巴眨巴着水汪汪的大眼睛，盗用小沈阳的经典口吻，学得十分像。

"没有为什么。"江浩回得咬牙切齿。

"这是为什么呢？为什么呢？为什么呢？"邱瑶锲而不舍。

夜然肯定，如果江浩解释不出来为什么，那么将会被邱瑶问上十万次的为什么。

"我不喜欢女人！"江浩深吸了一口气，回得斩钉截铁。

夜然八卦地看着江浩，他……他竟然不喜欢女人，莫非喜欢男人？这个是强悍新闻。

"你……你不喜欢女人？"邱瑶不死心地追问。

"有问题吗？"江浩挑眉反问，一脸坦荡。

"啊？那你跟他一样？"邱瑶的手自然朝着邱守一指，继续炸出一个雷的无与伦比的消息来。

江浩面部的淡定彻底僵化，夜然被雷得外焦里嫩，觉得头顶在冒星星，脑袋轰一声炸开，再也听不到邱守的声音，只是看着他毫不犹豫地点点头承认。

夜然觉得她应该晕过去，接着醒来跟邱瑶一样，用小沈阳的口气问，为什么？为什么？为什么？

上帝啊，为嘛这年头漂亮的男人喜欢男人，叫我们这些资质平平的女子情何以堪啊！泪流满面啊，夜然心里默哀了一遍又一遍。

"同志，我找到你了。"邱守就差两眼热泪盈眶，急切地伸手抓江浩。

江浩忙挣扎着缩回手，顺手抓住夜然的手，紧紧地扣住，"你别激动，我可不是你的同志。"

"表哥，虽然当着然然的面，但你也别不好意思，喜欢男人怕什么。这年头，只要自己喜欢的，管他是男的女的，心动就好。"邱守义正词严地说。

"邱守先生，不好意思，你误会了，虽然我不喜欢女人，但是我也没说喜欢男人。"江浩硬着头皮对邱守酌字酌句地解释。

"你不喜欢男人？"邱守不死心地追问。

"不喜欢。"

邱守的神色瞬间颓然，挂着失落，江浩打击到他了。

邱瑶一脚粗鲁地踹到了沙发上，不依不饶地怒问："丫的，你不喜欢女人，也不喜欢男人，那你到底喜欢什么啊？啊啊啊啊啊……"

夜然捂着被邱瑶河东狮吼震疼的耳朵，拧着眉，嘴角抽搐了下。依照她对江浩的了解，大概他会这样回答。

"这个世界上，除了男人跟女人之外，还有一种人叫作人妖！我就喜欢人妖！"江浩正经地说着，那坚定的神色让人不信服都不可能。

"你丫的变态！竟然喜欢人妖。"邱瑶抓狂了，愤恨地怒瞪着江浩，恨不得咬碎一口小银牙。

"人是人他妈生的，妖是妖他妈生的，人妖也是人妖他妈生的。我觉得我表哥挺正常，一点也不变态啊！这年头，只要自己喜欢的，管他是男的女的，心动就好。"夜然端坐了身子，面色淡淡地说着总结性的话，当然把邱守刚说的那句求爱真理原封不动地送了回去。

"表妹，你还要继续相下去么？"江浩侧过身子，压低了声音悄悄地问。

夜然有气无力地摇了摇头，靠，一个BL，一个恋父情结，这个亲是没有办法相了。

"邱先生，今天就这样吧，我们还有事，先走了！"

江浩说完，也不给邱家兄妹出声挽留的机会，一把拽着夜然就走，直到拖到了车上，脸色还是冷得能把人冻出窟窿来。

当然，某些抗寒体就例外了。

比如，夜然，此时正百无聊赖地玩着自己的手指，在那胡乱拨弄着，把玩着。

"夜然，今天的事，你早猜到了？"江浩眸光阴冷地扫视着夜然，问得咬牙切齿。

"我又不是神，我怎么猜得到。"夜然无辜地回眸，对上江浩的黑眸，她也很受伤呢，好不容易看对个花样美男，结果人家喜欢男人，伤不起啊，伤不起啊。

"你看你相亲，都相得什么变态！"江浩愤愤不平。

"早知道我会相到这么个家伙，打死我也不会来的。"

"我看你一听相亲倒是乐颠乐颠的。"江浩不冷不热嘀咕了句。

"这世道，还有没有天理了？我这种外貌协会的，注定要成为黄金圣斗士了。"夜然情绪激动地呐喊了下。

"夜然，你该不是真看上那个邱守了吧？"江浩转过脸，看着夜然认真地问。

"看上你个头，我只是好奇，原来你真不喜欢女人，喜欢人妖？那你喜欢攻还是受啊？"夜然双眸挂着戏谑的笑意，挑眉看着江浩。

江浩面色一愣，接着猛一脚踩下刹车，将车停在了路中央。

夜然的身子克制不住往前冲撞出去，又惯性反弹撞在驾驶座上，前额、后脑勺同时撞得生疼，不由得气恼了，"江浩，你到底会不会开车啊？这是路中央。"

江浩转过脸，长臂一伸，将夜然自然圈箍在怀臂内。

看着江浩的俊脸，他的鼻尖离自己鼻尖不到三厘米的距离，甚至能清楚地感觉到江浩呼出的热气喷在她敏感的鼻尖。夜然被这突如其来的俊脸吓到了，心头怦怦地直跳，说话都不自在，结结巴巴，"你……你想干吗？"

"既然你那么想知道我是攻还是受，试试不就知道了？"江浩随手撩了下夜然散落在颊边的发丝，亲昵地凑到夜然敏感的耳垂吐气。

夜然心底一阵没有由来的慌乱，紧张，"不用了，我突然没兴趣了！"

"可是，我兴趣很大。"

"你到底想干吗？"夜然瞪大了黑眸，直视江浩。

江浩感觉到夜然温热的气息喷洒在鼻尖，感觉心里有根柔软的弦瞬间绷紧。

看着夜然近在咫尺的红唇，微微颤抖着诱惑着他，还没有反应过来，他的唇便贴上了她的。

两唇相接，电光四射，激情四溢。

夜然的眼睛瞬间瞪大，觉得脑袋突然闷了，刹那间停止了思考，也不知道该反抗还是迎合江浩的吻……

江浩的吻带着霸道，但又不失温柔地沿着夜然的唇齿渐渐地深入，不断地摩挲着敏感的舌尖，打圈圈，啃吻，渐渐地带着夜然一同相互纠缠着嬉戏，玩闹，挑拨。

激情的微喘声在狭小的车厢内暧昧地流传了起来，彼此燃烧的温度，也越发灼热……

砰砰砰……

一阵敲车窗的声音，将两个沉迷在激吻中的人惊醒。

江浩松开夜然，眼底闪过一丝懊恼，但是瞬间又遮掩了过去，表现出一副意犹未尽的样子，在夜然颊边飞快地亲了口，然后带着偷袭成功的窃喜对着夜然灿烂一笑，摇下车窗，"怎么了？"

夜然脸红得如猴子屁股一般，心虚地看了一眼那个身穿制服的交警，只听他一板一眼地问："先生，你的车出什么问题了吗？"

"没出问题。"江浩笑得温和无害。

"没问题的话，请你马上开走，你妨碍后面的车辆通行了。"那交警的脸色不是一般难看。迎合着他的话一般，后面好几辆车都开始此起彼伏地按着喇叭，不耐烦地催促。

"我马上就开走，对不起啊！"江浩歉意地对交警比了个手势。

摇上车窗，狭小的车厢内流转着暧昧的氛围，夜然红着脸，咬着唇，一时之间，真不知道该跟江浩说些什么，只能悄然抬眼扫了几眼江浩，心里不自觉地期待着他说点什么。

可是，这一路江浩都保持着直视，只看前方，专注开车，沉默不语。

夜然捏着手指，心里思绪万千，今天的事发生得太突然，以至于她失去了往日的冷静，需要一点时间来思考。

"到了。"江浩停车，熄火，拔了钥匙，张了张嘴，似乎有什么话要说。

"想说什么？"夜然看着江浩似乎欲言又止，于是问。

"没什么，我先走了。"江浩的表情不太自然，插上钥匙，嘴角带着僵笑。

夜然心里很想问刚才的吻到底算什么？如果真的只是恶作剧，那么何必吻得那么认真投入，而且恶作剧也不能拿深吻来开玩笑啊。可是，如果江浩真要表达什么，为什么一路上的表情那么怪异？但是，这些话又不能直白地问出口。

一个女人，一个强势的女人，宁愿伤到自己，也不愿意放低姿态。而夜然，就是这样的女人，平时习惯了用喧嚣来伪装自己，就卸不下那张面具。

"怎么了？"江浩转脸温和地看着夜然问。

"没什么，你开车当心点。再见。"夜然仓皇地抓着包，一把拉开车门，头也不回地说着。她突然慌乱得不知道该怎么去面对江浩那张俊脸。

江浩对着夜然轻扯了下嘴角，微笑着摇摇手，握着方向盘的手僵硬了下，随即调转车头，沿着来时的路慢慢地踩下了油门。心乱的何止是夜然一个，他同样纠结……只是，无法言语而已。

夜然目送着江浩的车绝尘而去，心里莫名地挂着淡淡的惆怅，总觉得江浩应该说点怎么，至少表情不应该这样若无其事，却又感觉心事重重。

刚进门，江浩的信息就发了过来，简短的五个字："夜然，对不起。"

一眼扫完江浩的信息，夜然的心蓦地有些说不出来的沉，这到底是什么意思？江浩需要一点时间来确认是否要跟夜然恋爱，还是江浩真的那么眷恋单身，犹豫要不要恋爱？猜不出江浩到底是什么意思，又不好打破砂锅问到底，夜然好久不曾浮动的心，竟然有些蠢蠢欲动了。

用热水泡了一个玫瑰精油浴，然后贴了一张补水的红酒面膜，接着慵懒地躺倒在床上，望着天花板，微微地发了会呆，手指不由自主地抚上红唇，夜然的脑海里，不知不觉地回想起白天这突如其来的吻。她一点也不排斥江浩的吻，那是不是意味着她对江浩也是有好感的？或者，那比好感还要多一点的喜欢？

可是，夜然已经好久好久没有去喜欢过一个人了。自从陈铭轩走后，她好像已经失去了喜欢一个人的能力，每次都是那么小心翼翼又卑微地等待着，等待着那个愿意带她走出寂寞的男子，可是等待了那么久，却始终遇不到能给她温暖的人。

陈铭轩，想到他，夜然不知不觉又深深地叹息了一声，年少轻狂的爱，总是那么不顾一切，一头就扎进去了，不伤到遍体鳞伤，不痛快。可是，真正痛快了，却再也不敢去爱了。

那样一场开始投入了彼此最美好，结束却又莫名其妙的爱，还真是错得离谱，可笑之极，但是偏偏又深深地把夜然禁锢住，成了她无法忘记释怀的阴影。

往事如烟如云，不肯离开，不肯散去，浮浮沉沉在心头凝聚，相思泛滥成灾。

"你说爱我就跟我走……风雨也跟我走……海角也跟我走……决定就不回头……"

夜然伸手在床头胡乱地摸了几下，都没有抓到手机，气恼地朝着那发音的方位扔去一个枕头，干脆盖住那声音，任由铃声响个不停，不知道是谁打的电话，那个执着精神叫作坚持不懈。

在铃声响过三遍，没有人接听的状态下，继续持续地响着……重复这样一首歌曲，还真的让人心情烦躁。

夜然恼火地揭开贴着的面膜，胡乱地在枕头、床单里翻找，好不容易才扒出手机，看着屏幕上跳动的美阳字眼，深呼吸了几口气后，才用能跟播音员媲美的声音接听，"我亲爱的阳阳姐，您老这样地夺命叫我，有何贵干？"

"然然啊，其实我也不想的。"美阳电话一接通，讨好地对夜然说歉意。

夜然没好气地从鼻子里冷哼了下，没事献殷勤，肯定有猫腻。

"然然，我婆婆要见见你，你看你什么时候有空？"

"你婆婆见我干吗？"夜然一个激灵，心里带着几分抵触，该不是又要给她安排相亲吧？

"那啥，我不说，你肯定也猜到了，她有个牌友的儿子，想给你撮合下！"美阳直奔主题。

"我好不容易有心情泡个澡，做个面膜，美容下，你就不能让我消停下？相亲，相亲，我现在听到就恶心，快发神经了。"

"然然，不在相亲中成功，就在相亲中变态。你快点相亲成功吧，我不想看着你变态。"美阳的语气里带着小媳妇似的讨好。

夜然无语地翻了翻白眼，"桃花大神跟我没交情，我相亲成功的概率低得跟你买彩票中奖一样。"

"我买彩票好歹中过十块二十块的好不好？"美阳辩解了下，又转到正事上，"我看，就给你安排看看吧。"

"你先跟我说说，这次你婆婆准备给我介绍什么样的人？"夜然勉为其难地问问。

"好像是个健身教练！身高、长相都可以吧，具体人嘛，我也没见过，不好说。"美阳含含糊糊地回答。

"还记得那次去相的极品暴发户，你也说，一表人才，结果长得抱歉成什么样了，你自己说吧，最牛的竟然还要发律师函告我。这次这个，我可不想再惹什么法律纠纷。"夜然揭着伤疤，提醒美阳，相似的极品，她不想再遭遇第二次。

"然然，那次是意外，真的是意外！这次有我婆婆亲自监督，我远程电话操控，绝对不会再出错！"美阳信誓旦旦地保证。

"这样的保证太没有可信度了。"

"人还没见，你先别失望呢，可能他就是你的真命天子呢。"

"阳阳，通常希望越大，失望也越大。"夜然漫不经心地朝美阳扑冷水，血淋淋的教训，惨痛的事实，让夜然已经免疫了，对相亲不再抱什么希望。

"然然，你别泄气，这个我给你好好地勘察下吧！"

"阳阳，你打听清楚了再安排吧，今天我有点累了。"

"嗯，那你早点睡吧。"美阳切断了电话，风风火火地着手帮夜然去打听那健身教练。

夜然看着切断的电话，屏幕渐渐转黑，觉得心里一阵接着一阵的空虚、疲惫，为什么她会这样？真的是要求太高了吗？可是，回想着过去相亲的经历，她从不认为她对相亲对象有过高要求啊！她没有要求男方一定要有才或者有财，又或者有权势地位，更没有要求对方一定要多帅，多完美，她渴望的只是一份平淡，能给她安心的温暖。

遇不到那样的一个人，夜然只能小心翼翼地呵护着自己本就不多的温暖，继续在骄傲里偏执地等待着，等待着那个人的到来。

夜然瞬间有种想倾诉的冲动，伸手抓过手机翻开电话本，看到快捷键的江浩，犹豫了下，最后还是放下了手机。

对于江浩，夜然的心里，有种说不清楚的纠结跟烦躁。

第 8 章　情感纠结

"你说爱我就跟我走……风雨也跟我走……海角也跟我走……"手机刚响起，夜然便按下了接听键，"喂，您好！"

"然然，能听出来我的声音么？"陌生的男中音问。

夜然的秀眉拧了起来，后悔刚才看都没看就直接接电话，不过这会接都接了，只能拿着手机看了看，屏幕上显示的是陌生号码，不由得礼貌地问："请问，你是哪位？"

"我是那天跟你见面的邱守。"邱守丝毫没有因为夜然跟江浩不留情面的退场而显生疏，依旧那么热情。

夜然抿了抿唇，实在不明白，那天的相亲都不欢而散了，号码都没留，邱守怎么还打电话给她？当然，夜然不会白痴地去想邱守怎么会有她的号码，因为那个死党会给。

"然然，你该不是不记得了吧？"

"邱先生，有事么？"夜然客气地问，心说，想不记得也难啊。

"不知道然然方便不方便把你表哥号码给我？"邱守小心翼翼地问。

表哥？

江浩的号码？

夜然的脑袋快速地打了几个转，看来这邱守还真看上江浩了！不知道为什么，夜然的心里没有以往的幸灾乐祸，相反，有些隐约的不舒服。

"然然，你也知道，我这人对女人没感觉。那天见到你表哥，我就有种心跳加速的快感，我肯定，我喜欢上他了。你表哥虽然不喜欢男人，但是他能喜欢人妖，我一定会让他喜欢我的。"

夜然的眉头越皱越紧，最后不管邱守在说什么，直接将电话拿远了些，扯着嗓子装模作样地说："喂……喂……喂……"

邱守那边立马会意，询问："然然，怎么了？你听不到我说话？"

"喂……喂……喂……"夜然不回答，依旧自顾自地在那喂了一会，接着才自言自语地对着电话说，"该死的，手机坏了还是没信号啊？怎么没声音了啊？"

"然然……然然……"邱守在电话那头急切地呼唤。

"喂喂……喂喂……"夜然又装模做样地吼了几声，接着便毫不犹豫地直接切断电话，心里咒骂了句：去你妹的！大变态！

夜然切断了手机，便把这个陌生号码直接拉进了黑名单，等邱守再打的时候，便是无法接通状态了。

今天，米娜跟纳米订婚！那个马拉松跑了七年的恩爱情侣，终于决定要给他们的爱情上个套了。

夜然作为死党，尤其还是一个单身大龄的美女死党，自然是要盛装出席了。穿了一套粉色的小礼服，浅色的金黄色八寸高跟鞋，将马尾全部扎了起来，耳边留了两绺头发，烫了个小卷，这形象，清纯又不失妩媚。

米娜上上下下、左左右右认真地看了看，才喷嘴地称赞："然然，你越来越有女人味了！一会出去，绝对会迷死一堆男人！"

"如果是极品的发情男人就更好了！直接生米做成熟饭！"美阳冷飕飕地说风凉话。

夜然对美阳扯了扯嘴角，露了一个娇媚的笑容，"阳阳，我可以把你这样的行为理解为你嫉妒我么？"

"切，你有什么好值得我嫉妒的？"美阳抱着儿子，朝着夜然骄傲地挺了挺胸，"你有我这么可爱、宝贝的儿子么？"

夜然咂嘴。

"宝贝,叫夜然阿姨黄金圣斗士。"美阳宠爱地揉了揉宝贝儿子的头,得意扬扬。

"黄金圣斗士阿姨。"宝贝听话地叫着。

"丫的!就知道刺激我,不跟你好了!我出去看帅哥。"夜然伸手捏了下宝贝嫩嫩的脸颊,气呼呼地对美阳翻了个白眼,扭了下小腰,风姿绰约地走出了化妆室的门,朝着宴会大厅奔去。

"哎呀,夜然,真的是你?"朝夜然风姿绰约走来一个美女,熟稔地跟夜然打着招呼。

夜然在脑海内快速地搜索了一遍,还是没把这个美女对上号,不由得讪讪地笑了笑,"请问,你哪位啊?"

"哎呀,你忘记我了么?我是林丹啊!"美女一把拽着夜然,语气有点不满。

夜然装作恍然大悟地笑着迎合,"哦,原来是林丹啊,你好,你好。"心里特纳闷地想着,林丹到底是谁啊?

"夜然,我听说你还没有结婚,好像也没有男朋友是吧?"林丹的凤眸闪着贼亮贼亮的光芒。

夜然瞬间戒备了起来,皮笑肉不笑地看着林丹,笑问:"听谁说的?"

"听谁说的不重要,重要的是,你还记范宾嘛?就那个校广播站的站长。"

范宾?

夜然的脑海里冒出了一个高高瘦瘦、清秀的男生,那时候他高调地放话,三个月内一定会追到夜然,至于追求的方式,五花八门,从每天在广播站朗诵情诗,到每晚抱着吉他去女生宿舍门口唱情歌,风雨无阻地坚持了三个月,最后以失败告终。

这个失败的原因,倒不是夜然铁石心肠,一点机会都没给他。夜然曾被感动过,想将就着牵手,谈个风花雪月的恋爱,但是那会半路杀出了个程咬金——林丹。在校公告栏里，张贴上了范宾曾追她而写的情书，赤裸裸地对着夜然宣示。

全校的八卦都猜测着，两女争夺一男的恶俗战斗打响了，三位当事人却不约而同地保持了沉默，并且形成了三角稳定定律。

夜然没有跟范宾在一起，范宾也没跟林丹在一起，林丹也没找过夜然麻烦，至于是什么原因，那都是过去的事了，没必要去追究。

夜然这才将眸光放到林丹身上，这个过去式的半个情敌，这么多年了，第一次正式会面，还真的是闻名不如见面。

"想你也不记得了，范宾去年结婚了。"

"哦，是嘛？我不清楚，没联系过。"夜然不明白林丹跟她说这话的意思。听林丹的口气，她不像是范宾的太太，陈年往事，也没必要吃飞醋了吧，那说范宾干吗？莫非想扯一个共同认识的老情人，好寻找点近乎的话题？

"夜然，你跟在学校的时候比变化不是很大，看上去还是那么年轻。"林丹认真地将夜然打量了个彻底，才中肯地开口。

"是吗？"夜然微微含笑，心里带了点不舒服，看上去还是那么年轻，这不明摆着提醒她实际上不年轻了嘛。

"对了，你是不是真单身啊？"

"这个嘛……"夜然没承认，也没否认，毕竟单身不单身，不用跟过去的情敌报备吧。

"是这样的，我有个朋友，条件也不错，今天看见你，我就觉得你们俩很合适，要不我拉个线，你们见见？"

这是怎么回事？过去的情敌介绍男朋友给夜然，算一笑泯恩仇吗？

"嗯，你是不知道啦，结过婚的人，看着身边有单身的就特想做红娘。"林丹解释了下，顺便把她已婚的事实告诉夜然。

"哦，谢谢你，不过，我不需要了。"或许夜然多心了，但林丹的表情总让她不太舒服。再说了，夜然又不是真的相亲狂、结婚狂，人家说相亲，就奔去相亲。为什么会找不到对象？并不是身边没男人了，而是她自己不愿意将就好不好？要是想将就，两条腿的男人可比四条腿的蛤蟆好找得多了。

"啊？为什么不需要了？你不是没对象吗？"林丹诧异地问。

夜然怔了怔，没有回答。

"米娜刚还说了，要我给你留意下有没有合适的对象，这会我要给你介绍，你竟然不需要了？这么不给我面子，你是不是瞧不起我呀？"

"看你说的什么话，我怎么会瞧不起你呢！"夜然尴尬地赔了一个笑给林丹。

"既然不是瞧不起我，那为什么不让我给你介绍相亲对象？怕我不安好心啊？"林丹正色地反问。

这话被林丹挑明了说，就显得没意思了。夜然的眼睛在宴会厅内四周扫视了一遍，跟林丹打了个招呼："你等等哈！"

林丹拧着秀眉，看着夜然蹬蹬地朝着宴会厅门口奔去，一把拽住了一个俊男，摇曳风姿地朝她走来，好奇地问："夜然，这位是？"

夜然拽着江浩的手臂，面色从容地回答："这是我男朋友，所以我不用你介绍对象了，谢谢你的好意啊！"

"啊？你男朋友？真的假的？"林丹疑惑地朝夜然跟江浩扫视，想看出点什么来。

"你看我像是说假的人吗？"夜然笑得风轻云淡，若无其事地介绍了下，"林丹，我大学校友。江浩，我现任男朋友。"

"林小姐，你好。"江浩礼貌地打招呼。

"你……你的速度也忒闪电了吧？"林丹惊得语无伦次。

"这年头，讲究的就是速度嘛！遇到好男人，如果不出手，那要遭天打雷劈的。"夜然一脸淡然的笑意。

"可是，我怎么感觉你好像不要我介绍，随便拉个敷衍我啊。"林丹自言自语地说着，而那音量控制得刚刚好，在场的三个人都能清晰地听到。

夜然撇了撇嘴，伸手将江浩的俊脸捏着转了过来，对林丹笑了笑，"当然不是啦，我跟这位江先生很久之前就一见钟情了，只是一直没公开关系，这会我觉得时机成熟了。"

"总觉得好像有点不对。"林丹摇了摇头，满脸的疑惑。

"林小姐觉得哪里不对劲呢？是不是觉得我配不上然然？"江浩温和无害地笑问。

"没有，没有，我不是这个意思。"林丹忙摇了摇手，否认。

"那林小姐是什么意思呢？"江浩入戏三分，语气拿捏妥当。

"我只是觉得，我刚开口说要给夜然介绍男朋友，她就拖你这个男朋友出来了，感觉有点意外。"被江浩这么温和却又无法抗拒地逼视，林丹的脸上有点挂不住笑意了，虚伪地回着。

"啊？然然，林小姐还准备给你介绍朋友呢？你刚怎么没跟我说？"江浩反手握上夜然的手，两人十指紧扣，俊脸带着不满质问。

"我拒绝了，就没必要告诉你了吧。"

"可是，我看着怎么不像。"江浩用了肯定式的反问。

"事实上，我确实回绝了她，我说我有男朋友了，不需要了，可是，她好像不太相信。我正在努力让她信服，打消给我介绍男朋友。"夜然对江浩故意发嗲。

"哦？"江浩若有所思地看了一眼林丹。

"她不信，我只能把你拖给她看了呀。"夜然心里鄙夷了下自己，真是恶心啊，不过嘴里继续撒娇，将恶心进行到底。

"那她现在信了没？"江浩跟夜然旁若无人地斗嘴，完全把林丹晾在一边。

"嗯？这个，我也不太清楚耶。我来问下，林丹，现在你信我有男朋友，不是单身了吧？"夜然装模作样地转过脸，对林丹甜蜜地笑问。

"信，怎么会不信呢？刚还真没看出来，原来你们感情那么好。"

"那还用说,我们的感情是经得起革命考验的。"江浩俊脸上挂着幸福的嘚瑟感。

"是吗?"

"不过,总有些吃饱撑着的人,喜欢给然然介绍男朋友。我就纳闷了,我这么一个大活人摆着,那些人怎么就那么不识趣呢?"江浩脸上始终带着浅淡的笑意,意有所指地说。

"怎么样?有危机感吧?我的魅力可大着呢。"夜然朝江浩微翘着嘴角,带了点撒娇,成功地将林丹的火气给掐灭在喉咙口,让她吞也不是,吐也不是。

江浩皮笑肉不笑地挑了下飞扬的剑眉,对着林丹笑嘻嘻地说:"如果林小姐有合适的人选,就给我女朋友介绍好了。"

夜然磨了磨牙,毫不犹豫地朝着江浩的脚背上狠狠地踩了一脚,演戏不带改台词啊。

林丹看在眼里,自然别是一般滋味,小两口多亲密的互动啊。

江浩吃疼,俊脸纠结,闷声哼了哼,瞪了一眼夜然,龇牙咧嘴地压低了声音说:"我话还没说完呢,你踩我干吗?高跟鞋,很疼的好不好?"

"我男朋友比较喜欢开玩笑,你别当真!"夜然背着身子,给江浩丢了一对白眼,才笑着对林丹继续说谎。

"还真是会开玩笑。"林丹呵呵地笑。

"是啊,我跟然然也准备结婚了。等喝完米娜的喜酒,就能轮到我们了。"

林丹笑吟吟地看着江浩,"你们刚公开关系就准备结婚了吗?谈多久了?"

江浩也呵呵呵假笑几声,"恋爱谈得够久了。既然公开了,就干脆准备结婚吧,反正我们都老大不小了。然然,你说我们订婚宴摆在香格里拉还是喜来登?"

"我们不用摆订婚宴了吧。"

"也是，都老夫老妻了，还订婚干吗呀，干脆直接结婚。要不，明天先去把证给领了吧。"

"领证不是都得挑黄道吉日嘛。明天行不行啊？"夜然配合地说。

"等会我就去查查皇历，挑个黄道吉日。"

林丹怔了下，又说："夜然，这就是你的不对了，明明有男朋友，都要谈婚论嫁了，怎么跟人家说单身呢，害得我瞎操心，还想做媒呢。"

"我好像没跟人家说过我单身。"夜然无辜地看着林丹，尤其是你，更加没说过。

"虽然你没说你单身，但是也没公开你男朋友，要不米娜怎么会要我给你留意下呢，现在搞得我多尴尬啊。"林丹的语气带着不满。

"这不是我们然然低调嘛，秘密恋爱的伪单身生活其实挺好的。"江浩满脸堆着笑。

"秘密恋爱的伪单身？"林丹的语气里带着几分尖锐，"跟好朋友都不坦白，伪单身，难道还想等人追？"

"其实，我个人觉得，我女朋友有人追，说明她魅力大。有人愿意帮忙介绍对象，说明她人缘不错。总的来说呢，在没结婚之前，让然然做做比较也没有什么不可以，毕竟人是需要经过对比的，只有对比了，才能发现，也只有我最合适然然。"江浩沾沾自喜。

"你倒是想得开明。"

"那必需的，谁叫我深爱着然然呢。爱她，就得宠她、纵容她，无条件地相信她嘛。"

这剧情改得有些离谱，演戏不带改剧本啊。

夜然挠了挠手臂上的鸡皮疙瘩，伸手勾着江浩，对林丹虚伪地笑了笑说："我还要带男朋友去见其他朋友，就不跟你多聊了，再见。"

江浩忙附和着说："林小姐，下次你感觉有比我好的男人，就给我们然然介绍好了，我最喜欢竞争。"

夜然亲密地勾着江浩，在林丹的目送下，二人恩爱地相携离开，直到躲到一个相对来说人烟稀少的角落,她才立即松开手,适当地拉远了跟江浩的距离。

夜然紧抿着唇,默不作声地看了一眼江浩,这家伙,距离上次亲吻事件那条信息后,已经五天没有跟夜然联系了。一个电话,一条信息都没有。

"刚才我的表现合不合你意?"江浩朝着夜然走近了一步,微笑着问。

"这几天你去哪了?"

"你在关心我?"江浩将倒退的夜然逼至墙角,伸手圈箍了起来。

感觉江浩温热的气息喷洒在敏感的鼻尖,夜然的心有些紧张跟慌乱,气恼地问:"为什么你的电话打不通?"

江浩的眉宇微微打了个结,沉默不语。

"给你留言了,为什么你不给我回个电话?回个信息?"

江浩叹息了一声,"夜然,能不能不要问了?"

"好的,我不问了。"夜然深吸了几口气,压下了心头的不悦,赌气地说。

"生气了?"江浩伸手在夜然的鼻尖上亲昵地刮了一下。

"没有。"夜然否认。

"有,你现在这表情说明很生气。"

"江浩,你想干吗?"突然腰肢搁上江浩的手,夜然的神经都绷紧了,不自在地问。

"你认为我想干吗呢?"江浩扯着嘴角,带了点痞痞的笑意。

"把你的爪子从我身上拿开,不然别怪我不客气。"夜然瞪着江浩,羞红了俏脸,没好气地警告。

"我好想你。"

夜然瞬间就闷掉了,眼看着江浩越靠越近的俊脸。那凑近的薄唇,温湿的气息,渐渐朝着她的唇覆盖了上来,江浩温柔地沿着夜然的唇齿细细密密地啃吻着,那么专注、认真以及小心翼翼,带着夜然一起嬉戏,相互用力地吸吮着,无声交换彼此的悸动。

半响之后,江浩才恋恋不舍地松开夜然的唇,用力地将她扣进怀里,头枕靠在夜然的肩颈,"夜然,抱着你的感觉真好。"

"江浩,你把我当什么?"夜然说出口就后悔了,如果江浩承认喜欢她,她自己也没准备接受,如果江浩不喜欢她,那么夜然又要怎么承受呢?

"你说呢。"

"我不知道才问你。"夜然逼视着江浩的黑眸,不管哪种结果,夜然想求个答案,再去思考下面的路该怎么走。

"夜然,你开心吗?"

"开心又怎么样?不开心又怎么说?"夜然不悦地挑高了眉,认真反问。江浩这句话让她的心里有种隐隐不舒服的感觉,敏感的神经觉察出一丝不对劲。

"夜然,跟我在一起开心不就好了。"

"开心是很好,但是不是我想要的。"夜然脸上挂着怒火,语调也不由得上升了几个分贝。

江浩拧了下眉,沉默了,垂下头,睫毛的阴影遮住了他幽深的黑眸。

夜然紧咬着唇,努力让自己看起来淡定,紧扣的手指却微微颤抖着,她突然害怕,害怕江浩会说出什么让她无法应对的话。许是她计较太多,要求太高了,在没有明确自己是否喜欢江浩的前提下就把话挑明,非逼出江浩的态度,万一不是自己所想的那样,又该怎么去收场呢?

两个人沉默,没有任何对白,气氛瞬间凝重了起来。

"你想要的是什么?房子?车子?银子?夜然,你不是认真的吧?"江浩再抬头的时候,又恢复了一贯的嬉皮笑脸,想转移夜然的怒火,不过这次他失算了。

"难道你觉得我不该认真?江浩,你知道的,我要什么。"夜然听到江浩这样一说,忍不住恼火了。

"夜然,你别这样严肃,我心里有压力。"江浩讨好地拉了拉夜然的手,求饶着。

"难道不该严肃吗?"

"那好,我问你,你喜欢我吗?"江浩正色地盯着夜然问。

夜然犹豫了下,但是毫不迟疑地点了点头,回答:"不讨厌。"

"那陈铭轩呢?你是不讨厌还是喜欢?"

夜然的心蓦地跳慢半拍,双眼紧紧地锁着江浩,心里莫名空虚,她的脑袋开始混乱了起来。陈铭轩,就像是一个魔咒一样,听到他的名字,夜然会失去思考能力。

江浩沉默不语地看着夜然,幽深的眸光内迟疑一闪而逝,瞬间挂上了温润的笑意,"夜然,我们不说这个话题好不好?"

夜然没有回答好,也没有回答不好,只是紧抿着唇默不作声地看着江浩。

江浩深吸了一口气,轻声地对夜然说:"夜然,我们俩现在的心态不适合谈情说爱,彼此都没有做好准备,所以我们先做朋友好吗?"

听到这句话,夜然的心里涌现出一股无法言语的失落。江浩既然开口说了这话,那么骄傲的她,倔强地转过身子,强装淡定地回道:"我明白你的意思了。"

"你不懂。"江浩沉重地说。

"我们就当作什么都没发生过,只是好朋友。"夜然深吸了口气,吞咽下苦涩。她跟江浩属于同类,心地高傲,不愿意轻易妥协,话说到这分上,打不破暧昧这层纱,那么只能微笑着退回朋友的位置。

"夜然,我很抱歉。"

"抱歉,你的抱歉能说明什么?"夜然觉得她的鼻子酸酸的,心头被堵得闷闷的。

江浩面对夜然有些失控的质问,心虚地转过脸,低头看着地,许久之后,轻声地说:"夜然,对不起。"

又是对不起！

夜然暴怒地伸腿，顶在江浩胯间，正中红心，"我不想要听到你说抱歉，对不起。"

江浩吃疼地捂着胯间，痛楚地拧着俊眉，看夜然扭着小腰气恼地、风姿绰约地离开他的视线。看来，这句话真的惹夜然生气了，这么阴狠的动作都做出来了。江浩自嘲地苦笑了下，收回他准备追出去的腿，不是他不想去爱，不想去负责，只是他有他的苦衷。

夜然觉得心里一团怒火，灼烧着她的心，生疼生疼的，许久不曾流泪的她竟然感觉眼眶湿湿的，委屈得想找个没有人的角落，静静地抱着自己哭上一场。

江浩，怎么可以这样？既然准备做好朋友，为什么还要这样招惹夜然？暧昧是种糖，却会让人甜到忧伤。夜然觉得她就像是个小丑，卑微地在江浩面前表演了一场。

清高的她感觉到挫败的委屈。不过，夜然的承受力不错，瞬间的怒火爆发完后，冷静下来，心态已经很平和了。她庆幸地拍了拍自己的胸口，这样也好，跟江浩保持异性知己关系也不错，至少以后不会因为恋爱不成变陌路。

"哎呀，然然，是你啊！"

夜然刚踏出宴会厅，就被一张灿烂如花的笑脸给怔住了：夏威夷花色的衬衫，果绿色的裤子，艳红色的领带歪斜着挂在胸口，当然还有那双超级有个性的露趾球鞋，此人，不就是之前跟夜然相亲的吝啬男王友么。

夜然的表情淡淡的，很想对他说："先生，你认错人了。"

可是，事实上，王友紧拽着她的手臂，激动得连珠炮似的开口就问："然然，你怎么没给我打过电话？也没有来找过我呢？"

夜然撇了撇嘴，装不认识是行不通的，但是此时明显没有心情去应付他，该怎么办呢？

"你是不是忘记我了啊？我是王友啊！就是王婆家的小儿子，跟你相过亲的。"

夜然不动声色地用手挡了下鼻尖处，妄想将王友的唾沫阻挡。她怎么可能会忘记这样极品的人士。

"然然，你怎么穿成这样啊？"

夜然刚想回话参加小姐妹的订婚宴，王友快一步打断："你该不是在这边拍封面广告吧？摄像师呢？相机呢，在哪里？我能不能露个脸？"

夜然看着探头四处在寻找摄像师的王友，抿了下唇，保持了沉默。

"咦，然然，你干吗不说话啊？"半晌不见夜然出声，王友挠了挠后脑勺，憨憨地笑问。

"是你说话速度太快了，我插不上话！"而且说的内容是跳跃式，夜然都不知道该回答哪个才好。

王友赔了个笑，认真地解释："我一看到你，就激动了！嘿嘿，不好意思，说得太快了。"

夜然扯了扯僵硬的嘴角，给了点算是微笑的表情。

"然然，你什么时候收工？"

"我没在工作。"为了避免王友继续误会下去，夜然拧眉解释了下。

"那你穿衣服真另类，有品位。"王友惊羡地说。

"一般，一般。"夜然懒得去解释，要说穿衣服另类有品位，有谁能跟王友比呢。

"然然，今天我请你吃饭吧！"王友眉眼含笑着邀约。

"啊？不用了，我今天还有事呢！"夜然微笑着委婉拒绝，上次馄饨店的经历可都历历在目，夜然暂时没有勇气跟王友吃饭。

"不行，上次你都请我吃饭了，这次我一定要请回来，不然我心里有疙瘩！你把今天的事给推了吧！"

夜然窘了下，刚想开口，王友带着不容拒绝打断，"就这样决定了。"

"今天真没空，改天有时间再约吧。"

"你说吧，周末你能有什么事？"王友正色地问。

"今天是我小姐妹订婚宴，我不能缺席。"夜然如实说。

"一整天？"

夜然点了点头，"是啊，要到晚上才结束。"

"那我陪你去参加订婚宴，等宴会结束了，再请你消夜！"王友说完这句话，自来熟伸手勾着夜然的手臂，朝宴会场中走去。

夜然来不及说婉拒的话，已经被拖拽着走了好几步，忙挣扎了几下，"你先松开我！"

王友转过脸，挨过身子，神秘兮兮地在夜然耳边轻声地嘘了嘘，"我知道这家饭店的自助餐不错，不但无限量供应，而且，还能免费打包。"

夜然一听这话，彻底崩溃，一把紧拽着拐角处的墙面，挣扎着甩开了王友，尴尬地说："我现在不饿，还不想吃东西！你要吃，你自己去好了。"

"不行，有免费的好东西，我当然是要跟你一起分享。走吧，我们一起去吃，放心，我不会嫌你胖的。"王友热情地伸手拽着夜然。

"不用了，真的不用了。"夜然甩开王友的手，把头摇得跟个拨浪鼓似的，不要，不要。

米娜眉头打结地看了会，终于忍不住走向拉拉扯扯的两个人，咳了下嗓子才出声，"你们两个在干吗？"

夜然的眼角抽了下，刚想张嘴说话，米娜的手指朝着王友一指，惊喜地说："然然，这个就是你跟林丹说的一见钟情，秘密恋爱，今天准备公开关系的男朋友？"

夜然觉得头顶飞过一群乌鸦，留下三道黑线，这都什么跟什么啊。

夜然再三深呼吸后，才对米娜僵硬地扯了一个笑容，咬牙切齿地问："你觉得我现在的品味有这么独特么？"

米娜风轻云淡地笑笑："难说，你一般喜欢重口味的！"

夜然嘴角抽搐了下，翻了翻白眼，气得连话都不想接。

"然然，等会晚宴上，我等你公布你那一见钟情、秘密恋爱的神秘男朋友哦。"夜然目瞪口呆地看着米娜点了这导火线，乐滋滋地扬长而去。

江浩嘴角挂着若有若无的浅笑，远远观望着夜然。

夜然看见江浩，神色瞬间有些僵硬，眸光不自然地扫过会场，却发现除了江浩，她找不到半个能帮忙解围的熟人，心里不由得懊恼了起来，刚还跟江浩闹翻呢，这会要是再拽着他来救场，那也太没骨气了，打死夜然都不会叫江浩帮忙。

如果没有人救场，夜然实在没有把握应付这位极品的王友先生。

"然然，我还真的不知道，原来你对我一见钟情！虽然，你不太会过日子，但是我还挺喜欢你的，所以我们交往吧！"王友兴奋得满脸通红。

"王先生，我……我没有对你一见钟情，那是我小姐妹开玩笑呢。"

"你别不好意思承认，你对我一见钟情。"王友执拗地说。

"我没不好意思。"

"那你就承认对我一见钟情，我们谈朋友得了。"王友举一反三。

"我没对你一见钟情，干吗要承认？"夜然口气有点生硬了。

"那你秘密恋爱的男朋友不是指我？"王友不甘心地问。

"不是。"夜然的笑容终于维持不住了，认真地回话。

"你既然有一见钟情的对象，秘密恋爱的男朋友，为什么还要出来相亲？不是明摆着耍弄我的感情吗？"王友理直气壮地质问。

夜然有口难言。

"夜然，做人不能这样不厚道，尤其是女人，怎么能这样呢。"

"王友先生，请问我怎么样了？跟你相亲那会，我失恋了，不行吗？"

"行，可是为什么跟我相亲，你又有秘密交往的男朋友了？那不是劈腿嘛。"

"我跟你相亲，相成了吗？"夜然挑眉反问。

"没说成，但是也没说不成，不是改天再联么。"王友辩解。

"那我的秘密男朋友公开了吗？你见着了吗？我劈谁的腿了？"

王友摇了摇头。

"既然是没公开，没见着，那就是算有，也算没有。"夜然耐着性子说。

"可是……"

"王友先生，不用可是了，既然上次没说清楚，那么今天我认真地说一次吧，我觉得我跟你只适合做普通朋友。"

"只是普通朋友？"王友拧着眉紧盯着夜然，生怕错过她脸上任何表情。

"嗯。"

半晌之后，王友一把拉过夜然的手，神色正经地问："那你老实告诉我，你现在还有没有男朋友？"

夜然摇了摇头，挣扎着抽回手，"没有。"

"既然你还是单身，那为什么不考虑下我？"王友不解地问。

"王友先生，感情的事勉强不来的。我跟你，没可能。"夜然斩钉截铁地说。

"为什么？"王友不甘心地问。

"没有为什么。"

"你既然拒绝了我，那么陪我吃顿晚餐吧。"王友眼疾手快一把拽住夜然，"我决定要化悲愤为食量，吃个够本。"

夜然无语地看了看天空，撇了撇嘴，任由王友拖拽着她奔去自助餐区，化悲愤为食量吃个够本。

第 9 章　假戏真做

"然然，你气消了没？"江浩微笑着朝夜然走来。

夜然跟王友同时看向江浩。

江浩面色从容地走到夜然跟前，自然地执起她的手，温润地问："怎么不跟我介绍下你朋友？"

"然然，这位是？"王友在江浩跟夜然之间来回扫视着。

夜然挣开手，暗自咬着唇，默不作声地望着江浩，他那风轻云淡的表情，好像刚才的争执只是一场无关紧要的斗嘴，转个身子，一切都能当作从未发生过。没发生过就没发生过吧，还故意整出这么暧昧的形象来，不明摆着要人误会吗？

她是很想江浩帮忙解围，但是他真的来解围了，又觉得不合意。现在她宁愿面对王友，也不想看见江浩。

"然然，这位是你的相亲对象之一吗？"江浩看了看王友，笑着问，不等回答，已经热烈地伸手，朝着王友握了握，"自我介绍下，我是然然的朋友，我叫江浩。"

王友笑着点了点头，"江先生，你好。"

"夜然，你的相亲阵容果然是越来越强大了。"江浩似笑非笑地看着王友，语气里带了点酸味，"相亲经历也越来越色彩缤纷了。"

夜然面色一僵，丢了一对卫生球眼给江浩，没好气地回："我的事与你无关。"

"你跟我赌气,也不用这样故意气我吧?"江浩看了一眼王友,做愁眉状,长长地叹了一口气,这语气有够让人无限遐想。

"江浩,你还有完没完?"夜然怒了。

"嗯,我只是看着这位先生如此花哨的衣服,忍不住小小地感慨了下。"江浩的嘴角微微上扬,轻扯出了一抹笑。

"你有什么好感慨的?"

江浩侧过身子,凑在夜然的耳边,轻声说:"日出东方,唯我不败。夜然,你的口味,真的是越来越独特了。"

夜然不悦地白了一眼江浩,顺手勾着身边王友的手臂,赌气地说:"王友,我们换别的吃!"

这次轮到王友被夜然连拖带拽地消失在江浩的视线里。

"然然,你跟江先生很熟?"王友忍不住问。

一出宴会大厅,夜然便松开了王友,触雷似的跳远了好几丈,讪讪地回道:"也不是很熟。"

"看你们俩的对话,感觉很奇怪。"

"奇怪吗?我怎么没觉得。"夜然装傻充愣。

"他也是你的相亲对象之一?"

"你直接说他求爱不成,恨我算了。"

"或许真有那种可能。"王友歪着脑袋,认真地想了想才说。

"随便你怎么想吧,好了,今天时间也不早了,我该回家了,王先生,再见吧。"夜然抬手看了一眼手表,委婉地告别。

"你刚不是说要换别的吃嘛?"

"现在我又觉得不饿了,不用吃了。"夜然讪笑,刚才的说辞明显就是借口。

"可是说好我今天请你吃饭的。"

"改天再约吧。"

"不行，说好的事，就一定要做，走吧，我们现在去吃，吃完了，我送你回家。"

"那好吧。"拗不过王友的坚持，夜然只能勉强地点头。

夜然跟着王友的步伐，走过了步行街，穿过人行横道后忍不住停下了。上次的经历让她记忆犹新，这次该不会又是曲曲弯弯地找馄饨店吧。

夜然不由自主地瞟了一眼八公分的高跟鞋，深吸了一口气后，拉住王友，眨了眨明亮的星眸，直接问："我们是去吃馄饨么？"

王友毫不犹豫地摇了摇头，"不是，这次我请你吃大餐！"

"啊？还吃大餐？这也太客气了吧！"

王友摸着脑袋，憨厚地笑笑，"不用客气的！"

"嗯，王先生，那地方离这远么？"与其脚底磨破，还不如直接点问，反正她没有跟王友交往的意向，也讲清楚了做朋友，更没必要装淑女。

"不远，不远，就在前面！"王友的手指朝前面一指，顺带着补充了句，"然然，你还是叫我小友或者友友吧，叫王先生实在见外了。"

小友？友友？

夜然额头很明显的三滴冷汗，心头一阵哆嗦，瞟了一眼王友所指的大餐地，更是无语地翻了翻白眼，因为那明明就是KFC嘛。不过，KFC就KFC吧，至少KFC有外带全家桶啊，比去馄饨店打包来的档次高些，夜然心里自我安慰了一番。

事实上，王友带着夜然直接走过了KFC的大门，然后推开边上那侧小门，夜然眼尖地瞥见还有个不怎么醒目的大招牌，华莱士，暗自无语地摇了摇头，跟随王友入座，华莱士就华莱士吧，支持国产也不错。

"然然，你想吃点什么？"王友从口袋里掏了些优惠券，笑着问。

"随便吧！"夜然勉为其难地微笑了下，看王友在优惠券里翻找。

"那我去点东西，你坐着等会！"王友朝点餐台奔去。

夜然心不在焉地拨弄着自己的手指甲，脑海里不断地浮现跟江浩说过的对白，心里一阵接着一阵气闷。

"然然，我点了这么多东西，不知道你喜欢不喜欢？"王友端着托盘乐悠悠地走过来，扯着嗓子问夜然。不过，在这个时间段，餐厅内的人比较少，这嗓子一吼，就显得有些突兀。

"啊？你不用点太多的，吃不掉该多浪费啊！"夜然头都没抬，客套了下。

王友听夜然这么一说，脸上的神情更加嘚瑟了，激动地放下托盘，"然然，你看吧，跟我在一起，你开始学着过日子了，知道吃不掉会浪费了。"

夜然微微含笑地看着王友托盘内所谓的很多东西，不由有些面瘫：一瓶可乐，两个杯子，一个汉堡，一袋薯条，外带两张塑料手套跟纸巾。

上帝，这些东西叫作多么？

夜然揉了揉眼睛，确实只有这么点东西，要知道，这些东西平时还不够夜然一个人吃的。不过，东西少也就算了，毕竟夜然今天的免费自助餐吃得挺饱，这会来吃大餐，也只是拗不过王友的情面，意思意思坐坐的。

"你喜欢吃素还是吃荤？"

"都可以。"夜然不挑食。

"那你要吃汉堡的面包，还是肉？"

夜然傻眼，眼瞅着王友揭开包装，要拆分汉堡，忙一把按住了他的手，"我现在不饿，你吃吧。"

王友随手把薯条往夜然面前一搁，接着把汉堡往自己面前一放，笑吟吟地说："然然，不够的话，我再去点。"

夜然的笑容僵在脸上，看了看薯条，摇了摇头，"不用了，够了。"

"我就知道你们女孩子食量小，你看吧，怎么不吃呀？想浪费么？"半响后，王友一边啃着汉堡，一边指着端放在夜然面前没有动过的薯条。

"其实，我很饱。"夜然抓着吸管，喝了几口可乐，淡淡地说。

"啊？那我帮你吃了吧！你喝饮料啊！"王友热切地帮夜然杯子里加满可乐，接着把夜然面前的薯条抓了过去，咯吱，咯吱，吃得不亦乐乎。

夜然面不改色地将眸光投向玻璃窗外，流光四溢的霓虹柔和地映照在夜色中，昏黄的灯光折射在心头，别是一般滋味。

极品的人见多了，习惯就好，王友只是吝啬了点，习惯就好！

"然然会不会觉得我很小气？"王友解决完薯条，擦了擦手，对着夜然笑问。

"啊？"夜然愣了，这个问题，相当棘手……诚实回答，伤王友自尊，不诚实回答，伤夜然的神经。

"很难回答么？"

"不是啊，你还好吧。"夜然勉强吞下了实话，口是心非地敷衍。

"然然，其实，我不小气的！"

王友的眸光灼灼地盯着夜然，让口是心非的她微微地心虚了下，不由自主地转过头，傻笑了笑，因为夜然实在不知道，该给他什么表情，哭笑不得，实在太高难度了。

"怎么说呢！"王友歪着脑袋想了想，有些不知道从何说起的感触，尴尬地笑了笑，"然然，从小我爸爸妈妈就教育我，要勤俭节约，不能奢侈，更不能铺张浪费，所以我就养成了这样的习惯。"

夜然僵硬地扯着嘴角，挤了点笑出来，"这习惯挺好的。"心里补充着，夸张了就不好了。

"哎，后悔啊！今天晚上餐厅里那么多东西，我光想着要打包，就没吃，谁知道被你拖出来，就忘记拿打包的东西了！"王友转过话头，接着说。

夜然觉得自己连嘴角抽搐的力气都没了，沉默地看了一眼王友，淡淡地说了句："我有点累了，今天就到这吧？"

王友擦了擦手，又擦了擦嘴，看了眼桌面清空的包装袋，点点头，"好吧。"

夜然抱着包包被王友东拐西转地坐公车送回家，已经累得没有力气去说什么了，挥手道别后，揉着酸疼的脚，一瘸一拐地朝着家里走去。

夜然刚走上楼，掏出钥匙，还没来得及插上孔，便感觉身后有个不寻常的身影笼罩了过来，还没反应过来，便被人一把拽拖进了怀里。

夜然一阵惊慌、哆嗦，莫非遇到劫财劫色的坏人了？这小区的保安都是吃素的吗？

夜然挣扎着，张嘴就想喊救命。

江浩低沉的声音温柔地从夜然的耳边传了过来，"嘘，别吵，是我！"

夜然闻着江浩身上熟悉的肥皂清新味，提着的心放松了下来，张口就照着江浩的虎口狠狠地啃咬了下去。

"啊……"江浩隐忍着疼痛，闷声地哼了两哼，小心翼翼地从夜然的嘴里把自己的手给救了出来，看着伤口，没好气地说，"你真咬的下去？属狗？"

"你才属狗。"夜然白了一眼江浩。

"我属狗都被你知道，看来你挺了解我的。"江浩温润地笑了笑。

"切。"夜然的火气被江浩三言两语的嬉笑扼杀在了腹中，对着他的笑脸，恼也不是，气也不是。

"我跟你没仇吧，下口这么狠？"

夜然揉了揉发酸的牙关，淡扫了一眼江浩的手，一排红红的牙印醒目地挂在他的手背上，理所当然地说："谁叫你吃饱撑着，躲在这里吓我？没踹你老二，已经够给你面子了！"

江浩嘴角抽搐了下，吹了吹被夜然啃红的手，怨念地说："不知道有毒没，需不需要去打疫苗？"

"打疫苗没用，我小时候吃三鹿长大的，现在天天喝地沟油，口水比SARS还致命，你肯定是活不了了。"

"我死了，就没人逗你开心了。"

"你少自作多情，我现在不想看到你，趁我没发火之前，你识趣地闪人。"夜然瞪一眼江浩，深吸了一口气说。

"我怎么闻到一股浓重的火药味？"江浩凑过脑袋，挂着笑问。

"火药味我没闻到，不过，隐约闻到你身上的人渣味，很刺鼻。"夜然沉着脸，把江浩推远了一些，她讨厌这样的江浩。夜然十分认真，而他却是三分嬉皮，七分笑脸，整个没正经，就跟个痞子一样要赖皮。

"还在为今天的事生气？"

"今天有什么事值得我生气？"夜然若无其事地反问。

"夜然，给我点时间好不好？"江浩长叹了一口气，拧着眉，无奈地说。

"多久？"

"我也不清楚……可能一年，可能更长……"

"我给你时间滚，马不停蹄地给我滚。"夜然气恼地甩开江浩，拽着钥匙就要往钥匙孔里插。她实在没办法淡定地面对江浩，或许夜然也需要时间，好好地想想她对江浩到底是什么感情。

"你先别开门，有问题。"江浩一把捏住夜然的手，正经地阻止。

"什么问题？"

"你仔细看看。"

夜然弯身看了看钥匙孔，不解地抬眼看着江浩，"没看出什么。"

江浩的手指在唇边笔画了下，"嘘！"

夜然合上了嘴，顺着江浩的手指看向了钥匙孔，微微眯了眯眼睛，还是看不出什么东西，没好气地捶了下江浩，"你到底搞什么？"

"见过笨的人，没见过你这么笨的。你难道看不出来，门被撬过了！"江浩撇了撇嘴，手搭上门把。

"我家的门被撬过了？"夜然不确定地反问。

"要不然，你以为？"

夜然这才就着手机灯光仔细地观察了下门，也没见什么不对劲的地方，抬头说："这门不是好好的么，哪有被撬啊！"

"看着！"江浩没好气地扫了一眼夜然，对她的怀疑相当不满。然后一手握着门锁，一手贴着门，左旋右拧，接着，顺带用脚踹了下，啪嗒，那扇看似坚固牢不可摧的门，就这样华丽丽地被江浩不费吹灰之力打开了。

夜然惊讶地合不拢嘴，半晌才好不容易找回自己的声音，"这……这门，真坏了啊？"

江浩点点头，把夜然拉到自己身后，率先走进屋内，随手拉开了灯，乌黑的客厅一下子便被柔和的晕黄灯光给覆盖了，简单地看了一眼，屋子里好像没有翻动。

"看来没得手，但是你还是看看少东西了没，尽量不要翻乱，我来报警。"江浩关切地吩咐。

夜然"哦"了一声，便朝卧室走去，看看笔记本什么的还在不在。江浩紧跟着她，机警地帮夜然快一步地推开门，拉开灯，环顾了一圈室内，没有安全隐患才朝夜然点了点头，示意她进去。

夜然看了眼房间内的笔记本之类大件摆在原位，随即就转身退了出去，带上门，对江浩说："好像没少东西。"

"这么快就看完了？你就不看看首饰珠宝什么的？"

夜然摇了摇头，有些疲倦地靠着就近的沙发坐了下来，"我很少买那些东西的。"

"哦？你会不喜欢？"江浩笑问，"不是听说你喜欢投资黄金么，特意去香港买金条回来。"

夜然靠着沙发换了个比较舒服点的姿态，笑吟吟回答："投资黄金跟买黄金首饰是完全不一样的好不好？再说了，我的金条是藏银行保险柜的，我放家里干吗？又不想招贼惦记。"

"这样哦。"

夜然给了江浩少见多怪的眼神，"看在朋友一场的分上，我提醒你，别把自己整得跟暴发户一样，这年头，绑匪很多。"

江浩扑哧一声笑了，"嗯，看在朋友一场的分上，我也提醒你，那位日出东方，唯我不败先生，实在不适合你。"

"我感觉还行。"夜然嘴角挂着浅淡的笑。

"夜然，你别告诉我，你色盲。"

"我好像有点神经性色弱，平时看着单调的黑白色，偶尔换点花色调节下，也不是不可以。"夜然呵呵地笑。

"夜然，"江浩无奈地喊了一声，"别拿自己的感情开玩笑。"

夜然淡淡地扫了一眼江浩，侧脸清晰的轮廓，俊美得让她有一瞬间移不开眼，但是，很快，夜然克制了自己的眸光，不去注视江浩，眺向已经弄坏的大门，遮掩着自己的窘迫，"对了，这么晚，你来我家干吗？"

江浩顺着夜然的视线看向那门，嘴角弯弯地勾着，"我感觉你这边有麻烦，所以就过来看看有没有机会英雄救美，没想到我把撬你门的家伙吓跑了。"

"你就继续嘚瑟……难得瞎猫也会撞上死耗子。"难怪夜然怎么看都没看出来，门锁被过撬，江浩却那么肯定有问题，原来是亲眼所见。

"嘚瑟是必须的，谁叫我赶上了做英雄，虽然这个美人有点打折扣！"江浩戏谑地对夜然补充着说，"我可没说你丑，只是你美得不那么明显。"

"嗯？打折扣的美人？还美得不那么明显？"

"开个玩笑嘛，美人，别气，来给爷笑个！"江浩嘻嘻哈哈地笑。

夜然随手朝江浩扔了一个抱枕，"滚！"

江浩抱着夜然丢去的抱枕，对夜然挤眉弄眼，挤了个鬼脸，"美人，你别生气嘛，最多爷给你笑个，还不成吗？"

夜然扑哧一声便笑了出来，"你啊，整天就会嬉皮笑脸，你能不能给我正经点？"

"天地良心，我哪里不正经了？"江浩拍了拍胸脯，一脸的正色，"我从来都是正经人，只是你没发现而已！"

"好久没有听到有人能把自己的不要脸吹得这么清新脱俗了！"夜然一脸感慨。

"能把自己吹成这样清新脱俗，我容易嘛我？"江浩捶胸顿足。

"呕，你别恶心我了好不好？"

江浩耸了下肩膀，笑嘻嘻地对夜然做了个鬼脸，"警察快来了。"

两个人就安分地等待警察上门做笔录。

送走了警察,夜然才打着哈欠,对江浩说,"时间不早了,有点困了。"

"你困了?那准备怎么睡?"江浩对夜然咧了咧满口的白牙,笑得特别明媚灿烂。

"躺在床上睡。"

"躺在床上,你睡得着?"江浩的嘴朝着那破损的大门挪了挪,提醒夜然门坏了。

"我干吗睡不着?客厅的沙发由你守着,我很放心的。"

"你如意算盘打得不错。不过,也得问问当事人我的意见吧?"江浩一屁股坐在夜然身边,转过脸,温热的气息就朝夜然迎面扑了过来。

"你想发表点什么意见?"夜然心里没来由一紧,看着江浩近在咫尺的俊脸,心跳蓦然地快了好几拍,带着窘迫伸手推开江浩的脸面,"离我远点,我耳朵没聋,听得见。"

江浩伸手,将夜然大力地扣紧怀里,低沉、温和地说:"先拿点利息,抱抱你。"

江浩的脑袋搁在夜然消瘦的肩头,温热的气息喷在她敏感的颈脖。夜然感觉浑身都紧绷着,不自在地伸手去推江浩,"江浩,你别这样。"

既然说好了做朋友,那么不要再做出超友谊之外的事。

江浩充耳不闻,只是更加用力地把夜然扣在怀里,恨不得把夜然揉进他的身体里一般。

夜然的脑袋瞬间打结,空白一片,忘记了挣扎跟反抗,就这样任由江浩的长舌带着霸道进入她的唇齿间,大力地吮吸,纠缠着她柔软的舌,细细密密地啃吻了起来。

夜然好不容易说服自己她跟江浩是朋友,可是这样热烈的法式激吻,又算什么呢?

江浩松开夜然,幽深的黑眸闪过一丝复杂的懊悔,瞬间又被遮掩过去,随意地咳了下，低垂着眼帘，轻声地说了一句："夜然，对不起。"

"江浩，你到底算什么意思？"事不过三，连续三次接吻完就说对不起，夜然是神也都要爆发了。

"我……"江浩不知所措地窘迫。

"我想，我们有必要认真地谈谈。"夜然跟江浩保持了一点距离，端坐好了身子，认真地开口。

"你想谈什么？"

"谈谈我们之间的关系。"

"我觉得我们需要冷静下再谈。"

"我现在很冷静。"夜然稳了稳心神，淡定地说。

江浩沉默。

"江浩，今天我就把话挑明了吧。"夜然咬着唇，认真地想了想，"虽然我不知道我有没有爱上你，但是我肯定不讨厌你。"

"嗯。"江浩点了点头，"我知道。"

"或者说，有点喜欢你。"夜然不自在的面色泛出了羞红，心里紧张得怦怦直跳，好像自己第一次跟陈铭轩表白的那种青涩感又回来了。

江浩看着低头咬着唇，手指紧张地拽着衣角的夜然，心里一根柔软的神经就这样牵扯出疼痛，不安地移开视线，望着天花板，长叹了一口气后，"夜然，我喜欢你，但是，我没有办法跟你在一起。"

夜然心里一颤，蓦地抬眼，看着江浩，忍不住地问："为什么？"

"夜然，你为什么要结婚？"江浩没有回答，反问。

"年纪差不多了，该结婚了。"

"什么叫年纪差不多该结婚？为结婚而结婚？"

夜然眨着星眸，心里微微有些波澜，但还是回答："我没有为结婚而结婚，所以才一直找不到对的人。"

"那你觉得我是对的人？"江浩满脸正色地盯着夜然，似乎想从她的眼眸内读出一些异样。

"对不对，我现在不知道，因为我没试过，但是不去努力尝试的话，连那样的资格都没有……"夜然被江浩那灼热的视线盯得有些发慌，其实她的心也是矛盾不堪，话已经说出口，要收回太难。

"夜然，你有多了解我？"

有多了解江浩？夜然心里一颤，家庭背景，文化素养，交友圈子，生活习惯……好像一无所知。

"夜然。"江浩叫了一声，接着长长地叹了口气。

夜然转过脸对着江浩的黑眸直视，放低姿态说："江浩，我不想暧昧下去。"

"可是除了暧昧，暂时我给不了你别的，原谅我的自私。"

"我可以不忙着结婚，但是我需要一段稳定的情感，那不是暧昧能带给我的安稳，你明白吗？"夜然再次退了一步，她需要一个明白的答案，而不是继续暧昧耗下去。

"不是我不明白，只是……"江浩欲言又止。

"只是什么？"

"只是，我……已经结婚了！"江浩深吸了一口气，终于一字一句地清楚说，紧握拳，指关节都微微泛白，可见要说出这句话压力之大。

"我已经结婚"这五个字，犹如炸雷一般，在夜然脑海里炸开，她的脸刷一下子苍白，不可思议地看着江浩，结结巴巴地问："你……你没开玩笑吧？"

江浩的随性，江浩的自由，江浩的一切行为，就是标准的钻石王老五模板，怎么可能有婚姻的束缚呢？再说，就凭米娜跟夜然多少年的交情，她不可能眼睁睁地看着夜然沦陷进江浩这已婚男人的情感漩涡里。

到底是哪里出错了？

夜然百思不得其解，头痛欲裂。

江浩看着夜然，咬着唇沉重地点了点头，缓缓地解释："夜然，我的情况很复杂，一时说不清楚，但是我真的喜欢你。"

夜然听到这，气恼地朝江浩狠狠地甩了一巴掌，手指着门，"你现在给我滚！"

丫的，已婚就已婚了，还口是心非地说喜欢她，是可忍，孰不可忍！夜然心里一团怒火，烧得那个灼心。

"夜然，你听我说！"江浩被狠甩了一巴掌，俊美的脸颊明显地泛出了五道明显的指痕，急切地拉着夜然的手，妄想解释。

"我不想听，不想听，你现在给我滚！"夜然手捂着耳朵，情绪失控地怒吼着，眼瞅江浩不为所动，气恼地连推带踹把他从沙发上踢了起来。

江浩拽着夜然，急急地说："夜然，你听我说，你听我解释……"

"你不走是不是？那我走！"夜然咬牙切齿地瞪着江浩。

"你别走，我走。"江浩神色黯淡。

"以后我们再也别见。"夜然冷着脸背对着门，轻轻地说。她没有办法给江浩时间，更没有办法把她所要的情感建立在另外一个女人的痛苦之上。

江浩的身影晃了晃，最终什么都没说，叹息着拉上了门。

听到关门声，夜然瞬间颓然了下来，一颗心犹如被抽空了似的，无处安放，泪如雨下。她蹲下身来，把头埋在手臂间，似乎这样能找到一丝安全感，她的心没有由来地被揪紧，很疼，很疼的那种抽搐……

人生真的好讽刺，好可笑！之前，夜然还在纠结她是不是失去爱人的能力了，这一刻，觉得自己像个小丑一般滑稽、可笑、她遇到了让她灵魂蠢蠢欲动的男人，可是这个男人却在别的围城中。

江浩当夜然什么了？严重缺爱的女人，施舍一点情感么？

夜然缓缓地闭上眼睛，泪水就这样委屈地一颗一颗往下掉，伸手用手背抹，却发现越擦越多……看着空荡荡的屋子，她闷得无法喘息，终于抑郁不住失声痛哭起来，泪水模糊了视线，浮现出一幕幕的往事，密密麻麻都是江浩的身影。两个人相识的点点滴滴，不断在意识里沉浮，占据着夜然的每一个神经细胞。

江浩，那个一直陪在夜然身边的铁哥们，什么时候起身份默默地转变了？这样突如其来的转变，连夜然这个当事人都感到吃惊，原来不知不觉中，情根深种。难道，这就是所谓的日久生情吗？可是，生的什么情呢？自作多情吧。夜然嘲讽地咧着嘴惨然地笑了笑。三个人的电影，总有一个人要先散场。三个人的纠缠，总有一个人要先放手。夜然是迟到的那个，即使被爱，她也不想成全自己，而破坏另外一个女人的婚姻。她不做第三者，不做别人婚姻里的插曲，那么只有放弃这隐隐的心动，因为她没有办法用局外人的身份冷眼旁观。

骄傲、偏执的夜然必须带着一颗刚萌动却又瞬间破裂的心，远离江浩，远离这已婚男人带来的浩劫。

"你说爱我就跟我走……风雨也跟我走……"手机铃声，在这空旷的屋内有些突兀地响了起来，夜然缓过劲，擦干眼泪，从包内翻出手机，看到屏幕上闪动的米娜两个字，犹豫了下，还是按了接听键，"娜娜，怎么了？"

"咦，然然，你声音怎么了？"米娜疑惑地问。

"没事，昨晚吹风了，今天有点感冒。"夜然解释完，还故意咳了几下嗓子。

"不严重吧？我婚宴结束了，没看到你人，就打个电话问问，你什么时候走的？"

"不严重，一会儿早点睡就没事了。"夜然强打着精神回应。

"嗯，那你早点睡吧。"

夜然挂断了电话，抬眼看着天花板，咬着唇，直至泛白，眼睛酸涩得难以抑制，这才收回眸光，倒靠在沙发，抱着垫子继续发呆，许是哭累了，没一会儿迷迷糊糊地瞌睡了起来。这一觉睡得极不踏实，整个脑袋昏昏沉沉，感觉模糊，却异样清醒，梦中的江浩微蹙着眉，不断地低声道歉："夜然，对不起，对不起……"

在不断的对不起的交响曲中，夜然心情异常烦躁，挣扎着想爬起来，可是身体仿佛灌了铅似的，动弹不了。

子夜时分，夜然终于从梦里醒来，好一会儿才适应了昏黄的灯光，伸手抹了一下眼角的湿润，看着盖在自己身上的棕色外套，愣了会儿抓起就往地上狠狠一扔，在靠垫下找到手机，含糊地看了一眼，已经是凌晨四点多，整个世界都在沉睡，屋内除了夜然的呼吸声，再没半点气息，濒临死亡一般的寂静。

夜然看着窗外，清冷的月光已经黯淡下去，东方缓缓地升起橙黄的太阳，晕染着云层，透过透明的玻璃窗，折射进屋子，夜然赤脚走向饮水机倒水，听着饮水机流泻出潺潺水声，怔怔地出神，瞬间大胆的假设在她脑海内闪现，接着便充满了整个脑海。

夜然关上饮水机直奔大门，一把拉开门，就看见江浩蜷缩着身子蹲坐在门口，脚边一地燃尽的烟头，

江浩抬头，满眼通红的血丝，不知所措地说："门坏了，天亮了，我就走。"

夜然看着江浩，就这样沉默不语地看着他，心头泛起无法言语的感动、酸涩、心疼，真可谓是百感交集，缓缓而绵密地浸进四肢百骸，但夜然不得不提醒自己，千万不能感动，不能柔软，不能沦陷。因为江浩是别人的男人。

"现在天亮了，你可以走了。"

江浩想撑起身子，但是久坐的麻痹感让他不得不狼狈地倒了下去，"对不起。"

"你不用跟我说对不起，今晚，还是谢谢你。"夜然客气、生疏又礼貌地说。

原来跟一个人准备保持距离的时候，才会生疏、礼貌、客气。

"夜然，你就不能听我解释？"江浩抬头，明亮的黑眸闪过太多深不见底的流光，似乎掩藏了太多复杂辛酸。

夜然背转过身子，轻声地说："你解释什么？已婚就是已婚，莫非你准备离了婚跟我在一起？"

江浩颓然地低头，撑起身，张嘴想说点什么。

夜然转过身，扯着嘴角，凄凉一笑，坚决地说："即使你离婚了，我也不会跟你在一起。"

江浩就这样看着夜然，咽下想说的话，最终化为一声叹息。

"江浩，再见的时候，我们只是朋友，当然能再也不见就最好了。"夜然每说出一个字，感觉仿佛要用尽全身的力气一般艰难。

江浩深深地看了一眼夜然，背过身子，步履仓皇，但是，最终决然地离去。

夜然浑身的力气犹如被抽干了似的，靠着门边缓缓跌坐了下来，眸光闪烁着晶莹的泪花，目送着江浩离去，缓缓地闭上眼，用手捂着脸颊，感受着温热的泪滴落在掌心，顺着指尖慢慢滑落……曾经那些瑟缩的温情，将永远被埋葬在心底，永远随着时间而渐渐淡去色彩，最后让记忆腐朽成灰烬。

生活还在继续，经历过这一场暗殇的残爱后，夜然终于想要一个家，一个属于自己的心灵港湾，渴望一份稳定的感情，一个属于自己的完整爱人。一份简单的感情，日出而作，日落而息。一个完整的爱人，能一同享受每天清晨的阳光，微风，雨露，星辰。她不想再一个人看日出，守候黄昏，更不想一个人在这空荡的房间里，回忆起曾经的两个人世界。

夜然缓过劲，调整好心态，自认为还是有力气、有勇气再去遇见下一个人的时候，终于再一次踏上了相亲这条漫漫道路。

"然然，今天九点，你别忘记，要去电视台录宣传片，我老公会去接你的。"美阳认真地提醒。

"嗯，我知道了，电话联系。"夜然挂了电话，对着镜子看了看她透明的妆容，犹豫了下，在桌上拿起一支桃红色的唇膏，认真地涂了一遍唇，这才满意地对镜子扯了一抹微笑，收拾了下东西，奔去电视台。

美阳的老公在市电视台做编导，台里新做了一档节目，叫作《相亲才会赢》，这个节目是挑选不同的男女嘉宾，安排一对一的相亲，整个过程就是原汁原味的相亲现场跟拍，作为宣传嘉宾的特权是能自主挑选相亲对象，这个自主的定义，就是宣传嘉宾能够在电视台征集的很多优秀的嘉宾中，看着嘉宾透明化的资料，更加快速、准确地挑选自己想要的人选，进行相亲。

近水楼台先得月，托美阳这闺蜜的福，夜然有幸做了电视台第一期宣传的女嘉宾。也就是说，她有特权，能够挑选她想要的类型来进行相亲。

有着平面兼职模特拍摄的经验，夜然只花了预计时间的三分之一，就完成了三十秒钟广告宣传片的拍摄，准备回到美阳老公楼尘的办公室里，开始挑选相亲对象。

"喏，这里是从三百多位男嘉宾的报名资料中，按照你要的资料，删选出来的十位，你挑两个出来，我们帮你安排见面，相亲。"

夜然接过那摞纸，"节目不是还没开播吗？怎么已经有这么多人报名了？"

"节目征集嘉宾的广告放了三天，女嘉宾报名的已经超过一千多了，男嘉宾还算少的，尤其符合你要求的这种，很稀少啊。"

"我感觉要求不高啊。"夜然无辜地说，"我没要求有车有房，有银子，父母双亡那么苛刻。我只是想找个让我心动的人，他不需要很高、很帅或者很有钱，但是他一定要让我看着第一眼就觉得很舒服。"

"你要真有苛刻要求还好找了，至少有个参照物、模板，没具体要求，看重眼缘，我哪知道哪个帅小伙能入你眼缘，让你看一眼就觉得舒服啊。"楼尘打趣地说，"所以说，你说没要求，就是最高要求。再说，就凭你跟美阳的关系，我敢胡乱给你找么？这里挑出来的十个都是精英，青年才俊，我跟美阳帮你仔细掂量过了。"

"我好感动。"夜然做出被感动得擦眼泪的动作。

"感动就算了,早点把你嫁出去才不枉费我们一番苦心。"

"我说,你老婆八卦就算了,你这大男人也……"电梯叮的一声开门,夜然下半句话就自动咽回了喉咙口,跟在楼尘身后走出电梯。

陈铭轩?

跟夜然擦肩而过,迎面走进电梯的是陈铭轩?

夜然的脚步再也挪动不了半分,用力地揉了揉眼睛,真的是陈铭轩,她的脑袋轰的一片空白,忘记了所有。七年不见,他的面容依旧俊逸潇洒,棱角分明,只是眉宇间的青涩退去,穿着合身的黑色西装,衬得他气度不凡,斯文又秀气。

七年的时间,两千多个日日夜夜,时光飞逝如梭,就这样过了,再一次见面的时候,彼此都仿佛经历了一场很长很长时间的梦,这梦里,有欢笑,有泪滴,有欢聚,也有别离,但是唯一的是,真真实实地发生过。夜然从一个天真的女孩,蜕化成为万种风情的女子,而他,也从一个天真的男孩,蜕化成成熟稳重的男子。

陈铭轩似乎也感觉到夜然倾注在他身上的眸光,不由得侧目看向了夜然,四目相接,眸光犹如被磁石吸住一般,再也转不开眼。

楼尘走了几步,留意到夜然没有跟上来,转过身,顺着她的眸光,看向陈铭轩,轻声地叫了下:"夜然。"

夜然没有应声,只是这样看着他,脑海里跟校园中的爱人重叠了起来,反反复复地交错着,分辨不出来哪个是过去,哪个是现在……

电梯叮的一声,闭合无缝,将遥遥相望的两个视线毫不犹豫地切断。

夜然就这样看着那不断跳跃上升的红色数字,心底一阵接着一阵地发凉,原来设想过一千次、一万次别离后的见面会是什么情况。

夜然恼恨的时候,想过狠狠地甩陈铭轩两巴掌,然后骂他贱人,再潇洒地转身离开;夜然伤心的时候想过,就这样直接冲上前抱着陈铭轩,哭着问,当初为什么要丢下她就走;夜然无聊的时候想过,再见陈铭轩,会不会已经彻底忘记他了?就是一个陌生人?可是,夜然记得还是那么清楚，他的轮廓、表情，甚至每一个习惯性的动作，都在她的脑海里一遍又一遍地闪现，并且不断地重复、重复，清晰得让人无处可逃。

事实上，七年后的再见，两个人只是错身而过，遥遥相望，相对无语。

"夜然，你认识他？"楼尘看看电梯，又看看夜然问。

夜然回神过来，转过脸对楼尘生硬地挤了一丝笑，语气尽量平和，"看着他有点眼熟，像以前的同学。"

楼尘笑笑，"他刚从国外回来，年纪跟你差不多大。"

夜然手里捏的那摞纸已被揉成一团，指关节因为用力过度，而隐隐泛白，淡淡地问："他在你们电视台工作？"

楼尘关切地看着夜然，点了点头，"夜然，你没事吧？"

夜然抿着唇，摇了摇头，勉强挤了一丝笑，"我今天有点不舒服，关于相亲的事，你看着安排，再电话通知我。"把手里那摞资料胡乱地往楼尘那里一塞，夜然转身便仓皇地离开，这一刻，她心乱如麻，没有办法平心静气地坐下来挑选相亲的人选。

奔出电视台的大门，夜然抬眼望着深蓝的天空，不断地深呼吸，深呼吸，却始终不能将自己那呼之欲出的悸动给压下心头。

"然然，你宣传片拍完了没？"

"嗯，拍好了。"夜然握着手机，漫不经心地回答米娜，侧目在路上等出租车，看到一辆眼熟的白色宝马从正前方驶了过来，本来已经打结的脑袋，再一次空白，眼睁睁地看着熟悉的牌照倏地从她身边经过，半摇下的车窗内，那张俊逸的脸庞一闪而过，车灯消失在密密麻麻的车流中，只剩下渐渐行远的缩影。

"江浩，再见的时候，我们只是朋友，如果可能，我们都不要再见了。"

夜然额前散落的头发被风卷起，冷不防被吹进眼睛里，让她猝不及防，眼泪刷刷地就掉了下来，用手背拭去，却发现越擦越多。一个新欢，一个旧爱，却都不是属于她的菜，相遇在人海，除了遥遥相望，剩下的便只是擦肩而过。遗忘只是给彼此最好的纪念。

夜然的手捂着心口，感觉一阵接着一阵隐隐抽搐的疼痛。这一刻，夜然不知道，她到底是为了久别重逢的陈铭轩在落泪，还是为了那个温润的男子江浩在悲伤？

夜然恍惚地打了车回到家，脑袋还是空空地回不了神。蜷缩着身子，窝在沙发里，任由过去跟现在的回忆将她掩埋，泪水克制不住地往下掉。再深的伤口总会愈合，无论它会留下多么丑陋的疤。再疼的伤痛终会过去，无论它曾经多么痛彻心扉。所以，不管陈铭轩也好，江浩也罢，最终都会成为过去，只要她还有勇气渴望重新开始。

"然然，听说你在电视台遇到了一个熟人？"美阳打电话来的时候，夜然还在那边维持着发呆的姿态。

夜然的心一紧，握着电话，咬着唇，半晌没有回话。

"是不是陈铭轩？"美阳一针见血地问。

"嗯。"夜然深吸了一口气，抬手抓着茶几边的水杯，咕咚咕咚连灌了好几口水，克制着她的慌乱。

"然然，都过去那么久了，你还是放不开吗？"美阳叹息。

"我没有放不开，只是太突然了，我们就这样相遇，我一点准备都没有。"夜然语无伦次地说。

"你跟他都过去那么久了，你需要什么准备？"

面对美阳的反问，夜然沉默了，是啊，都过去那么久了，再见面也只是遥遥相望的路人甲，需要什么准备？

"然然，只不过是一段过去的感情，谁年少轻狂时，没有过这样傻瓜式恋情？"美阳语重心长地说，"然然，只是你把他看得太重了。"

"或许吧。"

"才十几岁，懂什么爱情？不过是幼稚的把戏。"美阳义正词严地说。

"是啊，只是一场游戏，谁会把谁当真呢。"夜然牵扯着嘴角，苦涩地自嘲。

"既然你知道是场游戏，何必为了这样一段感情把自己禁锢起来呢？这么多年了，你不累，我们看着都心疼，累。"

"现在想想，好像是有点傻。"

"你本来就是笨蛋。"美阳不客气地骂着。

"阳阳，谢谢你。"夜然心里松了一口气，或许她把陈铭轩看得太重了，不过是一次擦肩而过的重逢，不过是跟个路人甲四目相接，而她却狼狈地退缩，还没出息地掉眼泪。

"谢谢就免了，这周三你拍的宣传片会播出去，周六就给你安排了两个相亲对象，你没问题吧？"

"两个？"夜然不明白，"电视台不是说一对一相亲吗？"

"嗯，我老公说，如果你第一个就相亲成功，就跟拍你们约会进程，如果相亲失败，那么再相另外一个，不然节目时间不够半个小时。"

"那这样的相亲，会不会像作秀？"

"不会的，电视台提前安排好相亲场地，摄像机什么的都隐藏起来，你由红娘主持人带过去跟男嘉宾见面，相互介绍下，接着红娘主持人也会退场，留给你跟男嘉宾自由发挥。"

"这样啊？那跟平时相亲好像没多大区别，这节目有看点么？"

"嗯，我老公说，基本上是这样的，不过中间红娘主持人会跑过来，把你跟男嘉宾分别叫开问话，看你们是否有意向进一步交往下去，这些都是要拍下来的，所以我可提醒你，到时候不论成不成，说话注意点，我们全城的观众可在电视台前盯着你呢。"

"你别说那么夸张，我心里有压力啊。"

"我可没夸张，你是电视台这新节目第一期主打的女嘉宾，台里都挺重视的，你那资料报选的时候，可是经过层层严密考察的。"

"完了，不管我相成功还是失败，全城的百姓都知道我这么一号老姑娘了。"夜然脑海中一个激灵，原先只是听到相亲这节目，头脑一热同意参加了，这会想到全城那么多人看节目，心里不由得有点打退堂鼓。

"哎呀,老姑娘怎么了?《非诚勿扰》多红火,人家巴不得都上那节目去曝光呢。要不是我老公台里出这期新节目,我可怂恿你去《非诚勿扰》了,全国,全世界那么多人,总有一个是属于你的菜。"美阳爽朗地说着,"既然迟迟遇不到你的菜,那么你就站在醒目的舞台,等着他来找你。"

"听你说的好像有点道理。"夜然歪着脑袋,认真地想了想,"那我周六跟哪两个相亲?传点资料给我看看。"

"嗯,我先给你看他们的照片吧,至于他们的个人资料,到时候主持人红娘会介绍的,我这会都告诉你了,那相亲就有点刻意,没意思。"

"你现在知道刻意作秀了,在电视台给我选男嘉宾的时候,怎么不跟我说?"夜然撇了撇嘴。

"哎呀,我老公说,保持点神秘感好,给你选择男嘉宾,只给你看资料,没照片的。我可是看你是外貌协会,才跟我老公说如果你没看男嘉宾的资料,那么悄悄给你看看照片。总之,两选一,你到底要看哪个?"

"还是看看照片吧。"

第 10 章　情意绵绵

周三，电视台的广告宣传片一播出，夜然的生活就平静不起来。

首先，第一个打电话来的就是老妈。八点档，连续剧的广告时间，老妈不换台，看到她的相亲宣传广告是很正常的。

夜然看着屏幕上老妈两个字在跳闪，小心肝一颤一颤的，犹豫了许久，都迟迟不敢去接，害怕一接通，老妈那河东狮吼的暴怒，咆哮："夜然，你竟然相亲相到电视台了，你是不是要把我的老脸丢尽，让全城的人都知道，我养了你这么大一个女儿，嫁不出去，上电视征婚。"

电话没人接听自动挂断，不到三秒，又继续响了起来，夜然抓着手机犹如握着炸雷一般，往沙发垫里一塞，又密实地盖上一个垫子，捂着耳朵跳远，心里不断地懊悔，早知道在宣传片开播前，她送老妈、老爸去省外旅游了。

"起来！不愿做奴隶的人们！把我们的血肉，筑成我们新的长城！中华民族到了最危险的时候，每个人被迫着发出最后的吼声！起来！起来！起来！"家里的电话亢奋地响了起来。

夜然用脚趾头猜都知道是老妈，心虚地愣是不敢接电话，任由着嘹亮的国歌吼了一遍又一遍。

"砰砰砰……"夜然没胆应声开门，接着听到窸窸窣窣钥匙插孔的声音，夜然惊慌地朝着门边靠去，侧耳听着门板，老妈雄厚的女高音便透过厚实的门板传了进来，"怎么电话也不接，手机也不通？会不会出事？

要不要报警？"

"应该没事，再打打。"老爸说归说，但心里也焦急，挥着拳就朝着门砰砰砰地敲起来。

该来的总要来的！逃避不是解决问题的方法。

夜然哭丧着脸打开保险，拉开门，迎面对上老爸来不及收回的拳，只能狼狈地朝后倒去，闪躲过了危机，暗自叫险：这张脸周六还要去相亲呢，被打花了，丢脸丢得全城都认识。

"然然，你没事吧？"没有意料中的暴怒、河东狮吼以及咆哮，老妈用百年不见的温柔搀扶着夜然关切地问。

夜然揉了揉眼睛，不是做梦，真的是老妈。可是自从夜然二十五岁之后，没带男朋友，已经提前进入更年期的老妈，怎么会有如此春风沐浴的柔情时刻？

"然然，你的锁怎么换了？"老爸早在老妈搀扶夜然的那会，率先进门，大大咧咧坐在沙发上。

"哦，忘记跟你们说，我这门被撬过，就换锁了，等会给你们备用钥匙。"夜然疾步朝着饮水机走去，给老爸、老妈倒水。

"这不急，你上电视征婚了？"老爸随意地问。

夜然端着水，抬眼看了看老爸，神态自若，没有暴怒倾向，再转眼看看老妈，眉宇间挂着欣喜，"嗯，报名参加了《相亲才会赢》。"

"什么时候相亲？"老妈八卦地问。

"这周六。"

"相的是什么样的人？"老爸也侧过脸问。

"我还不清楚，等电视台安排呢。"

"电视台没跟你说，就直接给你们安排？"老妈精明地扫了一眼夜然，对她的说辞不满。

"老妈，这是相亲，不是作秀，电视台哪能什么都跟我说啊。万一我瞧不上人家或者人家瞧不上我，那相都不用相了。节目怎么录啊？"

"这倒也是，那你相亲能不能带后援团？"

夜然额头一滴汗，忙不迭地摇头，"不能，因为是现场直录的，台里会清场，保持现场录音效果。"即使能带，也不能带老爸、老妈这两位重量级的后援团啊。

"哦，这样啊，我还想跟去看看呢。"老妈不无遗憾地说。

"妈，我又不是拍电视，有什么好看的。"

"我想看看我未来女婿不行啊。"老妈没好气地说。

"谁是你未来女婿啊？相不相的成，还未知呢。"老爸看着夜然，意有所指地打断老妈。

老妈无限叹惋地说："然然，你的年纪也不小了，不要再挑了。你看看你那些同学，结婚的结婚，生孩子的生孩子，就你相了那么多个，也没见你有个着落。我跟你爸都没要求，你到底要找个什么样的？"

夜然撇了撇嘴，无辜地说："妈，这事得看缘分的，我也想找个过日子的实在男人啊，可是这年头像我老爸这么靠谱的男人太少了。"

老爸的脸瞬时笑开颜，拍了拍夜然，语重心长地说："现在这社会，相亲、征婚都不像以前那么保守，高调得很。然然，你去电视台参加节目，相不相的成先不管，但是你一定要注意言行，不要破坏自己的形象。"

"对对对，不要跟某些女孩子学，什么妈妈跟你一起掉进河里，救谁？也不要说什么宁愿在宝马里哭，也不要骑自行车笑……"老妈絮絮叨叨地说着。

"妈——"夜然拖着长长的尾音状似撒娇抗议，"我不是八岁，十八岁，该说的不该说的我心里有把握，不会乱来的。"

"好好好，你知道就好，那我们先走了。"

夜然把备用钥匙给了老爸老妈，送他们出门后，才长长地叹了口气。刚进门，手机又一次地响了起来，夜然拖鞋都来不及换，忙赤脚走到沙发旁挖出手机。

"姐姐，我在电视上看到你的广告了。"表妹清脆的声音传了过来，

"节目什么时候播出啊？我跟我妈都守在电视机旁边没敢换台。"

"节目还没录呢，现在播的只是宣传片。"

"呵呵，今天跟我妈看电视，刚到广告，我要调台，我妈说那不是你吗？我又守在电视机前等了一个小时，等到广告，才看到你耶。好激动，姐，你录节目的时候，能不能带我这后援团去看看啊？"

夜然撇了撇嘴，"恐怕不能。"

"啊？那好吧，你节目什么时候播出，我一定等在电视机前看。"

"没意外的话，应该是周日，这个节目是周六、周日两天播出的。"

"好的，这周末我哪里都不去了，我就看二台，看你的节目。"表妹风风火火地挂了电话。

夜然刚放下手机，信息便传了来，打开一看，又是一个很长时间没联系的老朋友，"夜然，我在电视上看到你的广告片了，你跟以前一样漂亮。祝你相亲成功，加油。"

夜然刚想编辑短信，一个陌生号码来电，直接接通了，"夜然，电视上那个《相亲才会赢》的宣传片主角是不是你啊？"

"你是？"夜然拧着眉对这个不太熟悉的男音反问。

"广告又播了一遍，真的是你啊，夜然，你还没有对象啊？怎么相亲相到电视台了？当初，我俩凑合凑合多好。"

夜然翻了翻白眼，对陌生号码看了看，最终礼貌地回了句："对不起，你打错电话了。"

挂断电话，那个陌生号码再一次来电，夜然毫不犹豫地按断。

"你说爱我就跟我走……勇敢的牵我的手……"夜然看了看来电提示，又是一个许久不联系的老同学号码，不由得有些烦躁，但还是耐着性子接了起来。

"夜然，你怎么参加《相亲才会赢》了啊？为什么不去参加《非诚勿扰》啊？"

夜然沉默了下，不知道该回什么。

"不过,相亲才会赢也不错,你是去作秀的还是真的相亲的?"

"喂……喂……喂……"夜然扯着嗓子喊了几句,当作手机信号不好,自言自语地挂了电话,"这破信号,怎么听不到声音了!"

挂完电话,夜然随手把手机给关了,开着电脑,刚挂上QQ,信息的窗口便不停地跳跃,把电脑屏幕生生卡了好一会。

夜然小心翼翼地点开那些消息,十八条来自一个驴友群,二十二条来自同班群,还有不少散的信息,来自N久不曾联系的同城同学、朋友,但是无一例外的就是,同一个主题:夜然,你上电视了,参加《相亲才会赢》了。

夜然深吸了口气,把QQ换成隐身状态,再将这些窗口一一关闭,眼不见为净!真不明白,这些平时万年潜水王,看着QQ在线也不会打招呼的家伙,为什么在电视上看到她就那么激动?

夜然看了会帖子和网页新闻,就洗澡睡觉了。第二天上班的时候,有不少同事好奇侧目地盯着夜然看,也被她面无表情的黑脸给吓退,只能背着夜然窃窃私语。夜然该做什么就做什么,丝毫没有因为宣传节目的播出而影响到工作,只是私人手机一直处于关机状态。

这样的日子,一直持续到周六,刚开机,手机差点就被震爆,满满的来电显示跟信息,夜然看都没看全部删除,想都不用想,全部都是八卦着问夜然有关《相亲才会赢》的事情。

美阳、米娜、老妈连环打电话联系夜然,再三关照,才放夜然去电视台赶赴第一次的电视相亲。

"夜然,你一会不要紧张,就跟平时相亲那样,自然一点就好。"楼尘临进咖啡厅前,还不忘记关照夜然。

夜然朝着他笑了笑,故意说:"我本来不紧张,被你这么一提醒,好像有点紧张。"

"哎呀,大小姐,你千万别吓我,这节目能不能红火,还指望你这头炮打得好不好呢。"楼尘双手抱拳，做足了拜托的手势。

"我这边是没什么问题，男嘉宾那边出问题，砸了你们节目，可不关我的事啊。"鉴于之前多次约见极品男的经历，夜然不得不先打预防针。

"男嘉宾今天也说了同样的话，你们两个看来挺有默契的。"红娘主持人YY笑嘻嘻地说。

夜然侧目，看着她精致的妆容，不由得暗自吐了吐舌，电视台为了确保相亲的真实性，给夜然化了一个透明的生活妆，跟这鲜明、靓丽的主持人比起来，夜然果真生活化许多。

跟随着红娘主持人YY的脚步，走进了咖啡厅的二楼，夜然举目扫了一眼，除了楼梯拐角处座子坐着一个男子外，整个楼层空无一人，看来电视台清场工作挺到位的。

YY抓着无线话筒走过去，对着男子笑了笑，指着夜然介绍："这是我们的女嘉宾，夜然，今年二十八岁，本地人，未婚，是服装公司人事经理，兼平面模特。"

夜然原本看过陶佳的照片，带着一些期待，可是见到真人时，还是愣了一会，他面容跟照片上相似，但是五官明显比照片上小了一号，不知道他是脸显胖呢，还是五官显小？本来夜然看着顺眼的浓眉大眼，此时看起来却有贼眉鼠眼姿态，总之，照片跟实物的差距，让夜然对PS再一次感慨不已。

夜然耳边响起红娘主持人YY的介绍，"他叫陶佳，上海人，今年三十三岁，未婚，从事金融业，也是个部门经理，看来你们应该有很多共同话题可聊。"

夜然朝着陶佳微微一笑，目送着主持人红娘YY风姿绰约地离去。

"夜小姐，请坐。"

虽然有些小小的失望，但夜然还是端庄地坐了下来，瞥见对方仔细打量的目光，不由得端起了职业笑容，"陶先生，你好！"

"夜小姐，你二十八岁还没有对象，是什么原因呢？"

这句话问得有些咄咄逼人，夜然心里不太舒服，但是碍于电视台的拍摄，只能端着笑答："原因很多，主要是事业吧。"其实夜然心里想说的是感情，因为一段失败的初恋，她再也没有勇气去爱，好不容易遇到个心动的能把她拯救出来的对象，结果发现他是已婚，夜然没办法，只能大海捞针，寻找着能够拉她一把的人。可是对着电视，对着镜头，夜然没有勇气说实话，只能虚伪地用事业来打发别人的好奇心，还好，她还有借口可用。

"事业？对了，你平时忙不忙？"陶佳问。

"还可以吧。"

"你兼职平面模特？"

"也不算，只是偶尔帮朋友的杂志客串下。"夜然努力地适应着陶佳跳跃式地询问。

"噢，你有没有考虑过娱乐圈发展？"

"没有。"夜然摇头。

"你平时都有些什么爱好？"

"看书，听音乐，旅游。"

"喜欢看什么书？"

"什么都看。"

"看来，我们的男女嘉宾聊得不错，是不是有进一步的发展呢？让我们分别来问问。"在夜然快要抓狂暴走前，红娘主持人YY适合地跳出来说话。

夜然手撑着桌子，看着红娘主持人YY把陶佳带到一边去问话，不由得长长地叹了口气，电视台找的嘉宾虽然没有她之前相的那么极品，但是也不是什么省油的灯，那么多问题，搞得夜然好像是十万个为什么一样。

"男嘉宾问完了，到我们女嘉宾了。夜然，我想问下，你觉得陶佳先生怎么样?"红娘主持人YY把夜然带到一边,开始询问。

夜然看了看陶佳,又看了看红娘主持人YY,思考着该怎么说话能委婉地拒绝。

"夜然,没关系,你说实话吧,觉得对陶佳先生满意吗?如果满意,你们继续交谈下去,如果不满意,说出理由,我们的相亲就到此结束,还有下一个对象。"

"才聊了那么一会,还感觉不出来。"夜然咽下了到此结束的话,强打着精神继续交谈下去,因为就为了那些问题而把陶佳踢出局的话,电视机前看着的观众一定会觉得不可思议。

"今天两位嘉宾还真的是有默契,陶佳先生也说了同样的话,聊了一会,还感觉不出来,要进一步再了解一下。那么,我们继续把自由交谈的时间给我们的男女嘉宾。"

"不知道夜小姐对我的印象怎么样?"

"还好。"夜然公式化地笑笑。

"先生,你们点的东西到了。"服务生端了一盆零食,麻利地在夜然跟陶佳面前放下,又快速地闪离。

夜然对陶佳勉强挤了一个笑,看那纸上写着:既然有进一步倾谈的机会,你们该问问彼此对婚姻及婚后生活的看法。

电视台的编导多热心,害怕男女嘉宾跑题,发挥不正常,已经发出指示了。

陶佳扫了一眼那纸,清了下嗓子,"既然我们对彼此的印象不错,那么,夜小姐有意向跟我有进一步交流吧?"

夜然抬眼看着陶佳,如果编导不是美阳的老公楼尘,她一定会认为这个陶佳是电视台找给她的托,不然说出来的话,怎么感觉是排演好,说得那么顺溜。

"夜小姐,我想问下,你对婚姻的看法?"

"爱情是浪漫的,婚姻是实在的。"夜然扯着嘴角,轻声地说,"爱情求的是过程，婚姻要的是结局。"

"这一点我们又想到一块去了，婚姻就是实实在在地过日子！"

"陶先生，现在很多婚姻都有七年之痒、三年之痛这一说，很多事实告诉我们，两个人在一起时间久了，激情总会平淡，那么婚姻该怎么去维系呢？"夜然抬眼，看着陶佳问。

"婚姻时间久了，是会没有恋爱的激情，但是有共同生活的亲情，只要大家都用心放在家上，那么婚姻维系下去不难。"

夜然点了点头，这答案还挺满意的，或许得对陶佳改变点印象，多给一点接触的机会。

"那些出轨啊出墙的，我最讨厌了。"陶佳说得有些愤愤不平，"我一旦结婚了，就不会离婚，打死都不离。"

夜然愣了下，思路有点跟不上陶佳，"我不是这样认为，如果两个人在一起不幸福痛苦的话，还不如放手。"

"我有个朋友的老婆，也是你这样的想法，结果我朋友是我那样的想法，一个要离，一个不离，你猜怎么着？"

"不知道。"夜然摇了摇头，

"我朋友捅了他老婆三十几刀，自己跳楼自杀未遂，现在全身瘫痪在监狱，上次我去看他的时候，他还说他都那么大岁数了，离婚丢不起这人，宁愿大家一起死了算了。"

夜然怔怔地看着陶佳，不明白他说这个话的意思。莫非也是在警告夜然，万一他们俩要是谈成了，以后没感情了，坚决不会离婚，要一起死吗？

"夜小姐，你看我这嘴，不小心就爆了点八卦，你别介意，我可不是他那种人。"陶佳讪讪地解释。

"没事。"夜然好不容易对他的好感度，瞬间灭了下去。

"我是一个爱憎分明的人，对我好的人，我会十倍地奉还，但是，对我不好的人……"陶佳顿了顿，夜然在心里给他补充道：对我不好的人，我也会十倍奉还。

"我会让他死无葬身之地。"

夜然打了个寒战，沉默地看着陶佳，手指不知所措地胡乱绞着，这么强烈的爱恨分明，她可承受不起。

"夜小姐，你做平面模特拍照，会拍一些比较时尚、前卫的照片么？"陶佳带着咄咄逼人的语气。

"不知道陶先生所谓的时尚、前卫照片指什么？"夜然反问。

"就是比较暴露的那种，因为我听说你们摄影圈子很混乱。"

"陶先生，我是偶尔在杂志封面上客串，你认为呢？"夜然心里堵了一口气，竟然说摄影圈子混乱，还说暴露，这男人相不下去了。

"夜小姐，虽然你的条件很好，长得也不错，但是，我觉得我们不适合。"

夜然一愣，抬头看着陶佳，心里不断地窃喜，是他说不适合的，不是夜然说的，夜然躲过了死无葬身之地的凄凉，真想扯着嗓子高歌一曲。

"本来男女嘉宾谈得好好的，为什么男嘉宾突然说不适合呢？我们需要对两位分别采访下。"红娘主持人YY第一时间跳出来，可见这是一个满足观众八卦的爆点。

"夜然，对于男嘉宾说你们不适合的原因，我已经知道了，不知道你想知道吗？"红娘主持人YY微笑着问。

"他的答案留给观众吧，我不想知道，但是，我个人觉得我跟陶佳先生也比较适合做朋友，不适合进一步发展，我对死无葬身之地感到惊恐。"夜然如释重负地说，甜甜地朝隐形摄像机处灿烂地笑了笑。

"开始，我对夜然跟陶佳两位嘉宾相当看好，随着他们一步一步地进行交流，我甚至都以为他们会相亲成功呢，成为我们节目第一期第一对成功的新人。但是很可惜，在最后男嘉宾陶佳先生竟然提出不适合终止了相亲，随后女嘉宾也表示了没有可能进一步发展。遗憾的同时，我还是要对女嘉宾说加油，因为下一场的相亲正等着她。"

红娘主持人YY刚说完,楼尘便跳了出来,"没有最好的,只有最适合的,我们的女嘉宾将进行下一场相亲会。"

夜然看着从楼梯口冒出来的工作人员,匆匆忙忙地搬运着拍摄器材,下楼布置新的场地,不由得出声问:"楼尘,下面那个家伙不会让我死无葬身之地吧?"

"呵呵,敢情,你半天没敢说终止,忍受这个家伙十万个为什么,就怕死无葬身之地啊?"楼尘打趣。

"我可不想因为相亲丢了小命,三十几刀捅下来,我骨头渣都找不到了。"

"你知道吗,这家伙说你跟他不适合,因为你可能拍过暴露的照片,他不想哪天绿帽压顶,整个网络都看着你的玉体横陈!"

夜然就差一口血喷出来了,气恼地说:"他这么说,明摆就是破坏我名誉嘛。"

"YY帮你解释,他后来憋了半天,来了一句,你年纪大,他比较喜欢九零后的非主流。"

夜然撇了撇嘴角,"既然喜欢九零后的非主流,那干吗还跟我坐着浪费时间?"

"没事想在电视上露个脸,跟你交谈的时间越长,露脸机会越多呗。"楼尘带了点歉意地说,"夜然,看着资料,我不知道这人是这样的,不然也不会安排给你见了。"

"没事,我们要向前看,不错过这些歪瓜裂枣怎么知道什么是好的。放心,我极品见得多了,这点打击还是承受得起。"夜然帅气地拍了拍胸,给摄像机一个V的手势。

"楼下全部准备好了,男嘉宾也就位了。YY,你带着女嘉宾下来吧。"

"等等,"夜然拉了拉YY的衣角,她刚才似乎有看到一个熟悉的背影走过拐角,心跳莫名加速,眼角也不安地跳了几下,稳了稳心神,才小心翼翼地问,"下面的男嘉宾叫什么？"

"李铭轩,夜然,你放心,这男嘉宾修养很好的。"YY温和地笑了笑,安慰似的拍了拍夜然的肩,带着她走下楼。

李铭轩？除了姓氏不同,竟然跟陈铭轩同名,夜然的手心沁汗,不断地安慰自己没事,只是同名,只是同名的巧合,一个姓陈,一个姓李,八竿子打不到一起的。

谁能告诉夜然李铭轩是谁？夜然揉了揉眼睛,确定不是幻觉后,毫不犹豫地告诉自己,李铭轩,就是陈铭轩！

夜然就这样呆呆地站在包厢门口,看着里面的人,脑海空白一片,似乎已经忘记这人的存在,但是又清晰地涌现出一幕一幕往事,波涛汹涌将夜然仅有的理智掩埋。不行,不能为了这个消失了七年的路人甲,让自己的心神混乱,夜然甩甩头,强硬地将那些往事抑制,告诫着自己,已经狼狈了七年,再也不能在这个男人身上卑微下去。

"他叫李铭轩,今年二十八岁,刚从美国留洋回来,现在……"

"陈铭轩？李铭轩？"夜然打断了YY的介绍,挑眉望着他,想争口气,"不管你叫哪个名字,七年不见,你好吗？"

陈铭轩,不,现在的李铭轩微笑着朝夜然伸手,"夜然,你好吗？"

"我很好。"夜然微笑着答,其实要面对李铭轩也没有想象中那么艰难,这样温馨的对话,在走过的七年岁月里,都不曾有过妄想。

李铭轩邪魅地勾着嘴角笑了笑,一把拽过微笑的夜然,顺势托着她的后脑勺,粗暴却不失温柔地在她的额间落下一个亲亲的吻。

四周一片抽气,唏嘘声。

夜然毫无防备,俏脸瞬间红到脖子,甚至连耳朵都隐隐发烫,她能清楚地感觉到,心跳有那么一瞬间呆滞,接着便是不知名的剧烈跳动,怦怦……刚刚垒起的淡定,瞬间就这样被击溃,倒塌……

"夜然,真没有想到,竟然会在这里遇见你！"李铭轩扬起嘴角微笑,轻轻地感慨。

夜然凝望着他幽深的黑眸，却发现他眼底深处闪着不知名的灰暗，再也不是当初那个眼神清澈的陈铭轩，再看向他微翘的笑容，也只是一抹习惯性的牵扯，而不是发自肺腑的真心，原来他真的不是陈铭轩，而是李铭轩。

夜然不再是当初那个束手无策的女生，经历了时光打磨的蜕变，她早学会了习惯性牵扯的职业微笑，只是，没有想到也会有用在陈铭轩身上的这一刻。夜然勾着嘴角，深吸了口气，稳了稳心神，柔和地微笑了下，轻轻踮起脚尖，在李铭轩的唇角同样落下一个轻柔的吻，接着礼貌地避开身子，而这一连串的动作，只是正常礼节性的招呼，仿佛如初见握手般自然。

虽然红娘主持人YY被这样的突发状况搞懵了，但是很快回神过来，若有所思地在李铭轩跟夜然之间徘徊了一圈，微笑着拿着话筒出声，"缘分真的很奇妙，我们的男女嘉宾竟然旧识，请问你们之前是什么关系？"

李铭轩笑，"我们是同学，也是恋人，彼此的初恋。"

夜然咬了下唇，顺着话继续爆料说："我以为我们会一直恋爱下去，可是他却一声不响抛下我走了，这一走就是七年。"原来耿耿于怀不堪的往事，就这样自然地说了出来，夜然心里没有由来一阵轻松，积压了七年，是该一次性倒个痛快，是对是错她不想去考虑，只是想任性这么一回。

这下子YY惊了，摄像师惊了，编导楼尘虽然从美阳嘴里零碎知道些往事，但是也惊讶于夜然竟然敢拿出来说，当着电视台和全城观众的面说。

"真的是太意外了，你们竟然是初恋情人！"YY适当地跳出来，说着煽情的话，"分别了七年，再一次在我们《相亲才会赢》的节目中相遇，不知道你们接下来会带给我们什么惊喜抑或故事呢？"

楼尘紧张地看着夜然，这期节目是第一期，成败的关键，所有嘉宾都经过了严密删选，可是，他记得第二场跟夜然相亲的男嘉宾叫韩风，是个软件工程师。这李铭轩是台里新来的神秘高层,对新节目重视,他能理解,可是也犯不着亲自来当这男嘉宾,并且用分别了七年的初恋情人这样的噱头来做节目吧。

夜然跟李铭轩四目相对,款款对望,皆沉默不语。

"你们分别七年,再一次相遇,并且还是在我们《相亲才会赢》的节目里,男未婚,女未嫁,彼此有什么感触呢?"YY接着问。

"夜然还是那么美,还是那么让我心动。"李铭轩勾了勾嘴角,笑得意气风发。

"李铭轩先生深情款款地对夜然小姐说,依旧让他心动不已,不知道夜然小姐会说出什么话,留给我们节目什么故事呢。"

"久别重逢的意外吧,但是,故事就没了。"夜然摊了摊手,语气拿捏适当。她的陈铭轩,已经在七年前丢下她走了,再见的时候,只是一个遥遥相望却擦肩而过的路人甲。

初见时的震惊退去,夜然的脑袋开始恢复清醒。李铭轩的出现实在太意外,夜然虽然没认真挑,但是她清楚地记得挑选的男嘉宾里没有一个姓李的,电视台不会把第一期节目办砸,所以没有预谋性,是不可能临时替换男嘉宾,尤其这男嘉宾还是夜然的初恋情人,并且巧合地在电视台上班。

红娘主持人YY知情,编导楼尘却睁着茫然的眼睛关切地望着夜然,那么只有一个可能,李铭轩做的手脚,而他为什么要这样做呢?夜然不会白痴自恋地想到真的是分别七年,旧情难忘想来个复燃。没有情感的追求,那么自然是利益了。而电视台播出新栏目,除了炒作,还需要看点,才会增加收视率!这样分别七年的初恋情侣在相亲节目会面,既有连续剧的煽情,又有八卦性的论点。

李铭轩,果然人会长大,会变得现实,也会变得不择手段。夜然嘲讽地笑了笑,暗自庆幸幸亏刚才没有失态,不然真的是丢尽女强人的脸面了。

"夜然小姐，你们男未婚，女未嫁，巧合地出现在我们相亲节目里，即使不认识，你们男才女貌也很般配，还别说你们是知根知底的初恋情人，怎么可能会没故事呢？"

"听过这么一句话吗？一朝被蛇咬，十年怕井绳。"夜然笑着反问红娘主持人YY。

"这……"

"七年前，他能一声不响地丢下我走了，难不保哪一天又突然丢下我走了。我没有那么多的七年去等待一个为什么，也没有那么多的时间再去等一个莫名其妙的路人甲。"夜然很想表现得风轻云淡，可是语速还是不同寻常地快，生怕一停顿就没勇气说出口。

原来那么相爱的人，最后竟然会变得这样面目全非。爱情，归根结底，变质了，就变馊了，食难下咽。

"夜然，七年前的事，我想我们有误会。"李铭轩眉峰轻微耸动，似乎是欲言又止。

"不管是误会也好，不误会也好，我们之间欠一个结局，今天正好圆满地画上吧。"时光一去不复返，现在的李铭轩，让夜然陌生，陌生得有些厌恶，"我只想知道，我到底哪里不好，你要一声不响地丢下我就走？"甚至吝啬得连一句再见都没有。

"七年前，我不是故意要走的，我那么喜欢你，怎么舍得丢下你！如果我不爱你，我怎么会一回来就千方百计地找你，又费尽心思地接近你？"

"结果你确实是丢下我走了，别跟我找理由借口，我只要你说，我哪里不好就行了。"夜然不耐烦地打断李铭轩。什么叫千方百计地找她？什么叫费尽心思地接近？要真的有心，在电视台那他就该跃出电梯，拽着夜然长话相思了。事实上，夜然看着那电梯一层一层地上升，没有丝毫停顿，最终也没有下来。

"夜然，你很好，这七年来，我日日夜夜想着你，念着你的好，无时无刻后悔着，当初为什么要……"

"停，李铭轩先生，这是相亲节目，不是演三流肥皂剧，你那些甜言蜜语七年前的我会听，但是现在，我觉得是浪费时间。"夜然再一次不耐烦地打断李铭轩，看着YY，接着说，"我跟李铭轩先生没有发展的可能，我想，我们的相亲到此为止。"

"夜然小姐，你是不是有点意气用事？或许，你跟李铭轩先生能坐下来冷静地谈谈？"YY自然不愿意错过这八卦版的相亲记，委婉地劝说。

"好马不吃回头草！没这必要。"夜然摇头拒绝。

"好草有时候也不怕回头吃，看着李铭轩先生款款深情的眸光停驻在你身上，同为女人的我，都忍不住感到嫉妒了。"YY幽默地发挥着主持人一贯的圆滑。

"好草是不怕回头吃，就怕啃的是空心草，没心不说，还沾一嘴的泥。"夜然语言里不免带着酸涩的嘲讽。

"夜然，我想，我们需要好好谈谈。"李铭轩拧着眉，语重心长地说。

"我想，我们没有必要谈了，李先生。"夜然微微含笑，生疏地拒绝。

"夜然，你别这样幼稚行不行？"

"我很感谢电视台，感谢《相亲才会赢》节目，感谢李铭轩先生，让我终于解开了七年的心结。原来七年前，不是我不够好，有这句话，我就足够了。虽然在这里没有遇到适合的对象，但是我相信下一个转角，我就能遇到我的真命天子。"夜然说完，不管节目是否录制完毕，直接抓着包包转身就走，电视台虚伪得让她作呕，多一秒都不想待下去，去他的陈铭轩、李铭轩。

"夜然，我爱你。"李铭轩对着镜头，深情地呐喊。

"谢谢，可是，我不需要。"夜然回首，对着镜头微微一笑，接着毫不留恋地转身离去。

戏演到这里，就该落幕了，没必要为了电视台的收视率，为了满足全城观众的八卦心而把夜然赤裸裸的伤疤揭起，过去的，就让它成为腐朽的历史吧。

"夜然，请你再给我一次机会。"李铭轩仓皇地追了去，摄像机的镜头就这样拉远，拍摄到他强硬地拽着夜然上了他黑色的Q7，绝尘而去。

YY拿着话筒，煽情地说："很多时候我们不需要理性，理性让我们犹豫，让我们错失所爱。感情是没有公式，没有原则，没有道理可循的，刚才还成熟稳重的李铭轩先生，气质优雅的夜然小姐，此时却如两个闹别扭的小孩一般，争吵着离开了我们节目现场。但是从他们彼此神情交错的眸光中，我们不难发现，即使分别了七年，他们还是有着割舍不掉的牵挂，这一期的《相亲才会赢》节目，我也不知道算相亲成功还是失败？但是，在这里，我祝愿李铭轩先生跟夜然小姐能够破镜重圆，旧情复燃，也祝福天下所有有情人，终成眷属！当然，单身的你，可以来报名参加我们的节目，《相亲才会赢》！爱拼才会赢！"

第 11 章　三个人的电影

夜然被李铭轩按进车里，忙伸手去抓把手，却发现李铭轩竟然把车门反锁了，不由气得牙痒痒的，胡乱捶着玻璃，"混蛋，陈铭轩，开门，快开门。"电视台真不负责，就这样眼睁睁地看着夜然被李铭轩绑架吗？

李铭轩坐进车内，锁上了门窗，阴郁着脸，叹了口气，拧着俊眉无奈地说："夜然，我们就不能心平气和地谈一谈？"

"节目作秀完了，你还想干吗？我们没什么可谈的。"夜然头也不抬，气呼呼地说。

"谁跟你说我上相亲节目是跟你作秀？"李铭轩揉了揉眉宇，相当无奈，"我根本不知道相亲的女嘉宾是你。"

"继续编……"

"我真没说假话，相亲资料表是我妈妈一手操办的，逼我来相亲的也是她！"李铭轩无奈地解释。

"你相亲之前就不问问女嘉宾资料？"夜然抬头，直视李铭轩的黑眸，没有闪躲，清澈明亮，似乎不曾说谎，"而且就算你妈妈逼你相亲，你报名了，也轮不到今天跟我拍第一期节目，因为我挑的相亲对象里，没有一个姓李，也没有姓陈的！"

"我根本不想相亲，问女嘉宾资料做什么？"李铭轩努了下嘴，"我也不知道怎么就排到第一期了，早上通知我的时候，我还吓了一跳。"

"陈铭轩，你别当我是三岁小孩子，你在电视台上班，你会不知道？"

"我是挂名,混饭的,没有实权。这些我真不知道,大概是我妈妈安排的。不过,我想,我妈妈也不知道我跟你谈过,大概巧合吧。"

"好吧,我不管你真不知道还是假不知道,你给我开门,我要下去。"夜然气呼呼地扇着风,真怕自己克制不住,朝着李铭轩的俊脸盖个巴掌印上去。

李铭轩一脚踩下了刹车,把手搭在方向盘上,拧着眉开口:"夜然,七年前,我真不是故意丢下你的,我爸、我妈突然离婚了,我妈割脉自杀未遂,带我直接去了美国姥姥家……"

听到这话,夜然压抑住怒火,瞬时噤声,目光复杂地看着李铭轩继续娓娓叙说:"当时走得太过匆忙,我根本来不及跟你单独说,我就在校内发了公告,也在QQ上给你留言了,可是你一直没有回复我。"

夜然的心一颤,那年QQ被盗,家里宽带移机没有安装好,所以她那段时间断网,等她能上网的时候,发现身边的人好像都知道陈铭轩去国外了,而她这个深爱的女朋友却是最后一个知道。

夜然发疯似的找到了人去楼空的陈家,又找遍了她跟陈铭轩常去的地方,手机不知道掉在哪里了,最终失魂落魄地回到家中,开始禁锢起自己,时常问自己,陈铭轩为什么就这样走了?她到底哪里不够好了?即使分手,她也想听陈铭轩说不爱了,那么她就有足够的力气去恨他,可是事实上这样一个无言的结局,让夜然对陈铭轩怨着,却也念着……

忘不掉,恨不成,只能不断地自问,为什么相爱的人会是这样无言的结局?这就像是一个极端的思考,却永远得不出结论,现在知道原因,可笑得让人辛酸,原来只是这么多无意的巧合,却让夜然有意地禁锢了这么多年。

"夜然,对不起。"

"那你走的时候为什么不给我打个电话或者发个信息?哪怕事后?"夜然深吸了一口气,埋怨着质问。夜然不相信他能匆忙得连个打电话、发信息的时间都没有,即使当时走得匆忙,但是事后呢?上厕所的时间总有吧？发个短信，打个电话，几秒的时间都没有嘛。

"当时走得太匆忙，手机没带，你也知道的，我不记号码，所以……"李铭轩一脸的懊悔，"早知道，我那时候就把你的号码背下来，就像现在我能把你的手机号码倒着背。"

夜然心底微微动容了下，记不住号码这个坏习惯她也有，依赖手机的快捷键拨号，就懒得去记那些数字，万一哪天手机没了，号码几乎也就没了，平时不注意，等会回去要弄个备份。

"夜然，你校内网、QQ为什么都没上过？我给你留了多少言。"

夜然把头歪向一边，看着车窗外，深呼了一口气才回答："QQ被盗了，校内网的账号密码忘记了，所以一直没上。再说了，现在说这些已经没什么意义了。"QQ被盗是事实，校内网的账号密码是陈铭轩的生日，虽然时刻烙在心底，虽然时常会忍不住点开那个页面，但是夜然就是故意忽略，她不记得了，不曾再去登录。

"这么多年不见，你还是那么倔强。"

夜然笑了，声音带着点哽咽，"不倔强，我怎么能走出被无端抛弃的阴影呢？你一走就是七年，毫无音讯的七年……回来竟然叫李铭轩了……"

"我跟了妈妈姓，但是，夜然，我对你始终没有变过。"

"别跟我说这些让我倒胃口的话。"夜然的手指紧握成拳，气恼地打断。什么叫始终没有变过？七年，两千多个日日夜夜，真心爱一个人想找一个人的时候，会找不到？

"在美国的时候，我不知道是不是有机会回来，所以一直不敢再打扰你。我以为你会忘记我，我以为你会幸福。"

"我是忘记你了，我也过得很幸福，没有你的话，我想我会继续幸福下去。"

李铭轩沉默了一会，"回来后，我联系过美阳跟米娜，要来了你的QQ跟手机号码。知道你目前单身，所以准备了很多接近你的重逢机会，可惜一个都没用上,却让我们在相亲节目里遇上了。"

夜然心里五味陈杂,轻轻地叹了一口气,"这说明什么?"

"这说明我们是有缘的,兜兜转转还是回到起点,我们是相爱的,属于彼此的。"

"李铭轩,这么多年没见,你认为我还会爱着你?"夜然自嘲地嗤笑了下,"那未免太天真。"

"难道不是?"李铭轩勾着嘴角,信心十足地说,"这七年,你的情感一片空白,除了放不开我,我想不到别的理由。"

"呵呵,这是我今年听到最可笑的笑话。虽然,一点也不好笑。"

"夜然,给个机会,让我们俩重新来过好不好?"李铭轩伸手抓着夜然,深情款款地问。

手掌心传来陌生的温度,让夜然不自在地挣脱,咬着唇,淡淡地说:"不可能。"

"为什么?"

"有多少人能回到过去?回到当初?"夜然看着李铭轩反问,"现在的我们都变了,再也找不回当初那样的感觉了。"

"夜然,你不要急着拒绝我,给我一个机会,给我们曾经未完的爱情一线生机,好不好?"

夜然看着李铭轩幽深明亮的黑眸溢满了温漾的深情,能把夜然沉溺,心底有根弦,不由得绷了下,脑海中,江浩的俊脸一闪而逝,心蓦地微微一抽,带着丝丝酸涩的疼痛,"李铭轩,我不想折腾了,过去的,就让它过去吧。"

"接不接受是你的事,我会重新追求你。"

李铭轩挨过身子,俊脸上瞬间堆满了笑意,并且不断地在夜然眼前放大,仿佛跟校园中青涩的少年重叠了起来,直到温热的气息扑到夜然敏感的鼻尖,夜然瞬间清醒,侧头闪躲。

李铭轩的吻落在了夜然颊边,温和地笑笑,洁白修长的手自然环过夜然的腰。

夜然的心一颤，紧张得都不敢大声呼吸，屏气凝神地感觉到李铭轩的手绕着她的腰，转到后面拉了安全带给夜然系上。

这样亲密的行为，让夜然心里有种抗拒，即使眼前这个人是她七年前的初恋情人。毕竟七年的时光，不是一张纸、一本日志那么简单，说翻就能翻过。这空白的七年，有太多的泪水跟辛酸，不是说忘就忘的。

夜然深吸了口气，轻轻地说："你把我送回家吧。"

李铭轩甚至没问夜然的住址，油门一踩，便疾驰而去，看似熟门熟路，半响之后，戏谑地出声："我可以把你盯着我看的行为理解为我长得好看么？"

夜然有些尴尬地撇开视线，胡乱地看着车窗外一幕一幕闪过的景致，咬着手指，轻声地回了句："看来你的自我感觉非常良好。"

李铭轩没有丝毫的不自在，伸手在夜然的脸颊上亲昵地捏了捏，"我到现在都感觉好像在做梦。"

夜然默不作声地挥开了李铭轩的手，感慨地说："这一场梦，不会持续很久的。"

"夜然，你变得多愁善感，也含蓄了，以前你笑的时候，都是张牙舞爪的。"

夜然只是勾着嘴角，微笑了下，"人总会随着时间长大，不可能永远十七八岁。"

车厢瞬时陷入了沉默，流转着躁动的暧昧，压得夜然心头一阵接着一阵地喘不过气，只能闭眼强装假寐，她没有办法坦然面对，唯有逃避。

"这几年，你过得好吗？"李铭轩眼眸的余光瞥见夜然怔怔地看着自己的手指发呆，不由得出声问。

"算好吧。"

"听说你相了很多亲？"

"是啊，我的生活除了工作、睡觉，休息时间不是在相亲，就是在去相亲的路上。"夜然咧着嘴角笑了，"生活还算丰富吧。"

"你还是跟以前一样苦中作乐。"李铭轩脸上挂着一丝好奇，随意地问，"你都跟哪些人相过亲呢？"

夜然转过脸看着李铭轩，这个初恋男友，并且准备再续前缘的家伙，竟然问她都跟哪些人相过亲？是不是男人也都有这么八卦的心态？曾经江浩也问过夜然相亲的故事。想到江浩，夜然便心虚地移开视线，看向车窗外。

在爱情没有重新开始之前，夜然从来就没想过她还能那样单纯地、不顾一切地心动，爱上陈铭轩以外的人，虽然只是昙花一现。最终，她亲手舍弃，但是确确实实、真真切切地存在过。

李铭轩回过神来，似乎不适宜问，忙笑着说："瞧我，都问的什么蠢问题。"

李铭轩这么一说，夜然倒是不好意思不回答了："相亲的对象各式各样，有暴发户、富二代、官二代、IT工程师、教师、公司职员……"

"听着好像都是青年才俊。"

夜然若有所思地看了一眼李铭轩，抿着唇不再说话，这个话题没有深聊的意义。

李铭轩也觉察出了不妥，忙眼观鼻、鼻观唇地心无旁骛地开车。

车驶进小区门口，夜然便说："到这里停吧。"

"你好像住里面，我把车开到你楼下。"李铭轩放缓了车速，朝右手边打了个弯，就要转进去。

"你不用开进去了，倒车不方便。"夜然婉拒，伸手按住李铭轩握着方向盘的手，接着触电似的松开。

李铭轩踩下刹车，对夜然笑笑，"那好吧。"

"谢谢你送我回来。"夜然打开车门，果断下车，合上车门转身便走，留给李铭轩一个匆匆的背影。

刚进家门，就看到老妈、老爸端正得犹如雕塑一般坐在沙发上，夜然心里暗自庆幸，还好她有第六感没让李铭轩送到楼下，不然别说她一张嘴，就是十张嘴也解释不清楚了。不过她跟李铭轩之间不用解释，是赤裸裸的事实，只不过是曾经的事实。

"然然，今天相亲的结果怎么样？"

夜然弯身换鞋，淡淡地说："没相成。"

"相的是什么人？"老爸一板一眼地问。

"从事金融业，是部门经理，上海人，今年三十三。"夜然一股脑地说出来。

"条件不错啊，人长得怎么样？"老妈忙接过话茬。

"条件不错，人长得怎么样跟你女儿没关系，没听夜然说没相成！"老爸没好气得瞪了眼夜然，才对老妈打击着说。

"夜然，你给我说清楚，怎么没相成了？这么好的小伙你都不要，你脑子抽风了。"老妈浑厚的女高音彻底把夜然吓呆了，这变脸的速度堪比京戏。

"老妈，相亲是两个人的事对吧？"夜然捂着耳朵，赔了个笑脸。

"你要今天说不出个原因，我跟你没完。"

"原因很简单，他嫌我年纪大，看不上我。"夜然耸了耸肩，说得有些委屈。

"什么？他嫌你年纪大？"老爸瞬间黑脸了，"都三十三岁了，难不成还想找个十八岁的姑娘不成？"

"老爸，你还别说，他就喜欢十八岁的姑娘，对，就现在那种九零后非主流。"夜然接着便把陶佳跟她的对话照着记忆给复述了出来，偶尔加点料，把老爸、老妈听得那个愤慨。若是陶佳此时在他们二老面前，估计会死无葬身之地。

"真是岂有此理！"老爸捶着沙发，怒极。

老妈暴怒的脸瞬间温和了起来，柔声安慰道："然然，虽然你年纪是不小了，但是条件那么好，轮不到别人嫌，失败了没关系，不要有压力，我们再慢慢找。"

"不是要相两个吗？还有一个怎么也没成？"老爸还残存了点理智。

夜然额头三道黑线，讪讪地问："老爸，你怎么知道要相两个？"

"就为你这电视台相亲的事，我都问过很多人了。"老妈一脸洋洋得意。

"妈，难道你不觉得我上电视征婚会丢你们的脸吗？"

"你思想怎么那么保守？现在敢去电视台相亲的人，都是有一定资本的，条件好的。我女儿这么优秀，我骄傲还来不及，怎么会嫌你丢脸？当然，你要找个对象回来，我这心里的石头就落地了。"老妈神采飞扬地絮絮叨叨，最后还不忘记问重点，"然然，那第二个相的又是什么人？"

夜然想到李铭轩就头疼，咬着唇实在不知道怎么跟老爸、老妈开口。虽然明天电视节目一播出，真相会水落石出，夜然必定躲不过炮轰，但是至少有一夜时间准备跑路啊。

"然然，第二个是你瞧不上他，还是他瞧不上你？"老妈见夜然不出声，问得有些小心翼翼，生怕两个都看不上夜然，嫌她年纪大，从而导致夜然对自己的年纪有心理阴影。

"妈，反正就是不适合，他瞧不上我，我瞧不上他，也没多大区别。"夜然蹙眉，无奈地说。

"也是，电视台那种相亲还是不靠谱，毕竟做假、做戏成分多。"老妈难得认同地点了点头，"我看相不成就算了。"

夜然警觉地看着老妈，这么好说话肯定有猫腻，果然，下一秒，老妈就开口："相亲还是靠介绍人的比较好。"

夜然身上一寒，抬眼悄然地看了看稳坐如泰山的老爸，很好，原来是有备而来，有后备而来啊！

"然然呀，你王叔叔有个侄子，相貌堂堂，一表人才，在医院工作，小伙子呢，我跟你爸都见过。"

"确实不错的。"老爸中肯地点了点头。

"你们都见过了,那还有我什么事?"夜然不满地嘀咕着,这老爸、老妈也太夸张了吧。

老妈怒问:"什么意思?"

"妈,你这不是有强卖强买的嫌疑吗?我都没跟人家见过,你跟爸先去凑什么热闹呀?"夜然硬着头皮反问,要再不发表意见,就怕哪天老妈定下婚期,直接绑着她结婚洞房了。

"我跟你爸也就是顺路看看,又没有特意。"在夜然强烈鄙视下,老妈终于有点心虚,语气放低了些。

"嗯?怎么个顺路法?"夜然咬牙切齿,用眼神跟老妈无声交战:老妈,狗急了会跳墙,兔子被惹急了都会咬人。

"你爸胃不好,去医院检查的时候,我们找他开了下后门。"老妈张嘴朝着老爸努了下嘴。

不管是找他开后门也好,还是特意看人小伙子,但是老爸胃不好,夜然心里瞬时便软了,忙关切地问:"老爸的胃没事吧?你们怎么不跟我说?检查报告呢?给我看看。"

"没事,老胃病了。倒是你,什么时候给我带个男朋友回来?给个日子出来。"老爸终于第一次抢了老妈的台词,正式提出要求。

"老爸,这事得看缘分,不能急啊!"

"什么不急,美阳的孩子都那么大了,米娜也结婚了,就你,男朋友的影子都没有,我都快得焦虑症了。"老妈噼里啪啦一口气说完,喘都不喘。

"米娜订婚,还没结婚。"夜然小声辩驳了下。

"订婚跟结婚差不多了,你身边的朋友还有多少是单身的?"

"好像不多了。"夜然老实地回答。

"跟我一样大的姐妹都抱上孙子、孙女了。你平时忙工作,不回家,就我跟你爸两个人在家,大眼瞪小眼,一点人生乐趣追求都没了。"

夜然结婚，生孩子，抱孙子，已经成为父母的人生追求了。

夜然微微有些心软，只能无奈地说："我也不是不想找，也不是不肯去相亲，只是我找不到我要的人。婚姻不是儿戏，我不想将就，到时候结婚了，因为个性不合，天天吵架，闹离婚的话，还不如不结婚。"

"那么多相亲结婚的人，也没听说都在离婚，我跟你妈还是相亲结婚的，这一辈子也就这么过了。"老爸都忍不住加入劝说的行列。

"自由恋爱的，过不了七年之痒，离婚的也多，所以说你的那些爱情啊，都是不靠谱的幻想，生活就是生活，找个人踏实过日子就行了。"老妈语重心长地说。

夜然的脑袋有些闷，感觉透不过气来，或许爸妈的想法是对的，她不该对生活抱有那么多浪漫的幻想，她应该踏踏实实地找个男人过日子，生孩子，然后把所有心血寄托在孩子身上。

很多女人经历了婚姻，平淡地过了一辈子，却始终没有得到过爱情。

很多女人得到了轰轰烈烈、撕心裂肺、刻骨铭心的爱情，却没有勇气跟不爱的人走入婚姻的殿堂，从此宁愿独身。

也有很多女人得到了爱情，却最终放弃了，选择跟适合的人过了一辈子，很多年之后，除了遗憾，还是遗憾，却不能够重头再来过。

爱情可遇不可求，如果没有心动过，那么一辈子也就这样耗着过去了，一旦沾染过，便如罂粟一般，抗拒不了那妖娆蛊惑的魅力，渴望着下一次更加猛烈的沉沦。

老爸、老妈交换了下眼神，终于异口同声地说："然然，你看着办吧，我们走了。"

夜然点了点头，疲惫地应声："我知道了，你们让我好好想想吧。"

送走了老爸、老妈，夜然才颓然地倒在沙发上，抓着手提电脑，看着美阳、米娜的QQ头像，犹豫着要不要找个人说说。

夜然的光标点在输入页面，却迟迟敲不下去字。美阳倒是直接发了个问候的表情过来，又解释了一段："我老公说对不起。临时调换男嘉宾是台里的二把手操办的，除了主持人，编导跟摄像都不清楚。"

夜然看着美阳的话，手指敲在键盘上，落下一行字："我遇到陈铭轩了。"想到美阳已经知道，按着删除，把那些字清除掉，回了一句："没关系。"

"夜然，该面对的，逃避不了。"

夜然抓着茶几上的水杯，喝了几口茶，稳了稳心神，手指才放上键盘，敲出这么一行字："我没有逃避，勇敢面对了。"

"虽然节目现场你装得很潇洒，节目过后的狼狈呢？"美阳逼问了一句。

夜然被她的话刺得心脏痉挛了一下，手指在键盘上停了半天，也不知道该敲什么话出来。

"然然，说句实话，你对他现在还有感情么？"

夜然对陈铭轩还有感情么？

夜然恍惚了下，回了过去："我用很长的时间告诉自己要忘记他重新开始，事实上，当我真的要忘记的时候，他又出现了，随即那些我丢在脑海边角的往事，都鲜明地跳了起来，一波又一波地侵袭着我的脑海，不断地占据我的思维，密密麻麻。"

"然后呢？"

"然后，就没有然后了。今天，他说要跟我重新开始的时候，我心里的答案是不。"

"其实，你已经有答案了，亏我还担心你。"

"这答案有点玄乎，因为我怕我现在是赌气拒绝他。实际上，这么多年，能让我念念不忘的也就是他，或许这回头草啃啃也是我的归宿。"

"你不是只讲究，不将就么？听你这口气，想回头将就下？"

"我也想只讲究，不将就，可是今天我老爸、老妈又来三堂会审了，我身上压力大啊。"

"你不是压力大,是没事撑着闹得慌,瞎折腾。"

"我什么时候折腾了?冤枉。"夜然回了一个委屈大哭的表情。

美阳那头的 QQ 暗淡了下去,不知道是掉线了还是有事。

"然然,今天相得怎么样?"米娜的 QQ 头像挂了一个大大的笑脸,跳了出来,她似乎永远都是这么张牙舞爪地欢快着。

"如果我说我相亲相到陈铭轩了,你觉得这样的概率多大?"夜然不回答,反问。

"啊,然然,你快去看看,你们小区门口的彩票店关门没?去买彩票,中了五百万分我一半就好。"米娜一惊一乍地发着表情。

"五百万是别做梦了,陈铭轩现在改名叫李铭轩了。"

"然然,那你跟他相亲成功了?旧情复燃了?"

夜然好奇地看着"相亲成功,旧情复燃"这八个字,随手回了两字:"没有。"

"你们好不容易见面,还是相亲节目上,怎么会不成功呢?撇开从前不说,现在他去参加相亲节目,表示他单身,而你也想找个适合的对象,你们应该一拍即合啊!还别说,有过去那么深的感情垫底。"

"我也感觉奇怪。"夜然反问,她确实想不明白,有句话不是说的好,当局者迷,旁观者清。

"有什么好奇怪的,好马不吃回头草,你跟他七年前就分手了,如果兜兜转转七年,再回到原来的那份感情里,一点意义都没有,你这七年的苦算是白吃了。"米娜的思维一向简单,合适就合适,不合适就谈崩。

想到这七年的苦楚,夜然再没勇气说啃回头草了。

"然然,做人要往前看,老想着过去干吗?过去再好,也都只是回忆。不管回忆多好或者多差,都只是曾经的代名词,而你需要抓住的是现在,梦想的是明天,未来。"

"那如果说他再重新开始追求我呢?该拒绝还是接受?"听米娜一

言，夜然心里豁然开朗。

"你都说了，重新开始追求，把过去都抛开，让他跟你其他的相亲对象一样，在同一个起跑线上，看他用什么样的行动来追你。如果诚意够的话，就勉为其难地考虑下，如果诚意不够的话，该出局就出局！"米娜龇牙咧嘴地发了一个图片来，补充了一句，"对他，还不能跟其他相亲者一样，他一定要加倍有诚意，不然的话，怎么弥补你这七年空耗的青春。"

夜然点了点头，"娜娜，你说的话实在太经典了，我膜拜你！大神！"

"哎呀，你别夸我呀，怪不好意思的。"米娜话是这样说，表情却发了一个嘚瑟的嘻哈猴。

"娜娜，你跟江浩熟吗？"夜然回神的时候，发现她已经头脑发热地把这话发送了出去，心情莫名地紧张起来，手心都微微出汗，她都不知道为什么会这样慌乱？

夜然打心底害怕米娜知道江浩已婚，而江浩跟她不过是一场暧昧的游戏，但是潜意识里又否认，米娜不会任由已婚的江浩来招惹夜然，这中间肯定有问题，如果不去弄清楚这问题，夜然总觉得寝食难安。

屏幕上没有立即回应，夜然看着米娜的头像，忍不住又发了一个问号，兼带一个窗口抖动。

"我现在有点忙，等等再说。"米娜自动回复的窗口弹回这么一句话。

夜然的神经绷得紧紧的，手机铃声打破了这屋子的宁静，夜然看着屏幕上跳动的陌生号码，犹豫了下，还是接听了起来，"喂，您好。"

"夜然，是我。"熟悉又陌生的嗓音从话筒内传过来，分别了七年，如此漫长的时光。是李铭轩来电。

夜然呆愣着，不知道如何回应，虽然心里猜想过李铭轩会主动打电话给她，却不知道来得这么快，再一次让她措手不及。

"这号码我倒着都能背出来，以后再也忘不了了。"李铭轩丝毫没有久别后的生疏，比起往日的青涩、害羞，更多了一份悠然的自信。

"是嘛！"夜然紧盯着电脑屏幕，回得有些心不在焉。

"夜然，今天本来想约你吃个饭好好叙旧，可是我看你情绪不怎么好，所以就没说，要不明天我们一起吃个饭？"

夜然勾着嘴角，嗤笑了下，"不好意思，明天我有约。"

"那后天呢？"李铭轩接着问。

"后天也有约，反正最近都没档期。"夜然客气地拒绝，想到米娜说的，如果要重新开始，那就丢开过去，让李铭轩也跟其他相亲对象一样在同个起跑线上。要约夜然吃饭，可以，先排队呗。

"夜然，那你说吧，你什么时候空？早，午，晚，下午茶，外加消夜，哪个档期能插个队？"李铭轩耐心十足，笑问。

"都没……"

夜然的"都没空"还没说完，就被李铭轩打断，"明天节目一播出，你还敢抛头露面地出去约会，那么不介意身边再多一个热情追随者吧？"

"你想干吗？"夜然心里一紧，想到明天她的节目播出后，手机、QQ震爆不说，还要面对老爹、老娘的三堂会审，就浑身没力了。相亲不成事小，早恋问题是关键，老妈要知道在她那么严峻的革命监控下，夜然还能阳奉阴违早恋，并且还为此空耗了七年大把美好的时光，不把夜然剁了才怪。

"约你吃饭！"李铭轩笑了，"你要是实在没空的话，我就给你打包，亲自送到门上去，别人要拍点照片、视频什么的放网上，猜疑下我们的关系，那可不关我的事。"

夜然气得磨了磨牙，"陈铭轩。"

"夜然，我姓李很久了！"李铭轩在电话那头笑出声，"我刚回国不久，人生地不熟，也没什么朋友圈子，天天宅在家，你就好心好心陪我吃个饭吧。"

"好吧，星期一晚上我空。"夜然在李铭轩胡搅蛮缠下，只能点头同意，这年头，世上无难事，只要厚脸皮。

"好，周一晚上我来接你。"李铭轩笑着挂断了电话。

夜然对电脑屏幕看了会，又刷新了下好友，米娜仍旧在线，只是离开状态，不由得心烦气躁。想到明天六点播出的节目，老爸老妈肯定不会放过她，尤其李铭轩这么一个帅小伙当众表白，还被她不留情面地拒绝，一定要想个办法不让老爸、老妈看电视。

夜然抓着手机，给老妈电话，"妈，是我，你问问王叔叔，明天晚上有没有时间？"

老妈忙不迭地问："有，有，你要跟那医生见见面是吧？"

夜然听着老妈那么欣喜的声音，心里微微泛起一阵酸涩，"嗯，明天晚上六点，你看着安排吧。"

老妈乘胜追击，"好好，晚上六点，我们一起去你王叔叔家。"

挂了电话，夜然看着屏幕上米娜弹出的对话框："不是很熟，怎么，你对江浩有兴趣？"

夜然小心谨慎地措辞，把一段对话写了又删，删了又写，最终还是打了一行字："没什么，只是好奇问问。"

"然然，你很不对劲！"米娜发了一个瞪眼的表情，"对啊，我怎么就没想到呢，江浩跟你男未婚，女未嫁，男才女貌，确实很般配啊。"

"娜娜，你别胡说。"江浩已婚的事看来纳米都不知情，不然这么劲爆的消息不可能会藏着不告诉米娜。

到底是什么原因，连表亲这样的关系都不知晓江浩已婚呢？夜然突然很想知道答案，她或许应该听听江浩的解释，而不是那么冲动地选择陌路。

"江浩条件好，长相好，脾气也好，简直就是颗闪亮亮的钻石！这样的男人能入你的眼，我感觉一点也不奇怪。"米娜发了一个龇牙咧嘴的表情，"你们强势对上强势，高手对上高手，厮杀得片甲不留，那才有意思呢。"

"这么好条件的男人，有多少女人抢着要，你为什么那么肯定人家就单身呢！"夜然昧着良心装无辜地问，她真的很想知道真相，但是却又不知道该怎么去探寻。

"纳米的表哥啊，如果结过婚，纳米会不告诉我？"

"没结过婚，也不一定代表单身。"夜然含蓄地说。

"不是单身，为什么每次家族聚会都是单枪匹马？"米娜发了几个大大的问号。

"那我就不知道了。"夜然快速地打了这么几个字。

"你不说我还没注意，被你这么一说，我也挺好奇的，等等我来问问纳米。"

夜然看着米娜的头像再一次转换成离开状态，抓着手机若有所思地想了想，按着号码查找键停在江浩名字栏上，看着名字下那几个数字，不知不觉地就背了下来。

"然然，我家米米说了，表哥的单身有三种可能，第一他是个花心大萝卜，第二他是同性恋，第三他不是生理就是心理有问题。"

夜然哭笑不得地看着屏幕上那三条大大的字体，对着米娜回了句："看江浩像那三类人嘛？"

米娜发了个贼笑，"看来，你比我想象中更加了解他。"

"好了，我睡觉了，明天还要准备相亲。"夜然把对话框关闭，准备下了QQ。

"啊？你还要相亲啊？跟谁啊？"

"老妈介绍的，一个医生，明天聊，拜拜。"夜然说完关闭了QQ，顺手把电脑也关了。每当夜然遇到难以解决的问题，除了烦躁以外，会做的事就是蒙头睡觉！

第 12 章 暗伤，残爱

夜然蓦地睁开眼睛，一把按着床头的灯，昏黄的光泽柔和地照亮了房间，才惊魂未定地喘息着，抹了一把满头的汗，又做梦了！

二十岁的她，一个人走在大雨中，看着人去楼空的陈家，瑟缩发抖地蹲在路边的路灯下一遍一遍呼喊陈铭轩的名字，撕心裂肺的痛，牵扯着每一根神经。那晚的雨，冻得她彻骨，却不及夜然寒了的心。那时候，夜然甚至想她也许会这样冻死在大雨里……可是，夜然只是发了一个星期烧，缓过神的时候，她跟以前一样没心没肺，张牙舞爪，只是心里隐藏了一个身影，刻着陈铭轩三个字，再也没有办法轻易抹去。

原来，一个女人爱得偏执的时候，能那么不顾一切，哪怕付出生命的代价！但是，当爱的繁华褪尽色彩，一个女人不爱一个人的时候，就开始变得小心翼翼。就像，夜然对待七年后深爱过的陈铭轩，她已经没力气去折腾了，宁愿小心地避让，也不愿去尝试重新开始。

原来，刻骨铭心的爱会随着时间渐渐腐朽，原来那些年少轻狂的等待，在时间面前，也都成了微不足道的卑微。

在没遇到陈铭轩之前，夜然也会以为，她迟迟遇不到那个对的人，是因为放不下那段无言的初恋，放不下陈铭轩，可是在遇到的陈铭轩以后，夜然终于明白，她放不下的是自己那颗偏执的心。原来，她只不过是想在骄傲里挣扎等待着那个能温暖她的人，即使是陈铭轩，他现在亦温暖不了夜然。

过去的事，真的是过去了，环境不一样，心境不一样，选择也不一样了，再也回不到当初的感觉。

窗外传来一阵闷雷，夜然赤脚走到窗边，一把拉开了帘子，雨水打在玻璃上，发出噼啪的微响，节奏又细又密，看着昏黄灯光下，一圈一圈打滑着留下的水痕，沿着光滑的玻璃面有秩序地滑下去。细细密密的水珠，渐渐汇成水流，越来越粗……

每次从梦中惊醒，夜然就再也无法安然入睡。空旷的房间内，除了滴答走动的钟声，就是夜然有节奏的心跳声，于是她就这样看着苍茫的夜色，等待着时间一分一秒地流逝。

又一道刷白的闪电划过夜空，夜然看着路灯下那白色的车，心头一阵颤抖，再也来不及思考，打开门便冲了下去。

雨水打在瓷砖上，夜然穿着拖鞋，脚底打滑，就这样仰后倒了下去，嘭地摔倒在地面上，狼狈不堪，双眼不争气地开始被泪水模糊，怔怔地看着拐角处的车，车厢内漆黑一片……但是，他肯定在车里，手指点着烟，吐着寂寞的圈，默默地看着夜然的窗户，直到天亮……

分手了才发现原来不知不觉的深爱，这是爱情里最让人痛苦的经历。明明深爱，却又不能去靠近，只能强迫自己远远推开，这又是爱情里最让人悲哀的事。

夜然挣扎着爬起身子，一步一步朝着车走去，越靠近，心跳得越不平静，隔着雨雾，看着模糊的车窗慢慢地摇了下来。

江浩飞快地打开车门，一把将夜然拽进了车内，紧紧地握着夜然的肩膀，焦急地问："夜然，你没事吧？"

夜然满脸已经分不清楚是雨水，还是泪水，摇了摇头，凝望着江浩轮廓分明、俊逸的脸，眼圈微微发红，下巴处长了点点青荏，一车来不及散去的烟味，熏得她更想流泪了。

原来，夜然是那么想他。脑袋热了，除了江浩的俊颜，什么都装不进去了。

江浩仔细看了下夜然，见真没什么事，才舒了口气，心疼地说："这么大的雨，你怎么跑出来了？"

"江浩，这么晚了，你怎么还在这里？"夜然抓着面纸将脸上的泪水、雨水一并拭去，当然她没有忽略到江浩沙哑的声音。

"我只是突然很想你，就过来了……"在漆黑的车厢内，江浩阴郁的脸色被遮掩住了。自从在电视上无意看到夜然上节目的宣传片，他第一时间就过来了，只是没有勇气去找夜然。

"江浩……"夜然声音哽咽。

"我在电视上看到你征婚的宣传片了。"

"是啊，今天我去相亲了。"夜然稳了稳心神，故作镇定地说，"还遇到了陈铭轩。"

江浩没有说话，只是看着夜然，嘴角牵扯出苦涩的笑。

"江浩，你说，我是不是很可笑，七年前被他抛弃了，七年后竟然还会在相亲节目里遇见。"夜然自嘲地笑了，"更可笑的事，他竟然还跟我告白，搞得像三流的肥皂剧一样。"

江浩沉默许久，轻声地说："夜然，你难过就哭出来吧。"

夜然的心一颤，江浩是那么地了解她，即使美阳、米娜那般铁的好姐妹也不知道夜然真的很想大哭一场，为这么多年空耗的青春、美丽年华而呐喊。

江浩体贴地将车内的空调调到最大，柔和、温暖地对着夜然吹，然后伸手把夜然的头靠在了他的肩头，犹如安慰孩子似的，轻轻拍了拍她的肩，"如果想哭就大声地哭，我在你身边。"

夜然靠着江浩，紧闭着眼睛，豆大的泪珠便顺着脸颊滑落了下来，先是呜咽，后是断断续续地哽咽，最后从抽泣到克制不住地放声大哭……

夜然心里憋得慌，委屈得无法言语，陈铭轩也好，江浩也好，却最终都要成为熟悉的陌生人。为什么感情是那么不靠谱的事？明明那么喜欢，明明那么深爱，为什么却还要分开，不能在一起？想到陈铭轩，这段过去式的深爱，想到江浩，这一段还不算真正开始，却要自己亲手扼杀的情感，她的心里有种无法释怀的遗憾，注定要这样背负下去。

夜然一直哭，一直哭，把所有的不快跟委屈一次性地哭个痛快，最后哭累了，夜然枕着江浩的肩膀昏昏欲睡，不管明天会如何，至少今天你在我身边。

睁开酸涩的眼睛醒来的时候，发现还在江浩的车里，雨已经停了，黎明破晓，东方已经微微泛白。

"天亮了。"夜然透过指缝间，看向那带着橙红色的晕染的天边，"太阳出来了。"

"你醒了？"江浩转过脸，温和地问。

"现在几点？"

"四点三十九分。"江浩抬手，看着表报数，脸上有着宿夜未睡的困乏。

夜然坐正身子，将披在她身上的外套递还给江浩，瞬间内心涌起一股内疚，"你怎么不叫醒我？"

江浩只是笑笑，没有说话。

"江浩，谢谢你。"夜然轻轻地说。

"夜然，我们……"

"能陪我看日出吗？"夜然打断江浩的话，带着恳切说。

江浩点了点头，将车顶的天窗掀开，椅子调整到最舒服的倚靠角度。

东方泛白的云层，被一层一层橙红色给晕染着，渐渐那橙色的圆被越来越明亮的金色包裹住，露出了太阳的雏形，接着那微弱的橙红就被金黄色取代，泛着耀眼的光泽……日出东方，照亮城市的这一刻，夜然的心却瞬间灰暗了下去。

夜然对江浩挤了一个微笑，手便搭上拉环。昨晚她纵容自己贪恋着江浩的温暖，但是天亮以后，彼此还是要回到各自的生活轨迹中。由江浩陪着她看日出，数星辰，以后的日子里，即使不会再有这样的悸动，也没有遗憾了。

不求天长地久，只求曾经拥有，一旦拥有，便别无所求。

夜然准备找个踏实的男人，就这样安安稳稳地过日子。或许，那个未曾见面的医生是个不错的人选，毕竟老爸、老妈挺喜欢。

江浩按住夜然的手，缓缓地收紧。

夜然情急地抽回手，慌乱地将脸转向车窗，"江浩，我们真的要说再见了。"

不是极度愤怒之下口不择言的滚，也不是任性、口是心非地说再见，而是真真切切地说再见。

"夜然，我要离婚了。"江浩眼中藏着深不见底的晦涩。

夜然发热的头脑犹如被扑了一盆冷水，瞬间所有的感动化为泡沫，语气恼怒地说："你离婚不离婚跟我都没关系，反正我不会跟你在一起。"想到对另外一个女人的愧疚，夜然不得不浑身长刺。其实，潜意识里，她还是害怕面对这样的江浩，她不想做第三者，更不想因为她而去破坏另外一个女人的婚姻。

江浩张嘴，欲言又止。

"抱歉，我失控了！以后，我们还是不要再见了。"夜然伸手胡乱地抓着门把，几次抓空，好不容易才拉开门，便快速地跳下车，连门都没关转身便跑。

江浩毫不犹豫地追着夜然进门，将她顶在门板上，粗声喘息着问："夜然，你就不能冷静地听我说一次？"

"你说吧。"夜然放弃了挣扎，倒靠在江浩怀里，轻轻地说。

江浩张嘴，不知道该从何说起。

"进来坐下，慢慢说。"夜然推开江浩，率先进了客厅，朝着沙发上一窝，做好了倾听的准备。

江浩皱眉叹息，深邃的眸光中带着晦涩的隐藏，似乎有什么难言之隐。

夜然也不催,就这样看着江浩,仔仔细细地将他的轮廓印在脑海里。

江浩斟酌着措辞,半响没有说话,看着手机来电,还是快速地按了接听,"润润去医院了?好的,我现在马上回来。"

夜然抿了下唇,忍不住问:"润润是谁?"

这句话问出来,扎疼的是夜然的心,江浩已经是另外一个女人的丈夫。原来,夜然的爱情竟然卑微地从别的女人围墙中掠夺,这一刻,夜然在心底深深地鄙视着自己。

"润润是我儿子。"

原来江浩不但已婚,而且还有儿子。夜然瞬间被炸得心神俱碎。

夜然怔怔地望着江浩,许久轻声地说:"你快点回去吧。"

江浩手按着夜然的肩,神色坚定地说:"夜然,答应我,给我一次解释的机会。"

夜然茫然地点了点头,头脑发胀,完全无法思考,眼泪却不争气地流了下来,悲伤顷刻间将她的思维占尽,密密麻麻,挥洒不去。

江浩匆匆地奔出去,夜然泪眼模糊地看着他消失的背影,浑身的力气像瞬间被抽空了似的,伸出手指摊开又握紧,掌心一片空白。原来,空气是抓不住的,就像那些缥缈、虚无的暧昧一样。江浩,对不起,我爱你,但是不能跟你在一起!你我的距离,从跨出门开始,便相隔天涯,从此相忘江湖。

时间,真可怕,当初年少轻狂时能够爱得那么透彻,不顾一切,不伤到淋漓尽致不痛快,而今,明明心动却不敢再一头扎进去,步步小心翼翼。长大以后不是没有爱情了,只是学会了隐藏,不敢再轻易尝试折腾爱情了。

夜然从头到尾将江浩想了一遍,然后含泪微笑着跟自己说,原来不是不爱,只是要把这爱放逐到天际之外!

陈铭轩也好,江浩也罢,就这样让时间慢慢地淡忘吧!

刚刚离去的脚步声又很快转了回来,夜然不明所以地看着再次出现在眼前的江浩。

江浩伸手小心翼翼地帮着夜然拭去眼角的泪珠，温润地说："夜然，给我一点时间好不好，听我解释好不好？"

夜然木然地点了点头，再一次目送江浩离去，心里泛起了涟漪，是不是真的要再给江浩一点时间呢？可是，给了江浩时间，又能怎么样呢？

江浩即使离婚了，还有孩子，不管孩子跟着江浩，还是他的妻子，这是一份血浓于水无法割掉的牵挂。还有父母那边是否能接受离异的江浩？夜然突然觉得，这些现实的问题，她从来就没思考过，瞬间奔腾着扑来，将她压得透不过气。仔细考虑起来，随便抓一个都能把她击溃，她根本没有勇气去尝试。

想得多了，脑子超出正常的负荷，夜然双手无力地拖住头，突然厌倦至极……为什么她会遇到这些乱七八糟的问题呢？每一个都花尽力气，花尽心思，都不见得能得出好的答案，或许放弃是最简单的。抛弃了心动，同时也舍去了痛苦。

手机铃声响了起来，一遍，两遍……夜然就这样听着铃声，任由歌曲循环着播放了一遍，两遍……"你说爱我就跟我走，勇敢牵我的手，决定就不回头，你说爱我就跟我走，海角也跟我走……"

"起来，不愿做奴隶的人民……"房间里的电话铃声大作，夜然无奈地撑起身子，拿起电话，就直接叫，"喂，妈！"

"我不是你妈，然然，你起来了没？"

夜然愣了下，随即反应过来，"阳阳啊，什么事？"

"上次跟你说的健身教练，你还记得不？"

"嗯。"夜然随意地应了声，表示还记得。

"他在电视上看到你的宣传片了，特意找到我们家，要我婆婆给安排下见见，你想不想见？"美阳问得有些小心翼翼，以往她早就大大咧咧地安排相亲事宜，可是昨天见过陈铭轩的夜然，她不敢轻易地安排了。

"什么时候？"

"啊？你要见？"美阳太意外夜然的爽快，正常情况下，夜然应该说最近没心情，缓缓再说吧。

"嗯，越快越好。"

"然然，你没事吧？是不是昨天受打击了，今天还没回神？要是你心情不好，我们就别见了。"

"昨天受打击是有，但是我像是那种被打击的精神错乱的人嘛？"夜然撇了撇嘴反问，接着又说，"我只是想快点找个人安定下来，那样就不会再受打击了。"

"我感觉你在自暴自弃。"美阳担忧地说。

"阳阳，我没自暴自弃，相亲相了那么多次，我失败了那么多次，不甘心。俗话不是说的好，越挫越勇，我现在浑身充满了战斗力，这样的状态不去相亲，岂不是可惜？"夜然的声音尽可能自然，把话说得斗志十足。她需要找点生活重心来转移对江浩的情感投入，相亲对象不管极品不极品，但是至少能把夜然的时间排满，消耗掉那些空虚的时光，夜然就不会胡思乱想了。

"这样充满战斗力的你，我还真有点不习惯。不过，你既然有心，那改日不如撞日吧，就今天吧，我让我婆婆去安排，晚上见个面。"

"晚上我跟我妈约了跟医生相亲，今天中午我空，你去安排吧。"

"啊？"美阳愣眼了，有必要这么急吗？

"嗯，现在七点半，到中午还有段时间，你约好了就给我发个信息，我再睡会，拜拜。"夜然掐断电话，打了个哈欠，倒在床上就呼呼地睡了起来。

爱情美丽，爱着别人的爱情。现在放弃了美丽，但是也舍去了痛苦。或许没心没肺、张牙舞爪地活着比较快乐吧，去他的爱情，不靠谱的玩意！

十点的时候，手机准时响了起来，夜然接起来还没说话，那头美阳已经简洁地说着："安排好了，十一点，在人民路的咖啡厅见，你现在起来，差不多了。"

夜然挂了电话，望着天花板长长地叹了口气，接着迅速地奔去卫生间，洗了个战斗澡，在衣橱里扫了一圈，终于把手停在雪白色的丝绸长裙上，抓着裙子的时候，柔软、丝滑的触感让夜然心头微微涌起了异样，她这么做是何必呢？但是仅仅一秒，她就压抑下了异样，快速换好连衣裙，将长发扎了一个简洁的马尾，化了一个透明妆，抓着包包，在玄关处换了一双同色的高跟鞋，便出门了。

十点五十分的时候，夜然风姿绰约地从的士上下车，美阳已经守在门口，看到夜然的瞬间，忍不住啧啧地称赞："嗯，还不错，看来你的状态很正常，我白担心了。"

夜然扫了个白眼给美阳，"我的状态本来是不错，但是万一看到什么极品男人，变得不正常，你要记得负责。"

"我之前侦查过，除了长得有点老成外，其他挺正常的。"美阳挨着夜然，轻声地回报。

夜然扯着嘴角，对着帮她拉门的礼仪小姐笑了笑，转过脸对着美阳问："那现在人到了没？"

"嗯，现在在路上，让我们先在包厢里等会。我说，然然，你今天这么积极主动要求相亲，还真让我措手不及。幸亏人家小伙对你满意得不行，不然的话，准把人给吓跑。"

"我只是觉得好男人要下手早，晚了都被人挑光了，挖墙脚这么高深的技术活，我做不来。"

"你现在倒是觉悟了？早知道应该让你跟陈铭轩早几年会面，说不定你的孩子都能满地爬了。"美阳说完忙捂着嘴，似乎说了什么禁忌话题一般。

夜然神态自然，进包厢就端端正正地坐好，手规矩地放在大腿上，要多淑女就有多淑女，末了漫不经心地补充了句："美阳，陈铭轩现在不姓陈，姓李，叫李铭轩。"

"然然，你先点东西吃吧。"美阳跟了进来，岔开话题，"我们边吃边等。"

夜然叹了口气，认真地浏览了一圈菜单，只要专注做事的时候，她的脑海里就不会想起江浩，不会想起陈铭轩，什么人都不会想起。

"来了，来了。"夜然刚点完东西，把菜单交给服务员，美阳忙提醒。

夜然条件反射地看向门口跟服务员擦肩而过的人，一米五的身高，一头红色的泡面头，肥胖的身子，肥胖的脸面，加上弥勒佛一般的笑容，热切地奔到夜然面前给了一个大力的拥抱，"夜然，越来越漂亮了。"

"阿姨也很漂亮，衣服穿得可真时尚。"夜然嘴里甜甜地叫着，眼角的余光朝着随后进来低垂头的男子看了过去，目测下，大概一米八的身高，体格健壮但不张扬，穿一身 NIKE 的衣衫，夜然心里暗自打分，至少比那些穿着西装、梳着三七分头的男人看上去活力许多。

"夜然小姐，你好。"爽朗的男声热切地打招呼。

夜然看他抬起头，伸出的手微微犹豫了下，忙伸了过去，"你好。"他黝黑的皮肤，容貌端正，鼻梁高挺，确实看着不像二十六的男人，偏向三十左右吧，说不上好看，但是也说不上难看，至少第一眼不属于夜然排斥的类型。

"不好意思，迟到了。"

"没事，坐吧。"美阳拉着她婆婆自动地坐到一边的沙发上，招呼王城坐在夜然身边的空位。

王城倒也不扭捏，大大咧咧地坐下，对夜然笑笑，"刚从健身房出来，浑身的臭汗，希望夜小姐不要介意。"

夜然看着王城额头细密的汗珠，抬手抽了几张面纸，笑着回道："没事，你先擦擦。"

王城接过面纸，胡乱地在脸上抹了抹汗，转过脸对着美阳婆婆憨厚地笑笑说："陈阿姨，我紧张，怎么办？"

美阳婆婆笑得满脸褶子，"你是紧张呢，还是嫌我跟美阳两灯泡碍事呢？"

"没有，我哪敢啊！"王城诚惶诚恐地做出拜托的手势，接着转过脸，看着夜然笑问，"夜小姐，你会不会觉得我不够重视，穿得太随便了一点？"

夜然抿着嘴笑了笑，"不会啊。"

"不会就好。"王城紧张地拍了拍胸，自嘲地解释，"本来吧，相亲该穿得正式一点，可是我穿西装实在没型，就跟猴子套上人的衣服一样，怎么看怎么觉得怪异。"

美阳扑哧一声便笑场了，"你还挺幽默。"

"本来呢，我还可以更幽默一点，可是看到夜小姐我紧张，突然把之前想好的词全忘了。"王城边说边伸出手，摊开手掌补充了下，"看，我这手心里都是汗哪。"

夜然忍不住扑哧一声笑场了，"你别这样紧张，我不是老虎，不会吃了你的。"

"夜小姐，我正式地介绍下自己，我叫王城，今年二十六岁，本土人士，在X健身房做教练。"王城说话的时候，服务员正好端着茶水进来，他就近接过托盘，看了里面三杯玫瑰花茶、一杯碧螺春，分别端到了美阳婆婆、美阳跟夜然面前，最后把碧螺春放在自己手边。

"东西点了吗？"王城看了看美阳她们问，美阳点了点头。

"够不够？要不要再点些？阿姨喜欢吃什么，美阳姐喜欢吃什么？夜然喜欢吃什么？"

这是个注重细节的男人，如果他直接开口问夜然，夜然肯定会不好意思，他先从介绍人问起，既不会冷场，也不会尴尬，不会给人殷勤谄媚的感觉，分寸也恰到好处。

"你们别客气啊，我个人觉得边吃边聊会比较不容易紧张！"王城憨厚地笑了笑，看着夜然说，"夜小姐，说实话，我觉得相亲需要重视，但是也不要刻意跟死板，大家随心所欲地了解下，如果觉得可以相处下去，那么就谈谈看，如果感觉不适合的，那么就当作认识个新朋友。"

夜然认同地点了点头，"是啊，我也这么觉得。"

"你们有什么就说什么，第一次，最主要的是感觉，至于感情嘛，以后有的是时间培养。"美阳的婆婆喝着茶，喜笑颜开地说。

"说实话，你真人比电视上好看。"王城笑着说。

"谢谢，我就当是你夸赞我。"

"现在都十一点半了，要不我们去吃个饭吧？边吃边聊。"王城看了看手表邀约。

夜然看了看美阳、美阳婆婆，见她们都眸光灼灼地看着自己，不由得微笑了下，点头道："好吧，那就一起吃个饭吧。"

"我朋友就在这咖啡厅旁边开了一家私房菜，不知道你们赏脸不？"

如果王城问要吃什么或者去哪里吃，夜然就为难了，回答随便也不好，真挑了地方就更不好，而王城直接说出建议，免除了夜然的尴尬，非常合夜然的心意，就目前为止，她对王城的感觉还不错。

"阿姨，我朋友这家餐馆虽然规模不大，但是里面的招牌菜可是很地道的，不知道你们能不能吃辣？"王城开车，还不忘跟后座的美阳婆婆搭话，免除沉默车厢的氛围。

夜然悄然地打量着他的侧脸，不够英俊，但是给人踏实的感觉，要不要拍案定夺就这王城呢？还是等晚上再看看那医生？

一顿饭吃下来，虽然没有一见钟情，心跳加速，但是也算相谈甚欢，至少没有冷场。三点多的时候，美阳跟她婆婆相携告辞，不再做灯泡，随后夜然也跟王城告别，相约下次再聊。

"然然，你怎么看？"夜然刚到家，鞋都来不及换，美阳的电话就追到，那个准时，分秒不差，随后补充了句，"我感觉王城人挺实在的。"

"我也觉得还可以。"

"夜然，我觉得你真的在自暴自弃。"美阳的音调提高了，"你怎么可以对自己这样不负责？"

"我哪有自暴自弃,哪有不负责了?"夜然叫冤,"你不说了嘛,王城挺实在的。"

"实在是实在,但是,你真要拍板,我心里不踏实,这不是原来的你。"美阳嘟囔着嘀咕了句,"夜然,我还是习惯你的只讲究,不将就。婚姻不是儿戏,老公是要过一辈子的,虽然不一定能挑到最爱的,但是一定要挑个喜欢的。如果不喜欢,怎么过一辈子?你不要太勉强自己。"

"我没拍板,只是留着备用,这样你踏实了吧?"

"哦,对了,你不是说晚上你妈还给你安排了个医生吗?怎么回家了?"

"我回家换个衣服,等等就去。"

"嗯,去吧去吧,多点比较,才能对比出哪个更适合你。"美阳像个墙头草倒来倒去,既欢喜夜然对王城印象不错,又担心夜然是在勉强自己,尤其还是被刺激过多而勉强自己胡乱抓个男人。

穿了一天高跟鞋跟裙子,浑身不舒服,夜然换了一套宽大的休闲卫衣、牛仔裤,套了双球鞋,把糊了的妆擦掉,素颜就出门,看了看时间,五点半了,忙打车朝王叔叔家奔去。

第13章　电视台相亲

走到王叔叔家小区楼下,老妈已经守在那里,看到夜然,眉头先是皱了下,接着撇了撇嘴角,轻声地说:"平时看你挺会打扮的,怎么就这样出来相亲了?"

"妈,你觉得我难看吗?"夜然眨着明亮的星眸反问。

"难看倒不难看,就是太朴实了点,你至少要换个色彩明亮的衣服,姑娘家,浑身黑漆漆。"老妈中肯地说,"这衣服,黑就黑了吧,还那么大,跟个男孩子似的,哪有女孩子的曲线。"

夜然嘴角抽了抽,"老妈,我是相亲,不是参加选美小姐,不用穿着三点式来显身材吧?"

"我说你这孩子,别相亲相亲的挂嘴上,老气横秋的,就一起吃个饭,认识认识。"老妈毫不犹豫一巴掌盖到夜然的头顶上,顺带附送了一个华丽的白眼,"女孩子要含蓄,含蓄,懂不懂?"

夜然忙不迭点了点头,"好好好,我含蓄,我不乱说话了。"

夜然跟着老妈的步子,一进王叔叔家,就看到一个面容清秀的男子跟老爸、王叔叔相谈甚欢。

老妈拉着夜然走过去,笑嘻嘻地说:"我女儿夜然。"

"夜然,我来介绍下,这是我侄子桑梓,在人民医院做心外科手术医生。"

那男子忙起身,对夜然腼腆地笑了笑,自我介绍:"夜然,你好,我叫桑梓。"

"你好。"夜然伸手跟桑梓握了下。

"伯母，你坐。"桑梓礼貌地起身，让位。

"没事，没事，你们坐着，我去厨房帮下王婶。"老妈眉开眼笑地挥手拒绝，说是要去厨房帮忙，身子却定在那里没动。

"在电视上看到过你。"

夜然对桑梓挤了个笑，桑梓也回了个微笑，接着气氛就陷入了诡异的安静。

"你们年轻人倒是坐一起说说话啊。"王叔叔笑嘻嘻地打破沉默。

夜然跟桑梓便被推到一个沙发上，坐着相对傻笑。

"我有点紧张。"桑梓搓了搓手，环顾了下几位重量级的观众，颇有压力地对夜然说。

"我也是。"夜然的老爸、老妈以及王叔叔都目不转睛地盯着她跟桑梓看，恨不得立马让两个人熟知对方。

"你们别紧张，就当我们不存在。"王叔叔非常幽默地来了这么一句话，引得老爸、老妈都点头共鸣，"嗯，就当我们不存在。"

夜然跟桑梓依旧四目相对，大眼瞪小眼，相看无语。

"你们会下象棋不？"

夜然跟桑梓都看着王叔叔，不约而同地点了点头，异口同声地回："会一点。"

"那你们杀一盘。"老爸一锤定音，王叔叔忙不迭抱出他那珍藏的玛瑙棋盘。

夜然跟桑梓分别对坐，摆好棋局，各方观众也都搬着椅子就位。

"你先。"桑梓跟夜然再一次默契地出声，礼让。

"你先吧，女士优先。"桑梓绅士地做了个请的手势。

"棋局上没有男女之分，我看我们还是剪刀石头布吧。"夜然笑着提议，她不占便宜，靠实力。

"剪刀石头布！"夜然微笑着执红棋子先走，桑梓示不甘弱地紧跟。

二十分钟后，王叔叔皱眉，看着夜然欲言又止，夜然一脸的淡定从容，看着桑梓似乎有些愁眉苦脸，随即选择了跟夜然对立厮杀，敌不动，我不动，敌动，将完，和局。

夜然收敛了微笑，缓缓地退了一步，桑梓同样退了一步，本来厮杀拔弩的棋局瞬间又走回了相互吃子的状态。

半个小时后，王叔叔看着桑梓把夜然的将困住，车马炮又鞭长莫及，忍不住想出声叫好的时候，只见夜然抬手将安置在一旁闲置的兵轻轻地吃上了他的将，一子只差，全盘皆输。

有些棋局，必须要置之死地而后生，就这样，夜然用自己的将分散了桑梓的火力，悄然地把兵渡了过去。

"谢谢，承让！"

"输得心服口服。"桑梓微笑。

"夜然，你棋下得真好，来来，我要跟你杀一盘。"王叔叔手痒了半天，这会也顾不得给夜然跟桑梓安排话题，就着桑梓让起的座位，一屁股坐了下去。

夜然微笑着让王叔叔先走，结果他不领情，再一次剪刀石头布后，王叔叔抓着红方棋子开始在棋局上不停地落局。

起点慢了一步，并不代表真的追不上，三步以后，夜然抓了主动权，开始不停地落子，速度快得甚至容不得别人慢半拍，不留神就会被厮杀得片甲不留。

"夜然，你下棋速度真快，好像都不用思考。"王叔叔执着棋子，冥想了半天，还是举棋不定。

"我喜欢速战速决，有时候瞻前顾后也不一定真能控制全局。想到哪步就哪步，说不定能杀个措手不及。"夜然微笑。

"我输了。"一个小时后，王叔叔愁眉苦脸地看着残局认输。

老爸跟老妈相视微笑了下，满脸的骄傲，"然然，你怎么也不让让你王叔叔。"

"棋局上无父子、师徒，不能讲交情的，我要是让了，王叔叔还不高兴呢。"夜然对王叔叔吐了吐舌头，调皮地笑笑。

"夜然说得对，好了，我们先吃饭碗吧，这棋下得都快七点半了。"王叔叔收拾棋盘，对王婶喊，"老婆子，饭好了没？"

"好了好了，就等你们下完了。"王婶端着饭碗，从厨房走出来。

桑梓见状忙上前帮忙，"婶婶，我来帮你吧。"

夜然也走过去，"阿姨，我帮你摆碗筷吧。"

王叔叔摸着下巴，对着老爸老妈挑眉笑笑，嘴巴朝着夜然跟桑梓挪了挪。

老爸老妈脸上的笑容特别灿烂，好像夜然跟桑梓就这样成了。

一顿晚饭吃下来，气氛挺开心的，就是夜然跟桑梓客气得有些过头。为了打消他们的生疏感以及给他们两个人独处的时间，晚饭后，老爸、老妈、王叔叔、王婶摆了桌子开始打麻将，把桑梓跟夜然就这样赶了出来，"你们年轻人自己去玩。"

桑梓车里反复播放着一首伤感的曲子——《发现》："发现我们的想法渐渐不同了，发现我们越来越爱争吵了，发现你的冷漠渐渐变得多了，发现你都不听我的解释了，发现你还喜欢那一种颜色，发现你还听着那首可爱的歌，发现我的脆弱渐渐变得大了，发现我终于找到寂寞了。亲爱的我们究竟怎么了，疲倦了就想放手了……"

狭小的车厢内，两个相亲男女相对无语地听着同一首伤感的情歌，气氛怎么说怎么怪异！

夜然拨弄着手指甲，无聊地都快打起了瞌睡，眼眸的余光瞥见桑梓的电话响起，他拧着眉看了两眼，接着按掉。没超过三秒，电话再一次响了起来，他这次眉头都没皱，直接掐断，那边锲而不舍地继续打着电话，连续按了五次之后，夜然这个旁观者终于忍不住出声了："不方便接听吗？

那你把我放下来吧。"

桑梓看了一眼夜然，电话再一次响起，语气透着无奈地接听，"苏琪，你到底想怎么样？"

电话那头不知道说了什么，桑梓神色未变，但是语气冷上了几分，"苏琪小姐，请你搞清楚，我们已经分手了，而且分手一年了，你要死要活跟我没关系。"

夜然事不关己地看着车窗外的霓虹，万家灯火辉煌地照亮夜色。

"是的，我现在在相亲，并且遇到了一个合适的对象，所以请你以后不要骚扰我，OK？"

一听提到自己，夜然不由得把头转过来，车内昏暗，看不清楚他的表情，但是他握着方向盘的手拽得紧紧的，好似在克制着什么。

"那你去死吧。"桑梓愤恨地说完这句话，就把手机掐断了，转脸对着夜然勉为其难地挤了一个微笑，"对不起。"

"跟你女朋友吵架了？"虽然作为桑梓的相亲对象，夜然问这话很没水平，但是八卦因子作祟，自然而然地就问出口了。

"是前女朋友。"桑梓的声音很努力地想装作风轻云淡，但是还是伪装得不好，夜然听出了颤抖。

"一个还有感情的前女朋友？"

"嗯，真是什么都瞒不过你。"桑梓自嘲地牵扯了下嘴角，露出一个苦涩的笑。

"你压根就没准备瞒我，不然也不会当着我的面接电话了。"夜然笑了笑，看着车窗外的景致，好像不在繁华的市中心了，随口就问，"咦？你准备开去哪里？"

桑梓耸了下肩膀，随意地说："我没目的在瞎开啊，这路应该是去城郊的吧。"

"不是吧？你准备带我兜风呢。"

"我已经在带你兜风了好吧。"桑梓笑着说。

"好吧,那我们继续聊你的有感情的前女友的事。"反正不用走路,在车里听着音乐聊天的感觉也不错,夜然不挑剔。

"你是个聪明的女孩,但是男人往往不喜欢太聪明的女人。"

"别的男人喜欢不喜欢我不知道,但是我肯定你是不会对我来电的。"夜然心里一点也没有失落,说得落落大方。

"你棋局上那么强势,我倒是想对你来电,但是心里有畏惧,怕被你杀得片甲不留。"桑梓如实回答。

"你不怕你前女朋友出什么事?"

"她最多也就口头说说,连个蟑螂都不敢踩的家伙。"桑梓摇着头无奈地说,"当时死活要分手的是她,等我接受了分手,死活不肯放手的也是她,闹了一年,我真的疲倦了。"

"啊?"夜然瞪大了星眸,不可思议。

"啊什么啊?"桑梓勾着嘴角,开始娓娓叙说,"她叫苏琪,我跟她是一个学校,忘记了谁先追谁,大二的时候,反正就在一起了,也有过甜蜜的生活。"

桑梓停顿了下,转脸看了一眼夜然,见她一脸认真地在倾听,微笑了下将车停到了路边,接着说:"后来大四的时候,我忙着毕业论文,她就觉得我不爱她了,不重视她了,天天跟我吵、跟我闹。我耐着性子哄她,哄不住的时候,我就沉默。因为她是那种你越哄越人来疯的人,后来我没耐性哄了,结果她倒好,大四毕业什么都没说直接去了国外。"

"啊?也是什么都没说,直接就去国外了?"夜然吃惊。

"也是?莫非,你有相似的经历?"

"嗯,不过,先让我听完你的故事。"夜然老实地点了点头,反正她跟陈铭轩的那段破事整个城市都知道了,也不在乎说给桑梓听。

"当时交完毕业论文说好一起考研,暑假就少点联系,努力复习功课,苏琪也同意,我还庆幸她终于懂事了、不任性了。两个星期后,我发现她真的没有给我打过一个电话,发过一个信息,QQ上也没有任何留言,我就开始想她了。"桑梓的思绪陷入了那段往事中，"开始我跟自己说琪琪很听话，忙考研呢，熬过暑假考上了，就把这些分开的时光都补回来。"

桑梓苦笑了下，"三个星期后，我发现我忍不住了，给她打电话，是移动秘书，关机，给她信息也不回，QQ就没上线过。"

夜然同情地看了看桑梓，找不到人的那种失落、绝望，她深刻地体会过。

"越是找不到人，我就越急，不停地打电话，不停地打电话，可是永远都是关机。后来，我发现，她竟然消失在我的QQ好友里！"桑梓说到这里，情绪明显带着激动，"我丢下一堆书奔出家门跑去她家，等了三天，结果发现她竟然不在！最后，从她小姐妹的口中得知她去国外了。"

"夜然，你知道吗？她什么都没有说，就把我给拉黑了，什么都没有说，就直接丢下我去国外了！"桑梓自嘲地笑了笑，"而我当时还莫名其妙，完全不知道是怎么回事。"

"后来呢？"有种同病相怜的味道，夜然忍不住问。

"后来很长一段时间我都不能自拔，我想不明白，为什么当初相爱的人连句再见都没有？"

"你肯定也想不通，她这样一走了之，你们算是分手还是闹脾气？"夜然补充着说，"再见的时候，到底是情侣还是朋友？"

"是啊，明明说好一起考研，结果就这样莫名其妙地走了！"桑梓苦笑着摇了摇头，"所以说啊，女人心，海底针。"

"又不是只有女人会这样，男人也会莫名其妙好不好？"夜然不服气地反驳，继续问，"那后来呢，怎么复合了？"

"连复合都被你猜到了，你聪明得让我恐怖。"桑梓说归说，但还是打开了话匣子，"这些问题想不明白就丢着不去想，后来我就专注学习，考研考上了，就一直认真念书。到研三的时候，隔壁系有个美女来追我，苏琪就在第一时间冒了出来。"

"两女夺一男，当时的戏码应该挺精彩的吧？"

"嗯，就这样，我跟苏琪复合了，结果不到一年，我们又分手了。"桑梓说到这里，带着淡淡的遗憾。

"为什么分手？"

桑梓叹息了声，"原因有很多。首先，分开三年后的我跟她都不是当初的我跟她了。其次，出了校园，很多现实问题也要面对，苏琪接受不了这些改变，就开始折腾，然后吵着闹着要分手。我每天工作那么忙，根本没有时间去哄她，我需要一个会体谅我的妻子，而不是一个天天跟我争吵的孩子，所以，我就同意了分手。可是当我真同意了，苏琪却不肯放手了，折腾得更厉害了，我现在想到她就头疼。"

"你还爱着她。"

"是啊，还爱着，可是我们走不下去了。"桑梓拧眉，一脸的倦容，"婚姻跟爱情不一样。"

"婚姻跟爱情不一样？"夜然细细地品着这八个字。

"爱情是生活的奢侈品，不是人人拥有的，尤其在这个生活本就不容易的世界，连必备品都保障不了，怎么能奢望奢侈品呢？"桑梓感慨地说。

夜然扯着嘴角温和地笑了笑。

"夜然，我发现跟你做朋友是一件很愉快的事。"桑梓终于露了一个到达眼底的笑，"接下来到我听你故事的时间了吧？"

夜然就这样把她跟陈铭轩恋爱，后来莫名其妙分手，又在相亲节目遇到的事一股脑地倒了出来，中间甚至连美阳跟米娜都不曾告诉过的神秘人物——江浩也讲了出来，说完深深地叹了口气，用桑梓的话总结性地说："爱情，真的是奢侈品，我老了，折腾不起了，没资格去拥有了。"

"夜然，你的故事比我精彩多了，我等待着你有好的结尾。"

"哎，我的结尾啊，找个踏实的男人嫁了呗。"

"不管你嫁给谁，首先要记住，不能委屈自己。其次，我的请帖不要忘记发。"

"嗯，你要记得给我包一个大大的红包哦。"

"真没有想到，我藏了这么多年的心事，会讲给一个相亲对象听，我还真的是疯了。"桑梓摇了摇头，说得有些感慨。

"我觉得也是，我那么隐私的事竟然会讲给你听，要知道，江浩的事我连好姐妹都没讲过呢。"在今晚之前，夜然从没想过，原来能跟一个相亲对象如此熟稔地叙述彼此的往事。

"如果我说我认识江浩，你会给我什么表情？"桑梓伸手点开了刚才关闭的音乐，路绮欧清甜带着伤感的声音再一次在车厢内流转。

夜然瞪大了眼睛，看着桑梓，"喂，你可别吓我呢！"

桑梓耸了耸肩，对着夜然不可置否地笑了笑，不承认也不否认，将车启动后说："时间不早了，我送你回家吧。"

"桑梓，你真的认识江浩？"夜然伸手，拽着桑梓的手。

桑梓无奈地转过脸，"夜然，我在开车，你这样的动作太危险了。"

"我不管，你告诉我你是在开玩笑的，不然小心我拉着你一起撞车。"夜然想到桑梓认识江浩，而她却把那么多江浩的事跟他说了，简直就想挖个地洞钻进去。

"你怎么跟个小孩子一样？"桑梓拧眉，把夜然当作苏琪二号了，"好好好，我跟你说实话，我真的认识江浩，不过，不知道是不是你认识的那位，毕竟同名同姓的人多得去了，江浩又不是什么特别的专利名。"

"你认识的江浩跟我说的江浩有什么共同点？"

"听你说的脾气、个性、好像都挺吻合的，要不你拿张江浩的照片给我辨认下是不是同一个人？"桑梓转脸，悄然地扫了一眼夜然，见她情绪恢复淡定，不似刚才那么抓狂，淡淡地补充着，"你不是要随便找个踏实的男人嫁了嘛，这么激动干吗？"

夜然白了一眼桑梓，"我不管你真认识还是假认识，你应该不是八卦的人哦，我信你。"

"拍我马屁没用，不接受。"

"手机给我。"夜然伸手接过桑梓的手机，打了一连串QQ号码，按了个拨号键，"这是我QQ,你一会就加我,发个你认识的江浩照片给我。"夜然把手机第一时间朝着桑梓递了过去，"苏琪来电……"

"苏琪，你到底想怎么样？"

"我马上就到。"电话那头不知道说了什么，桑梓的脸色瞬间变得苍白，挂了电话对着夜然歉意地说，"对不起，我现在有点事，不能送你回去了。"

"嗯，没事，我这边下车就行。"夜然忙拉开车门跳下车，对着桑梓挥了挥手，桑梓的车疾驰而去。

夜然拢了拢手臂，今天穿了卫衣出来，没带外套，初秋的夜晚还是带着凉意。举目四周看了看才发现，她跟桑梓漫无目的地开车游晃过来，说在城郊的路上，到底在哪里也不知道。看着空旷的大路上孤零零的路灯牌直竖着，好半天也没见有辆的士开过，甚至连私家车都极少看见。

夜然纵使大胆，但在这样一个不熟悉的环境里，心跳还是骤然加快，带着不知名的恐惧沿着大路慢慢地开始奔跑，直到气喘吁吁跑不动了，还是没发现有什么标志性的东西，一条空旷的看不见尽头的马路。

"喂，你好，我想招出租车……嗯，我的位置，我也不清楚……好吧，谢谢。"连招租车的电话都爱莫能助地挂了夜然电话。

轰隆！一声闷雷响过天边，夜然心里发凉，不是吧，这雷雨天不要说下就下啊！这路上连个遮雨的地都没有。

不过，老天爷就是喜欢捉弄人，越是祈祷越不实现，越是害怕什么，越是来得快，没一会，豆大的雨点便开始稀里哗啦地落下，打在柔嫩的脸颊上，生疼生疼的。夜然将卫衣的帽子盖住头顶，拿着包包挡在头顶，却发现根本就不顶用，一会浑身湿漉漉的，跟个落汤鸡一样。秋风加在雨里吹打在身上，冷得有些刺骨，球鞋灌满了雨水湿漉漉的，又沉又重，脚尖完全泡在了注水的球鞋里,步行的速度慢了下来,两腿犹如灌铅似的越拖越重,直到力气耗尽,却依旧在那条荒无人烟的大路上。

夜然就这样颓然地蹲坐在雨里,喘着粗气,手指着天,怒骂:"丫的,老天爷,你玩我是不是?有种打雷劈死我。"

哗,一道闪亮的雷电劈在夜然不远处的路灯上,夜然惊得半晌不敢合嘴,最后乖乖地从雨水里爬起来继续独行。好吧,骂老天爷是不道德的行为,好吧,放在心里诅咒就行了。

一辆白色宝马迎面驶来,夜然揉了揉被雨水浸泡模糊的双眼,熟悉的车牌,隔着车窗还有那张熟悉的俊脸,她的鼻子酸酸的,突然很想哭。

"快点上车。"江浩摇下车窗,拉开车门。

夜然只是犹豫了一秒,接着跨进了车里,拉上了车门。

江浩递过一条毛巾,将空调的温度开到最大,没有说话,专注开车。

夜然浑身胡乱地擦了擦,然后慢慢地擦拭头发,从间隙中悄然地打量着江浩,他俊逸的侧脸因为专注而显得没什么表情,一身黑色的衣衫给人有点沉闷的感觉。

"你怎么会来这里?"夜然说完差点懊恼地咬了自己的舌头。

"正好路过。"江浩的嗓音有些沙哑。

"这么偏僻的地方会正好路过?你骗鬼。"夜然心里开始坚信桑梓跟江浩真的是认识的朋友。

"那你想听什么?"江浩转过脸眸光灼灼地看着夜然。桑梓给他打电话的时候,江浩还不信,但是不信归不信,他还是朝着城郊开车寻了过来,没想到桑梓的相亲对象真的是夜然。

江浩想到夜然宁愿跟陌生人相亲,也不愿意静心听他的解释,心头就一阵伤感,他的过去注定横在那里,阻挠着跟夜然的进一步交往,那么就这样轻轻地放手吧,只要她过得好,一切都不重要。

昏暗的车厢内,就着昏黄的路灯,江浩的神情有些阴暗,那一双晦涩难懂的眼睛深沉如海。夜然跟江浩对视了许久,终于心虚地移开视线,

"江浩,我现在什么都不想听。"

江浩张了张嘴,最终什么都没说,深沉地叹息了声。

夜然不知道她该开口跟江浩说什么,只能咬着唇将头转向窗外,看着雨不停地击打在车窗上,发出滴答的声音。

车厢内便陷入了沉默的静谧,唯有彼此的呼吸声暧昧流转在心头,挥洒不去。

没一会,疾驰的车便开上了夜然所熟悉的马路,繁华的夜景在疾驰而过的车窗上留下一幕一幕的掠影,夜然心头却越来越沉重,透不过气,脑袋开始昏沉。

"到了。"江浩踩下刹车,轻轻地说。

夜然抬头看着他,拉开车门,百感交集地说了句:"江浩,谢谢你。"

"那我先走了。"江浩等不及夜然摇手,已经快一步将车启动,接着便快速地驶离夜然的视线。多一分钟的相处时间,他就没办法风轻云淡,他是那样地想她,疯狂地想她。

夜然站在那里,抱着手臂有点瑟瑟发抖,心底涌现出一股无法言语的失落,被手机铃声惊醒才恍然。她浑身湿漉漉地在雨中又发呆了许久,心里暗骂自己,夜然啊夜然,你到底怎么回事?江浩什么都没说,不是挺合你心意的嘛?他一旦说了些什么,你又要纠结着寝食难安了,真是闲得慌,瞎折腾。

手机铃声再次响起,夜然看着来电显示是美阳,走进楼道,按下接听键,"喂。"

"然然,晚上相得怎么样?"

"嗯,还好。"

"比起王城呢?哪个感觉更好一点?"美阳问得急切。

夜然按着电梯,然后漫不经心地回着:"没什么特别感觉,都差不多。"她的心已经遗失在一个男人身上,再看别的男人,都看不出激情了。

"都差不多？那你准备挑哪个拍案呢？"

"顺其自然吧，阳阳，我现在有点累，回头再说。"夜然跨进电梯，把电话给掐断了，没想到头一阵眩晕，一个踉跄差点摔地上去，好不容易扶着站稳了，才发现身上带着一股滚烫，糟糕，有发烧的症状了。

回到家，夜然直奔卫生间，将湿漉漉的衣服都换掉，放了满满一盆的热水开始昏昏沉沉地泡澡，脑袋重得都提不起来，几次都乏力得差点倒在浴缸里，狼狈了几次，好不容易才爬出浴缸，免去了洗澡淹死的窘境，却仿佛用尽了全身的力气，依靠着浴缸边沿缓缓地倒了下去。喘息了好一会，才找回一点力气，挣扎着爬向了床上，冷得瑟瑟发抖，盖着被子好一会才有一点热度。接着，那热度犹如被加热过一样，开始滚烫沸腾。

夜然头脑发胀，四肢乏力，连睁眼的力气都没，迷迷糊糊地闭着眼昏睡，她心里清楚，被初秋这样的大雨一淋，又在雨中待了那么久，吹着暖空调，不发烧才怪呢。她想起来找点感冒发烧药吃，可是浑身没有一点力气，只能先睡会，等体力恢复一些再吃点药。

迷迷糊糊地烧着，睡到半夜，夜然被腹中一股尖锐的绞痛给痛醒，想爬起来却丝毫没力气，阵痛一阵比一阵强烈，夜然面色苍白，豆大的汗珠不停地落下，咬牙抓了几次，才在床柜抓到手机，也来不及看是谁，快捷键拨了出去，电话接通，夜然用仅有的力气说了句："我好难过，快死了……"接着，电话都来不及挂，直接昏了过去。

夜然脑袋清醒的瞬间，鼻尖便被刺激的消毒水味侵入，睁开眼，入眼的便是四周一片雪白，白白的墙，白白的天花板，白白的被子以及空白的脑袋，看了看手上还挂着点滴，夜然的心慢慢地平静了下来，仔细回想昨晚的情况，她发烧了，后来还肚子疼了，接着给谁打电话了？

夜然的脑袋陷在白色柔软的枕头里，始终想不出来她到底给谁打电话了？谁把她送来医院了？

"然然，你醒了？"米娜推开门，欣喜地说。

"嗯……"看到米娜，夜然心里有些说不清楚的感觉。

"你昨天吓死我了。"

夜然勾着嘴角，她快捷键里，就那么几个人，米娜，美阳，江浩，爸妈……现在答案就是米娜，"娜娜，谢谢你。"

"哎呀，你跟我客气什么？对了，你怎么发高烧还带急性肠胃炎发作啊？"

"最近可能累到了，体质不太好。"夜然轻声回。

"等会美阳来了，我就走了，今天公司事情很多。"米娜抬眼看了看真空袋里的点滴，似乎还有大半，"这水挂着有点疼，你的手麻不麻？"

夜然摇了摇头，心中满满的感动，"还好。"

"然然，你没事吧？"美阳推门进来的时候，后面跟了一个高大的身影，捧着一大束康乃馨。

"你们来了，那我先走了，再见。"米娜对夜然挥了挥手便走了。

"夜然，你不介意我把王城带来吧？"美阳拉了把椅子，一屁股坐了下去。

夜然的脸色依旧带着病态的苍白，摇了摇头，对着王城歉意地说："谢谢你来看我，真不好意思。"

"夜然，你要好好休养，等你身体好了，我带你健身，把你的身体养得棒棒的，远离医院，远离生病。"王城的花不知道该放在哪里，就捧在手里，憨厚地笑说。

"好啊。"夜然笑着点头，等以后知道她要被运动狂人当作特警部队魔鬼式训练的话，打死她也不会说好这个字。

没一会，老爹、老妈也来了，夜然只能朝美阳打眼色，让她把王城给带走，不然她这病弱的身子可经不起三堂会审。"阳阳，我爸妈来了，你们有事就先走吧。"

美阳心领神会，一把拖着王城，笑眯眯地对老爸、老妈说："叔叔、阿姨，我们先走了。"

老妈盯着王城的背影看了半天，"然然，这美阳的老公好像没这么高吧？这人谁啊？"

夜然额头三道黑线，老妈这语气明显就怀疑美阳一枝红杏在出墙，这事可不能让美阳背黑锅，所以夜然挺身而出，"他是我昨天相亲的对象，叫王城！"

"你昨天昏了一天，还相亲对象？撒谎也不打打草稿。"老妈看到夜然苍白的脸色，眼圈就不由自主地泛红，嘴里却是没好气地说。

"什么？我昏迷了一天？今天是周二了？"夜然拍了下额头，天！请假没请，无故消失一天，该怎么跟老总说？月底要忙的事可多了，这样无故失踪，解释不好，就丢饭碗了。

感情已经不顺了，再来个失业的话，夜然还要不要活了？

"你不知道？"老妈惊问。

"我以为我就睡了一个晚上。"

"你以为你就睡了一个晚上？差点小命都没了，你知不知道？"老妈愤慨地一巴掌就朝夜然的脑袋劈来。

夜然虚弱无力装可怜，"妈，我是病人唉！你也好意思下手！"

老妈把手缩回去，帮着夜然掖了掖被子，又气又心疼地说："你说你，都这么大的人了，还照顾不好自己，又没对象，还是搬回家来住吧。"

"不要，"夜然忙拒绝，"妈，我都一个人在外面住了这么多年，再搬回家住，别说我不习惯，你们也不习惯啊。"

"那个真是你相亲对象？"老妈的记忆力一向好，即使提前进入更年期，也没衰退迹象。

"嗯，叫王城，是个健身教练。"

"小伙子长得挺老实的，你刚怎么不说？等人走了才说，你什么意思啊你？"老妈噼里啪啦地开始翻旧账。

"我说妈，您老别忘记，前天晚上，你们还给我介绍桑梓呢，这会就目标转移了？你们也忒没原则性了吧？"

"别跟我提那个桑梓，真是个不靠谱的人，下那么大的雨，怎么能把你丢在太湖路呢？"老妈愤愤不平地说，"那条路在郊区，又偏又远，也没个人影，要出事了谁负责？"

"啊？妈，这你都知道？"夜然傻眼，老妈该不是在她身上装了什么卫星定位器吧。

"是他自己说的，不好意思把你丢太湖路，害你淋雨发烧。"

"叔叔、阿姨，你们好。"老妈的话刚说完，桑梓一身白马褂推门进来，歉意地朝夜然看了看。

老妈转过身子，哼了哼，老爸倒是拍了拍桑梓的肩，"下次一起喝茶。"

"夜然，你该量体温了。"桑梓递过体温表。

夜然接过，笑着打趣："这个好像是护士做的吧。"不过，还是老老实实地含在了嘴里，她可不拿自己的身体折腾。

"为了表示我的歉意，客串下是必需的。"桑梓笑着说，等了一会，对着夜然点点头，"可以了。"接过体温计，平视着看了两眼，"烧退了，你是想住在医院还是回家？"

"这有选择？"

"本来是会让你住院的，可是像你这样的情况，开几天水，挂完回家休息也是没问题。"桑梓含蓄地给夜然开着后门，"要知道，有个医生朋友，这点事还是帮得上忙的。"

"那我回家休息吧，别忘记给我开病假条。"

"那我帮你去办下出院手续。"桑梓丝毫不介意老妈的黑脸，笑着打了声招呼，就出去了。

办完出院手续，从桑梓嘴里知道是江浩把她送去医院的，夜然的心就再也无法平静了，疯狂地被思念跟感动占据了整个心扉，真恨不得立马奔到他的面前，狠狠地抱着他。可是，在父母的陪同下回家，夜然还是强装淡定。

一进家门,夜然打开电脑给老总发了封邮件,把情况解释了下,还附带着打上了病假申请,接着心里忐忑地等待老总的回复。在等待的空当,她把之前公司的人事档案、报表整理了,交代了下助理、秘书分别能负责哪块,给老总邮过去,免得她不在部门乱了分寸。

老妈端了碗鸡汤进来,看着夜然端坐在电脑前,心疼地说:"你都病成这样了,还对着电脑,怎么让我放心吗?"

"妈,我没那么娇弱。"夜然拖着长长的尾音撒娇,抬手看了看已经自动关机的手机,忙插到电脑上充电,边冲边给助理打电话,将大大小小的事吩咐了一遍。

没一会,老总发来回复,让她好好休息,病假申请批准了。夜然这才松了口气,还好老总通情达理,要是给她来句无故旷工,以后都不用来上班,夜然那就得抱着被子哭了。人家辞职、失业还有老公、男朋友愿意养,万一夜然失业了,除了爸妈,谁管她呀?可是,这么大的人,还要靠爸妈养,就是夜然最鄙视的啃老族。这一刻,夜然的心里特别渴望结婚,渴望有个自己的家,渴望停止这样孤独的生活。夜然恢复冷静的瞬间,也收回了冲动。

江浩真的很好,但是再好也要舍弃,因为他不属于自己。

晚上吃了药,夜然很早就睡了,这一觉睡得特别香,难得连个梦都没做,直到早上,被一阵砰砰砰的敲门声惊醒,谁家的敲门声那么吵?睁开眼睛,愣了几秒,好像是她家的。

敲门声没有停止,手机铃声响了起来,夜然看着屏幕上的李铭轩,犹豫了一会才接听,不过她还没说话,电话那边已经先出声了,"夜然,快点开门。"

夜然穿上拖鞋蹬蹬地跑去开门,李铭轩身穿米白色的休闲衬衫,下面一条水洗的牛仔裤,同色休闲鞋,五官俊逸,眼神清澈、深邃,跟校园内那个青涩的男生重叠了起来,恍如那七年的岁月不曾流逝过一样。

"夜然，你总是让我感到惊喜。"李铭轩目瞪口呆地看了夜然半响，总结性地说。

"啊！"夜然失声尖叫，然后奔回房间里，嘭地甩上门，看着镜子里的自己，恨不得挖个地洞钻进去，一头凌乱得跟鸟窝媲美的乱发，一团一团纠结在一起，身上穿了一件外贸纯棉的男士T恤，宽大得能塞两个夜然不止，长度又短得刚好遮住屁股，两条白花花的大腿晃荡着，夜然心里都想哭了，这么惨不忍睹的一面竟然被李铭轩看到了！天，失败，实在是太失败了！

夜然快速地换好衣服，梳理了下乱发，才咬着牙拉开卧室的门，看到李铭轩堂而皇之地坐在沙发上，心里不由气恼了起来，"李先生，我并没有邀请你进门。"

"夜然，我们有必要这么生疏吗？"

"有必要，有必要。"夜然点了点头，心里不断催眠自己，我跟你不熟，我跟你不熟。

李铭轩无奈地摇了摇头，苦笑了下，意味深长地说："你啊，真的是一点都没变。"

夜然咬着唇不说话，她刚才的行为似乎是有点幼稚，对待一个路人甲也不能这样没礼貌，好吧，淡定。

"屋子收拾得很干净很温馨。"李铭轩看着夜然，潜台词，屋子能收拾得这么干净，怎么那么大的姑娘家，那么狼狈地见客了。

夜然环顾了下屋子，嗯，是很干净，很温馨，每次老妈来后，家里总是会被收拾得一尘不染，等老妈走后，夜然再扔得乱七八糟，这是毫无悬念的循环定理。

"听说你病了，我来看看你。"李铭轩关切地看着夜然，"有没有好点了？"

"嗯，好点了。"夜然不敢直视李铭轩的俊脸，那带着灼灼视线的黑眸，看得她心有点慌乱。

"你还欠我一顿晚饭,不知道今天有没有空的档期,跟我一起吃个饭?"

夜然知道拒绝不掉,也不扭捏,点了点头,"我去刷个牙,洗个脸,你等会。"

第14章 初恋情人

"夜然,这是你喜欢吃的。"李铭轩自然地帮夜然剥了虾,夹到她碗里。

夜然用筷子把虾肉剥开,重新扔回李铭轩的碟子里,微笑着说:"谢谢你,不过我习惯自己剥。"

李铭轩的脸色不自在地变了变,随即微笑着遮掩了过去,慢条斯理地夹起退回来的虾肉,放在嘴里嚼了下,"也是,自己剥吃起来有味道。"

夜然没有说话,直视专注地挑着眼前的菜吃,不停不停地吃,因为除了吃,她实在不知道该跟李铭轩聊什么话题。

叙旧?那么悲痛的往事,说一次,夜然的心就抽悸着疼一次,不甘心、懊悔,恨不得用巴掌把李铭轩拍死。

谈现在?连旧情都说不上,现在就更没什么好说的。李铭轩对夜然来说,不过是相亲节目里遇到的路人甲,彼此再也没有吸引力,除了尴尬,还是尴尬。

谈未来?算了吧,连现在吃饭的分分秒秒,夜然都觉得坐如针毡,恨不得时间走得快一点,再快一点。

"夜然,难道你就真的一点机会也不愿意给我了吗?"

夜然自嘲地笑,"你觉得我们还可能吗?"

"怎么没可能?你未嫁,我未娶,我们彼此单身。"

夜然深深地吸了一口气,"在没有遇见你的时候,我想过我们会有可能,但是真正遇到你了,我发现我们真的没可能了。"

"为什么?"

"没有什么东西是永远的,包括爱情,失去了就永远地失去了,再也找不回当初的那种心动。"夜然若无其事地说。

"撇开爱情,我们这么多年的感情不假,如果你真的放开,就不会这么针对我了。"

夜然搁下筷子,笑了,"我没有针对你,只是把你当成普通相亲对象而已。"

"既然是普通相亲对象,何必一副拒人千里之外的姿态呢?我不信你对别的相亲对象也是如此。"

"如果拒你千里之外的话,我就不会带病跟你一起吃饭了。"夜然淡淡地说。

"既然不是,为什么拒绝得那么干脆?当我是普通的相亲对象,普通地吃饭,进行约会,顺着感觉走,不是很好吗?"李铭轩带着一贯的霸道,咄咄逼人。

"对不起,我有点不舒服,先回去了。"夜然打了声招呼,抓着包包离开了餐厅,她实在没有办法跟李铭轩心平气和地吃完这顿饭。

李铭轩付完账追出来的时候,夜然已经快一步地钻进出租车,消失在他的视线里。

刚进家门没一会,夜然的肚子就开始绞痛,好像肠子全部打结纠缠到了一起,有过昏迷的经历后,夜然也不敢拖,忙捂着疼痛难忍的肚子,准备去医院。

刚开门,李铭轩的俊脸便凑了过来,一把扶住站立不稳的夜然,关切地问:"夜然,怎么了?"

夜然抬头看着他,已经没有力气去生气,整个肚子疼得没办法思考,呻吟着说:"我……我肚子好痛。"

"走,我送你去医院。"李铭轩半拖半抱着夜然进了电梯。

楼层下去的瞬间，夜然感觉头昏眼花，无力地跌进李铭轩的怀里，他身上散发出来的古龙水味有点陌生，但是也不是那么难闻，或许夜然可以心平气和地考虑下他。

李铭轩搂抱着夜然，将她塞进了车里，转身进驾驶位，调转车头的时候，夜然眼角的余光似乎看到一辆白色宝马交错而过……看来，生病生得眼睛都花了，夜然自嘲。

后来到了医院，急症，抽血，验尿，一连串检查后，夜然再一次打着点滴回到昨天躺的病床上。桑梓一脸无奈地说："我说大小姐，你急性肠胃炎，开的药水还没挂完呢，吃那么多乱七八糟的东西，真是勇气可嘉。"

李铭轩的脸上挂满了愧疚，"夜然，对不起，我以为你只是发烧，不知道你肠胃炎，不然肯定不带你去吃川菜了。"

"还吃川菜？"桑梓拔高了音量，看着夜然，"你想死，就先立好遗嘱吧。"

"喂，喂，有你这样的医生吗？对病人大呼小叫的，我要投诉。"夜然怒瞪桑梓，"对了，你还是心外科的医生，你看我肠道科来干吗？"

桑梓被夜然顶得无话可说，撇了撇嘴，"真是好心没好报，好吧，我不管你了，把肠道科医生的话复述给你：这个星期，不能吃饭，不能喝水，只能吃药跟喝生理盐水。"

"不是吧？桑梓，你别走啊，我知道错了。"夜然大呼，桑梓头也不回地走了出去。

李铭轩嘴角含笑，看着夜然丰富的表情，原来她还是跟以前一样，小迷糊，淘气，可爱，只不过对他戴上了优雅、冷漠的面具。

"李铭轩，谢谢你。"

"你身体不好，怎么不跟我说呢？"李铭轩微微拧眉，帮着夜然掖了掖被子。

"我又没有急性肠胃炎发作的经历，我哪知道不能乱吃东西啊，桑梓也没跟我说。"夜然心里暗骂了一句,庸医。

"你总是这样,不当回事。"李铭轩叹息着说。

夜然不自在地转过脸,轻声说:"我会把自己照顾好的,你走吧。"

李铭轩笑得有些苦涩,看了一眼夜然,"那你好好照顾自己,晚上没人陪的话打我电话。"

夜然敷衍地点了点头,她等会要缠着桑梓,让他再开个后门回家养病,她才不要一个人在这医院孤零零地过夜呢。

"夜然,对于过去,我很抱歉,请原谅我,给我一个将功赎罪的机会,即使你当我是普通的相亲对象。"

看着李铭轩的信息,夜然的眼角就这样湿润了。有些伤痕划在手上愈合后就成了往事。有些伤痕划在心上,哪怕划得很轻也会留驻于心,陈铭轩,过去的你是我心里一根无法拔除的刺,按下去带着酸酸的疼痛,拔出来鲜血淋漓。

在家喝了五天的稀饭、生理盐水、药汁,对夜然这种肉食动物来说,已经到了抓狂的边沿,打电话给桑梓诉苦:"帅哥,我什么时候能开点荤啊?再不吃,我就要死了。"

"你就这点出息?"

"是啊,是啊,我就这点出息了。帅哥,白衣天使,我快要饿死了啊……"夜然不顾桑梓的嘲讽,可怜兮兮地说。

"看你叫得那么诚意的分上,我悄悄地告诉你,其实你可以稍微吃点肉丝面什么的粗粮。"

夜然听桑梓说完,丢了句再见,掐断电话,风风火火地朝小区门口的黄天源奔去,肉丝面啊,好歹也有肉啊!

意犹未尽地将面汤喝了个干干净净,夜然发现,原来一向不喜欢的面,竟然也有如此可爱的时候,抬眼看着嘴角含笑的李铭轩,夜然瞬间又忘记该给他什么反应了。

"你以前不是不喜欢吃面的吗？"李铭轩自然地在夜然面前落座，"记得以前在学校的时候，你每次吃面都像是数面条，一根一根挑着吃。"

夜然失手将手里的碗打翻，幸好汤喝得挺干净的，"你怎么来这里了？"问完话，夜然又懊悔得想把自己的舌头咬断，李铭轩之心，路人皆知嘛！

"很久没见你，想你了。"

夜然不自在地微笑了下，"嗯，如果只是为了说这句话的话，目的达到了，我先回去了。"

"夜然，陪我走走好吗？"李铭轩双眼布满了恳切。

夜然的身子停顿了下，随后转过脸，微笑着拒绝："对不起，我现在是病人，没力气陪你走走。"

"从你刚才吃面的状态，我并不觉得你虚弱到连走走都不行的地步。"

夜然看着李铭轩，半晌之后，放弃了挣扎，点了点头，"好吧，我就勉为其难地陪你走走。"

"算了，我照顾你病人，还是开车吧。"

就这样夜然再一次被李铭轩骗上了车，看着李铭轩开上高架，并且朝着远离市区的地方行驶，夜然忍不住问了："你准备开车去哪里？"

"石楼。"李铭轩笑了笑。

"我是个病人，爬不动山。"夜然心里一颤，石楼，她跟李铭轩曾经一起去求过签，还在那棵千年情人树下刻下了一生一世不离不弃的誓言，而今两个人再去，不免有些嘲讽。

他们之间算什么？过去式的情侣，现在式的相亲男女，未来式或许就是曾熟悉的陌生人。

"你爬不动，我背你。"一模一样的台词，从李铭轩嘴里说出来，只是相隔了七八年。

"我现在的体重不是你所承受得起的。"夜然看着窗外，淡淡地说。

"无论你变得有多重，我都背得起你。"李铭轩深情款款地看着夜然说。

"请你专心开车。"

李铭轩便不再说话，专心致志地开车，没一会，车便下了高架，沿着柏油马路行驶了一段距离，在右转进入小巷口后，停了下来，"到了。"

夜然下车，深呼吸了一口乡村空气，带着雨后的泥土清新味，放眼望去，石楼还是原来的石楼，耸立在浓郁的竹林间，散发着它特有的魅力，即使过去了这么多年，看着似乎一点都没改变。石楼并不是指一座楼，而是一座小山，说山似乎有点不贴切，也就是个大点的土丘，由一棵千年情人古树跟寺庙而发展的旅游景点。曾经有个解签的老者特别灵验，所以慕名而来的香客特别多。夜然跟李铭轩不是香客，但是听闻情人树的传言，也来过这里好几次。

这山丘一点也不高，大概十来分钟就能爬到顶，而且在几年前粗糙的鹅卵石铺成的道路边上建了新的台阶，干净、整洁，爬起来也降低了难度，不过对夜然这种大病初愈的人来说，还是爬得有点气喘吁吁。在半山腰的时候，她仰望着一排一排粗壮的竹子，脑海里不知不觉地想起当年：她跟陈铭轩每一次来石楼，都会在竹林间留下很多的痕迹，相互打闹，相互躲藏，相互将彼此的名字刻在树枝上……那时候的爱情多么简单，那时候的想法多么天真，以为在树上刻下了彼此的名字，刻下了要爱到永久的誓言，就能够真的一辈子不分开了……结果，这些树越长越粗壮，那些刻上的名字依然清晰、深刻，而爱过的人却散了，原来的爱情也在岁月的吹袭中腐朽了。

李铭轩似乎也想起了什么，从台阶上跳了下去，开始在一棵一棵粗壮的竹子上寻找曾经留下的痕迹，终于他的神色不可抑制地激动了起来，"夜然，你还记得这棵树吗？"

夜然有些茫然地走过去，看着跟旁边并无两异的竹身，摇了摇头。

"陈铭轩是猪，看到没？"李铭轩指着竹节处的一行小小的字迹。

夜然这才附过身子，伸过头仔细地看了两眼那歪歪扭扭的字，脑海里也浮现出当时刻下这话的原因。大概也是这个时候,她跟陈铭轩来石楼玩,雨后的鹅卵石有点打滑,夜然只顾着跟他玩闹没注意脚下,就这样从山上摔滚了下来,陈铭轩当时想都没想直接朝夜然扑了过来,抱着她一起滚了一段路,浑身都擦伤了。

"让我们再滚一次吧。"李铭轩说完一把拽着没防备的夜然,护着她朝竹林间滚了下去,还好雨后的泥土在竹林间有着松软的感觉,不然这么一滚,夜然铁定又得回医院报到了。

狼狈不已地爬起来,夜然又气又急,"李铭轩,你想死,也别拉我做垫背嘛。"

李铭轩挨了骂,却满脸笑容,"夜然,我觉得你这样比较可爱。"

"可爱个鬼,跟个泥猴子似的。"夜然没好气地白了一眼李铭轩,撑起身子拍着身上的泥土,湿湿的,根本就拍不掉,"李铭轩,你把我衣服弄脏了,给我洗。"

"好,没问题。"李铭轩笑得特别贼。

夜然岔开话题,"你说这庙里还有解签的人吗?"

"走,看看去。"陈铭轩堆着笑意,朝夜然伸手。

夜然看了一眼,没有说什么,把手递给他,由他牵着,就像当年那样一步一步沿着道路朝山顶走去,那里古老的寺庙,杏黄色的院墙,青灰色的殿脊,似乎真的一点也没改变。

一走进寺庙,那股香火味便朝着鼻尖扑来,并不宽大的寺院内,那株挂满红绳的情人树醒目地印入眼帘,几千年了,它还是那么挺拔苍翠。

"你以前在这里也扔过红绳,不知道还能不能找到?"李铭轩抬眼看着那密密麻麻飘动的红绳。

夜然皱眉,"都那么多年了,肯定找不到了。"

李明勋走到树底下卖红绳的婆婆那买了两根绳子,兴高采烈招呼夜然,"来,把心愿许上,我们再扔一次。"

夜然走过去,微笑着拒绝了从他手里递来的红绳,对老婆婆甜甜地笑笑,"婆婆,我也要买一根红绳。"

写心愿的时候,夜然犹豫了下,脑海中江浩的身影一闪而逝,最后用粗壮的水笔龙飞凤舞地写了四个字:心想事成。

"姑娘,来情人树下,许愿的基本上都是白头偕老,相爱一辈子,就你最特别。"婆婆收回水笔,笑呵呵地说。

看着夜然将红绳扔了上去,李铭轩随后想将红绳扔在夜然旁边,无奈天不遂人愿,飘在了上面的树枝上,轻声地念:"心想事成?"

夜然笑而不语,看着情人树感慨万千,当年在这里许下要跟他白首的誓言,而今心里却想着跟另外一个人能共度今生,说不清楚是世事难料,还是造化弄人。

进了大殿,正殿佛像威严地端坐在中央,靠殿门右手边有张破损的桌子,那位穿着道袍的白须老人却如七八年前一样稳如雕像地坐着,戴着老花眼镜,不时地翻阅着泛黄的老皇历,偶尔摸着胡须若有所思。

夜然朝着佛像拜了拜,伸手从案几上抓下签筒,闭着眼睛开始甩签,唰啦啦,唰啦啦,摇了好几下后,终于有只签啪的一声落到了地上。

李铭轩快一步地从地上抓着那签,扫了一眼,递给夜然,朝着那白须老者看过去。

签文注:上吉。

内容:王孝先为民祈祷,旱时田里皆枯槁,久旱俄然三日霖,花果草木皆润泽,始知一雨值千金。

夜然看完签,从口袋里掏了一些钱扔进功德箱,然后又把签塞了回去,拍了拍身上的灰尘,走出了大殿。

"怎么不去解?"李铭轩茫然地问。

"解它做什么?我只是重复下当年做过的傻事而已。"夜然勾着嘴角微笑,"我现在不信签、不信卦,我就信我自己。"

下山的时候,李铭轩紧跟在夜然身后,却始终没有等到夜然向他伸出的求助之手,静静地看着她倔强的背影,心里泛起了酸涩。

夜然拒绝了跟李铭轩共进晚餐的邀约，让他把自己送回家休息。李铭轩看着夜然略带着疲惫的神色，也不再勉强。

一路上，两个人都沉默不语，各怀心思。他安静地送到了夜然家小区口。

"夜然，下次有时间能不能再陪我去学校走走？"夜然临下车前，李铭轩终于忍不住提出下一次的邀约。虽然夜然现在在一步一步地逃离，但是他相信，只要他有心，一定能追上夜然的步子。

"看吧。"夜然没有像之前那样干脆拒绝，现在她发现原来把李铭轩当作新认识的朋友，其实也没想象中那样难。

"等等，有车。"李铭轩发现夜然手指停在门把上，神色有些晦暗不明，情急之下一把按着夜然的手，看着交错而过的车。

夜然就这样透着车窗看到江浩那白色宝马缓缓地跟李铭轩的车擦肩而过，隔着两层玻璃车窗，彼此的神色都有些模糊不清。

夜然下车，目送着她熟悉的车缓缓地驶离视线，心里有种冲动，真的想这样追过去，可是想到江浩已婚，想到那个叫润润的孩子，她的脚步犹如生了钉似的，再也没力气移动半分。

"夜然，你怎么了？"李铭轩跟着下车问。

夜然抬脸，随意地笑了笑，遮掩着说："没事，刚才肚子有点不太舒服。"

"是不是累了？要不，我扶你回去休息下？"

"不用，不用。"夜然忙摇手拒绝。

"你有没有感觉到好像有人在看着我们？"

夜然条件反射地看向江浩驶离的方向。

"不是那边，是这边。"李铭轩伸手将夜然的头掰向相反方向。

夜然看着楼道口两张灿烂的笑脸，整个脑袋轰的一声，脸色刷一下子爆红，好像做了什么亏心事被逮着一样。

"你的表情很奇怪。"李铭轩伸手，在夜然瞬间爆红的脸上摸了下，"还滚烫，滚烫的……该不是生病了吧？"

夜然一把抓开李铭轩的手,硬着头皮转过身子,堆出一个僵硬的微笑,"爸、妈,你们怎么来了?"

老爸、老妈仿佛没有看见夜然似的,四眼灼灼地盯着李铭轩看。

李铭轩也有点懵了,拉了拉夜然的衣角,悄声问:"是伯父、伯母啊?"

这一番小举动看在老爸、老妈眼里,自然又是别样理解,老妈瞬间用丈母娘看女婿的眼光打量了一圈,接着温和地问:"你是?"

李铭轩有点尴尬,但是扯出一抹笑遮掩了过去,淡定地回话:"伯母,你好,我叫李铭轩。"

"李铭轩?看着好像有点眼熟。"老妈似乎自言自语地嘀咕了句,"名字也有点耳熟。"

夜然心头一颤,忙岔开话题:"妈,你们来了怎么也不上去?"

"马上就上去了。"老妈灿烂地笑了笑,接着问,"你们刚出去吃饭了,还是玩了?"

夜然翻了翻白眼,深吸了口气拖长着尾音叫了声:"妈!"

"妈什么妈,你都多大的孩子了,就知道叫妈。"老妈瞪了一眼夜然,转过脸又笑嘻嘻地对李铭轩说,"要不我们一起上去坐坐吧。"

李铭轩抿着嘴,看着夜然,似乎也有上去坐坐的意向。

夜然一个头两个大,忙快一步地出声打断:"妈,李铭轩有事,没空上去坐坐的。"

"他都没说话,你又知道。"

"妈,你没看他是不好意思说嘛?"夜然厚着脸皮,继续扯谎。

"就稍微坐坐,喝会茶,都这时候了,也忙不到哪里去吧。"

老妈的热情好似一把火,燃烧得夜然心里那盘沙漠生疼生疼的,说:"妈,要不你们上去坐坐,我出去遛遛。"

老妈看着夜然不快的神色,讪讪地不再出声。

李铭轩识相地说:"伯母,今天我有事,下次有空再上去喝茶吧。"

"那好,下次可一定要来喝茶啊。"老妈恋恋不舍地目送李铭轩的车在夜色里绝尘而去。

"好了，人都走远了还看。"夜然一把拖着老妈，一手勾着老爸，将他们朝着电梯里拖去。

老爸沉默了半天，终于冒了一句："夜然，李铭轩不是你的相亲对象吗？"

夜然挤了一个笑，装傻，"什么相亲对象？"

"你竟然给我装傻充愣？"老妈一爪子就朝夜然的耳朵拧了过来，"我们都在电视上看到了。对，就是李铭轩，难怪我感觉那么熟。"

夜然愣了，呆呆地反问："你们不是没看到节目吗？"

"是啊，就为了你跟桑梓相亲没看到，不过今天上午重播，我跟你爸正好看到了，还帮你录了下来。"

夜然心里把电视台诅咒了一万遍，丢脸丢一次就算了，竟然还有重播。

老妈反应过来，"原来你那天要相亲是故意不让我们看电视！"

"没有没有。"夜然护着被老妈拧红的耳朵，忙撇得干干净净，"那天纯属巧合。"

老爸感慨地说："看你相亲真比电视连续剧还精彩。"

"老爸，有你这么挤兑女儿的吗？"

"夜然，我可跟你说，李铭轩这孩子看着不错。"老妈对夜然一本正经地说。

爸爸笑着点头，"我看也不错。"

"你们哪里看出他不错了？"夜然有气无力地问。

"长得不错。"

"车不错。"

夜然哭笑不得地看着老爸、老妈异口同声却完全南辕北辙的答案。

"然然，就凭他在节目里那句我爱你，说得那么深情款款，你就要好好考虑考虑了。"老妈虽然上了年纪，但是骨子里依旧期盼着浪漫。

夜然眨了眨眼看向老爸，他清了清嗓子，义正词严地说："在节目里，当着那么多人面他竟然敢亲你，这孩子有胆色，不错，我喜欢。"

"老爸，他吃你女儿豆腐，你竟然还欣赏、还喜欢，我到底是不是你亲生的？"夜然扯着嗓子不满地叫，接着转过脸再对老妈吼，"老妈，你不是一直反对我早恋吗？他是我七年前的男朋友，丢下我走了七年，这么不靠谱的人，你竟然叫我考虑？"

老妈没有回夜然的话，凑着老爸的耳朵说："看吧，恼羞成怒。"

老爸还夫唱妇随地点了点头，附和说："是啊，被说中心事。"

"老爸、老妈，你们，真是被你们气死了。"夜然又气又恼，跺了跺脚。

"然然，原来节目里你们没相成，现实里倒有一腿，要不是今天被我们撞见，你还准备藏到什么时候？"老爸质问。

"就是，你都这么大个人了，谈个男朋友有什么遮遮掩掩的？今时不同往日，老妈我又不会追究你以前偷偷摸摸早恋。"

夜然彻底被老爸、老妈打败了，从来没发现原来他们还有这么多幽默细胞。解释就等于掩饰，掩饰就等于遮盖事实，好吧，夜然不解释了。

"然然，那个李铭轩在哪里上班的？"老妈笑眯眯地问。

"电视台。"

"他父母是做什么的？"

"不清楚。"

"你们发展到什么地步了？"老妈问完，又特严肃地问，"手牵了没？抱了没？"

夜然抬眼看了看老妈，保持了沉默，再被问下去，隐私都要被挖出来了。

老妈拍了拍脑袋，"好吧，我换个问题。"

"老妈，我头疼。"夜然装出一副虚弱的样子。

老妈一巴掌就朝她脑袋盖了下来，"你是肠胃炎，肚子疼还差不多，你说你撒谎都不会，怎么谈恋爱啊？"

"老妈，我错了，但是你今天能不能放过我？我真的不舒服。"

老妈看着夜然脸上似乎真有疲倦之色，终于决定放她一马，"好了好了，今天就先说到这，你改天带李铭轩来家里喝喝茶，让我们正式见见。"

夜然敷衍着点了点头。

星期一回公司上班，顾不得同事那些好奇八卦探寻的目光，夜然一头扎进办公室处理那叠文件，临近下班的时候，夜然的眼前还都是密密麻麻的数字、文字交织着，又接到临时通知，要陪老总去S市出差几天，顶替原来采购经理去看服装订单。

等周五出差回来，大家的八卦热情也都消退了，夜然的生活似乎并没有受到多大的影响，除了多了李铭轩这么一号难缠的追求者。

"夜然，你下班了没？"李铭轩温润的声音从电话里传了过来。

"嗯，还有点文件要处理。"夜然一手抓着手机，一手握着笔，在文件上龙飞凤舞地签着名。

"下班后，我们一起吃个饭。"

"不用了，今晚我要回爸妈家吃饭。"夜然皱眉，语气淡淡的。

"你该不是想带我一起去你爸妈家吃饭吧？"李铭轩的声音戏谑地笑了起来，"我都忘了告诉你，伯父伯母贼有才的，去电视台要到了我的号码，今天还给我打电话。"

夜然停下手里的笔，一头黑线，咬牙切齿地问："你说的是真的？"确实很有老爸、老妈的风范。

"你看我像在开玩笑吗？"

"好吧，你说去哪里吃饭？"夜然投降了，这对活宝父母，就差在她身上贴上"清仓甩卖"的标签了。

"一会我来接你，你忙完给我打个电话就好。"李铭轩笑着挂断了电话。

夜然气恼地磨了磨牙，抓着笔愤恨地签了个名，因为用力过度，那纸张都被划出了好大的一道口子。

跟李铭轩吃完饭，夜然刚想礼貌地说送我回家吧，李铭轩快一步地说："今天时间还早，我们去看场电影吧。"

"最近没什么好看的电影，不想看。"夜然委婉地拒绝。

"那我们跟朋友一起唱歌，凑凑热闹吧？我不想那么早回家，太无聊。"李铭轩笑着说。

夜然刚想找理由拒绝，下一秒，手机就显示美阳来电。夜然心里窃喜，还来不及出声，那头美阳已经先发制人了，"然然，我跟你说，今天晚上八点阿里巴巴，《相亲才会赢》线下嘉宾聚会，你一定要来参加啊。"

"我不去，丢脸都丢死了。"想到在节目里那么丢脸，夜然毫不犹豫地拒绝。她才没脸再去参加任何有关相亲的见面会呢。

"你是第一期的女嘉宾，不能不去撑场子啊，就当你给我个面子，不然我老公这编导很难做啊。"美阳威逼利诱外加压人情。

"阳阳，不是我不想去，而是我现在佳人有约，你干吗不早点通知我？"夜然在《相亲才会赢》线下嘉宾会跟李铭轩之间，毫不犹豫地选择了李铭轩。

"你佳人有约？我没听错？"

夜然懒得解释，随手把手机朝似笑非笑的李铭轩手里一扔，丢了一个你看着办的眼神。

"喂，你好，我是李铭轩。"

"李铭轩？陈铭轩？"美阳的惊叫声从露音的手机里清晰地传到了夜然的耳内。

"嗯，夜然现在跟我在一起，我们一会要去看电影，所以那个《相亲才会赢》的嘉宾会就不去了，不好意思啊。"李铭轩温文尔雅地说着，嘴角始终带着浅笑。

"好吧，你把手机给夜然，我有话跟她说。"李铭轩又笑着把手机还给夜然。

"既然你跟他在一起，那你们好好玩吧，晚上KTV唱歌一定要来啊。"

美阳退而求其次地说完，又狠狠地压了一句，"姐姐我从生完孩子就没踏进过 KTV 了，你等会要是不来，我跟你绝交。"

夜然撇了撇嘴，轻声地回了句："好吧。"

夜然跟李铭轩去电影院看了一场连内容都复述不完整的高深科幻片，出了电影院就直接去了 KTV。

包厢里已经热火朝天地开闹了，众人看到推门而入的夜然跟李铭轩时，有一瞬间的惊诧，静得出奇。美阳抓着话筒，就这样走调了几个高音，回神过来，放下话筒，一把将夜然拽到身边，接着眼神暧昧地朝着李铭轩打量。

夜然浑身不自在，仿佛那灼热的眸光扫在自己身上一般，拉了拉美阳，"看什么看？"

"我看李铭轩，你急什么急？"被美阳这大嗓子一吼，本来看李铭轩的目光瞬间转移到夜然身上，好奇的、探究的、审视的……啧啧，目光还真齐全。

夜然恨不得挖个地洞钻进去，面色燥红地看着美阳，弱弱地说："姐姐，当着这么多陌生人的面，你就别挤对我了，我认生。"

"不用认生，这里的几位可都认识你的。"楼尘跳出来笑嘻嘻地说。

"是啊，是啊，我们都认识你，夜然嘛。"异口同声地说。

"好了，大家既然聚在一起，先喝一杯吧。"李铭轩已经抓着酒杯，对包厢里的人说。

"酒是必须要喝的，不过你们迟到了，得有点惩罚吧？"一个穿着深色风衣的男人抓着麦克风笑嘻嘻地提议。

"是啊，是啊，你们两个来得最晚，要罚酒。"接着便有几声兴奋的附和声。

"罚我可以，但是夜然身体不太好，不能喝酒。"李铭轩很自觉地把杯子里的酒加满，帮夜然开脱。

他不说，夜然自己会开脱，美阳也会帮忙开脱，但是偏偏就他嘴快，又给众人无限遐想的空间。

"就你一个人喝的话多没意思。"那深色风衣的男人是好事分子，提出不满。

"就是，凭什么两个人迟到了，就一个人罚酒？不行，不行。"其他的起哄声此起彼落。

"那大家想怎么样？"李铭轩拧着俊眉有些无奈。

"想听听你们的故事。"

李铭轩抬眼看了看夜然，笑着摇了摇头，"我们的故事太长，不适合在这样的环境里讲。"

"那就说说你们现在是什么关系？"

李铭轩摊了摊手，"目前尚未关系，鄙人努力追求中。"

"要不要给你制造点机会？"楼尘都忍不住跳出来打趣。

"求之不得。"李铭轩大大咧咧地接受，小心翼翼地注视着夜然是否有发怒征兆。

夜然的面色隐在灰暗的灯光下，有点朦胧不清，睁着大眼看着推门而进的人，他面容英俊，五官带着和煦的微笑，勾着嘴角，跟楼尘和其他人一一打过招呼，最后停滞在夜然的眼前，似乎用了很大的力气一般，轻声地问："最近好吗？"

夜然点了点头，眼睛有点迷糊，同样轻声回了句："我很好，你呢？"

原来，两个相爱的人分别后再聚首，总会有句必说的台词，你好吗？我很好，你呢？我也很好。而事实上，即使两个人过得一点都不好。

"江浩，你跟夜然认识？"楼尘走过来拍了拍江浩的肩膀，打招呼。

江浩点了点头，眸光盯着夜然，似乎有千言万语想说。

"你们怎么开始了，都不等我。"桑梓推开门，眼尖看到夜然，忙快步奔了来，"喂，你大病刚好就出来腐败？喝酒了没？"

夜然摇了摇头，乖乖地回答："没。"

"真乖，明天批准你可以吃肉了。"桑梓伸手亲昵地拍了拍夜然的脑袋，笑嘻嘻地说。

李铭轩的神色微微变了变，江浩眼中不悦一闪而逝，气氛似乎有些冷了下来。

"夜然，你老实交代，你跟我们节目的第二期男嘉宾有什么特殊关系？我需要爆料。"那深色风衣的男子一脸八卦。

随后又有人附和说："是啊，是啊，第一期爆了个初恋情人，精彩得跟连续剧媲美，这第二期再来点爆料。夜然，我们能给你拍个相亲专题片，哈哈。"

"第二期男嘉宾？谁啊？我不认识。"夜然无辜地反问。

那深色风衣的男人朝江浩跟桑梓一指，"喏，就是他们两位。"

夜然的心一阵窒息，眸光复杂地看向江浩，他……他竟然去参加《相亲才会赢》？他离婚了？单身了？感觉到自己的视线太过明显执着，夜然又将视线转到桑梓身上，这个之前跟苏琪纠缠不清的家伙，竟然也去参加《相亲才会赢》？

夜然觉得她的头大了，好像这两个人都变得陌生，她根本不认识一样，就好像夜然从来都不曾了解过这两个人。

桑梓大大咧咧地跳出来爆料，"我跟夜然相亲过。"这话一出，好像丢了个炸弹似的，轰的一声把四周的八卦心都炸裂了。

李铭轩微微敛起了笑意，朝着夜然走来，伸手抓着夜然的手，笑问："你怎么都没跟我说过？"

夜然想挣扎，却又觉得没必要，她跟李铭轩之间本来就说不清，道不明。她任由李铭轩抓着她的手向众人宣告所有权。江浩幽深的黑眸渐渐地暗淡了下去，伸手抓着酒杯仰头饮了一口。

"啊？你们相亲过？"美阳一把拽着桑梓，八卦地问，"什么时候的事？"

桑梓嬉皮笑脸地说："在夜然上过节目的第二天。"

"那怎么没后续？"众人七嘴八舌地问。

"有啊，现在不是跟夜然续着嘛。"桑梓笑得特别痞。

夜然感觉李铭轩捏着她的手加大了力度，有些吃疼地拧起了眉，嘤咛了声。

李铭轩回神忙松开，关切地问："夜然，你没事吧？对不起。"

夜然摇了摇头，"你去唱歌吧。"

李铭轩也不扭捏，大大咧咧地对着点唱机边的美阳说："给我来一首《菊花台》。"

随着柔和的前奏响起，李铭轩抓着话筒深情款款地望着夜然开腔……

李铭轩的嗓子本来就温润，唱起这首歌既温情又缠绵。他刚放下话筒，瞬时被掌声给掩埋，不停笑着在那说："谢谢，谢谢。"

"夜然，你也来个吧。"众人起哄。

"《类似爱情》。"夜然接过李铭轩递来的话筒，对点唱的美阳笑着报歌名。

"我站在屋顶黄昏的光影，我听见爱情光临的声音，微妙的反应忽然想起你，这默契感觉像是一个谜……"随着音乐，夜然的眼光不由自主地瞟向角落端着酒杯猛喝的江浩，"我在过马路你人在哪里，这条路希望跟你走下去，最近我和你都有一样的心情，那是一种类似爱情的东西……"夜然收回视线，专注地看着MTV，认真地唱着："我们两个人陌生又熟悉，爱似乎来得很小心翼翼。我想问问你是不是相信，爱来了这种滋味很美丽，这条路应该如何走下去？"

夜然唱完，话筒还没放下，众人强烈要求她跟李铭轩来个大合唱，于是，美阳自作主张地点了一首《今天我要嫁给你》。

夜然跟李铭轩相视地笑了笑，硬着头皮唱完，众人便拼命地鼓掌，拼命地尖叫，气氛一下到达了高潮，原来八卦永远是调动气氛的最好素材。

桑梓抢过话筒，对大家说："你们想不想听第二期男嘉宾唱歌？"

"想。"众人异口同声地回答。

夜然以为桑梓要开唱了，谁料他把手里的话筒往江浩手里一塞，笑嘻嘻地说："我学长以前可是校园的情歌王子，今天你们算是饱耳福了。"

江浩接过话筒，美阳就问："唱谁的歌？"

"阿杜！"桑梓扯着嗓子回。江浩看了一眼夜然，对美阳说："谭咏麟，《讲不出再见》。"

"是对是错也好不必说了，是怨是爱也好不需揭晓，何事更重要比两心的需要……"

江浩的声音温润中带着沧桑，句句都唱到了夜然的心坎里，曲终，大家都热烈地鼓掌，夜然也不停地拍手，直到手麻了也恍然不知。

"夜然，江浩的歌有味道吧。"桑梓挑了下眉，笑着说，"这么深情款款的歌啊，唱得我心里发酸那。哎，伤心得都讲不出再见哦……"

夜然看了看江浩，又咬着唇瞅了一眼桑梓，最终把视线放到了屏幕上，心里百感交集，面上强装着淡定。这一刻，她真切地感受着伤心到讲不出再见的悲伤。

"唱歌的喝酒，来来，喝酒。"桑梓端着酒，朝江浩举杯。

江浩也不推辞，放下话筒，朝着众人举酒杯，大家也都欢笑着举起了自己的酒杯，包厢里充满了欢乐的吵闹声。

之后，楼尘、美阳他们分别唱了几首歌，然后唱歌的唱歌，玩色子的玩色子。夜然坐在李铭轩的身边，看着他跟桑梓玩色子，而江浩跟楼尘在包厢的角落里把酒言欢。

"四个五。"

"五个六。"李铭轩淡笑地说。

桑梓眉宇间拧了下，若有所思地看了看李铭轩，有点赌气地说："我猜七个六。"

李铭轩犹豫了下，揭开盖子悄然地扫了一眼，五个六，接着合上盖子，"八个六。"

桑梓一把揭开盖子，他那里有一个六，两个一，加起来一共七个六。

李铭轩输了，把满满的一杯酒喝了下去，接着重新摇色子，开局厮杀。

夜然有点心不在焉，拉着美阳玩起了剪刀、石头、布。

"夜然，你输了也不能喝酒，就喝饮料，知道不？"桑梓越过李铭轩认真地嘱咐夜然，那关切的神情让李铭轩的脸色有些微变。

"你现在也是夜然的追求者之一？"桑梓满脸笑意地帮李铭轩的酒杯加满，随意地问。

李铭轩若有所思地看着桑梓，嘴角微微上翘，淡淡地说："很快就不是了，我会是她男朋友。"

"哦？"桑梓意味深长地看了一眼李铭轩，勾着笑说，"那可不一定，你的竞争对手可不少呢，比如还有我。"

"那就拭目以待吧。"李铭轩自信满满地跟桑梓再一次碰杯。

夜然抬眼看着李铭轩拧着眉把酒灌了下去，脸色有些变了，忙拉了拉他的衣角问："你没事吧？"

"没事，还好。"李铭轩硬撑着说。

"夜然，你太偏心了，同样是相亲对象，你就关心他，也不慰问慰问我，我也喝了不少，胃里好难过啊。"桑梓抱着肚子耍宝地说。

李铭轩喝了口夜然递过来的茶水，笑着对桑梓说："我跟你不一样，除了相亲对象这身份，我还是她的初恋。"

夜然的心一颤，无意识地扫了一眼江浩，只见他握着酒杯的手似乎没抓稳洒了出来，正手忙脚乱地在那擦，随后匆匆地奔去了洗手间。

"好吧，看在同样是相亲对象的分上，我们再来干一杯。"桑梓扯着嗓子，又笑着给李铭轩酒杯里加满了酒，似乎有心要灌倒他。

李铭轩的眉头拧了下，似乎挺为难，但随即微笑着遮掩了过去，"桑医生的酒量太好，我怕我被灌倒了。"

"男人喝酒，就是要醉了才痛快，等会醉了，大不了一起躺马路上。"

夜然看了一眼桑梓，他今天的举动所为何？江浩这样借酒装疯，她倒是还能理解，这桑梓处处咬着李铭轩劝酒，倒是让她看不明白了，莫非为了给江浩出气?

李铭轩咬牙将杯中酒干掉,脸色不但没红,反而开始泛白,而桑梓又眼明手快地给他加满。夜然终于忍不住按住酒杯,"好了,好了,又不是酒鬼,喝那么多干吗?"

桑梓似笑非笑地看着夜然,"看吧,还是疼着旧情人的。"

夜然瞪了一眼桑梓,随手将李铭轩扶起来,"我先带你去洗手间。"

桑梓挑了下眉,耸了耸肩,露了个欠扁的笑。

李铭轩果然喝了很多,对着垃圾桶一阵干呕,却没吐出什么东西来,"然然!"

夜然的心绷紧,然然,再从李铭轩的嘴里听到这两个字的时候,她竟然还是会激动。

李铭轩抬起头看着夜然,轻声地又唤了一遍:"然然。"

"好了,我听到了,你没事吧?"夜然扶着他,有点不耐烦地打断,生怕好不容易堆砌的淡定,被这样柔软的呼唤给推翻。

"有你在我身边,怎么会有事?"李铭轩抬头,眸光温情似水地看着夜然,能把她给燃烧起来。

夜然不自在地撇开眼,手里却不敢松开步伐不稳的李铭轩,生怕他摔倒在打滑的瓷砖地面上。

李铭轩伸手将夜然的脸掰了过来,不让她的眼神逃离,凝望着她说:"然然,多想回到当初,回到学校的那时候。"

夜然的脸色有些僵硬,咬着唇轻声地说:"回不到当初了,回不到过去了。"

李铭轩伸手捏着夜然的下颌,轻声地说:"那么现在呢?你为什么宁愿给别人机会,也不愿意多看我一眼?你知不知道,我心里真的很难过。"

夜然不自在地推开了李铭轩的手,垂下眼帘,"你不要这样说。"

"夜然,你心里明明还有我的,为什么要故意冷落我?"李铭轩说着就要伸手抚上夜然的面颊。

夜然脸一侧，下意识地回避了，她无法接受李铭轩对她做出如此亲密的举动。

李铭轩看了一眼落空的手，眼里闪过一丝失望，缓缓地收回手，慢慢握成拳，嘴角牵扯出一抹苦涩的笑，"你真的这么讨厌我？"

夜然也觉得她抗拒得有些明显，脸色尴尬了起来，心虚得不敢再跟李铭轩对视，"我不是讨厌你，只是不习惯。"

李铭轩的脸上瞬间挂上笑容，一把拉着夜然的手，"我会让你慢慢习惯。"

夜然习惯性地挣扎，抽了抽。

可是，李铭轩握得很紧，纠缠着她十指紧扣，神色坚定地说："然然，这一次，我绝不会再放开你，不要那么快地拒绝我好吗？"

许是李铭轩的眼神太过柔情，许是夜然已经逃累了，不想继续折腾了，她轻轻地点了点头，"我尽量试试。"

夜然就这样被李铭轩牵着手回包厢，走过转角的时候，江浩一边在通话，一边落寞地抽着烟，颓然地看了一眼十指紧扣的夜然跟李铭轩，怔怔地没有说话，缓缓地背过身子，对着电话那头说了一声："好的。"

夜然看着江浩隐没在烟圈里的落寞身影，心里一阵发酸，很想就这样甩开李铭轩的手上前拥抱住他，只是残存的理智，让她的脚步徘徊不前，任由李铭轩带她走过江浩的身边。

虽然是周末，但是临近十二点的时候，大家准备散场。走向车库的时候，美阳、楼尘嘻嘻哈哈跟李铭轩吹牛，夜然抱着手臂默不作声地跟着，偶尔会瞥一眼江浩，很快心虚地转移视线，耳朵却竖得直直的，听着跟在身后的桑梓跟他说话，"学长，你现在回去也是一个人，还不如跟我去泡美眉呢。"

"你想去哪里续摊？"

"现在才十二点，我们先去酒吧晃晃，等会再吃个消夜。"桑梓笑嘻嘻地上前勾着江浩的肩，一副哥俩好的神情。

"不问问别人？"江浩把玩着车钥匙，随口问。

"他们都成双成对，准备回家亲热去呢，就我们俩是孤家寡人，只能暂时性配对。"桑梓拍了拍江浩的肩，"但是我对男人没兴趣，所以只能另谋发展。"

夜然瞪着桑梓，真恨不得上前堵住他的嘴。

"好吧，我们去酒吧坐会。"江浩说完跟桑梓朝地下车库的右手边拐了过去，

夜然跟着李铭轩上了他的车，从车库驶出去的时候，看到右手边那辆白色的宝马驶过来，两车交会，踩下刹车，让其先行，江浩摇下车窗，对着副驾的方向轻轻地摇了摇手，也不管夜然隔着黑色的玻璃是否能看见。

"夜然，你怎么了？"李铭轩的车驶上了道路，等红灯的时候，见夜然一直低着头没出声，不禁关心地问。

"嗯？没什么。"夜然垂着头，有些无力地回话，脑海里都是江浩落寞的身影。

"今天是不是累了？看你没精打采的。"李铭轩善解人意地问。

"可能有点吧。"

没一会就到小区门口，依旧在原来的拐角处，夜然让李铭轩停车，"就在这里停吧。"

"我送你到楼下吧。"

"不用了，里面调头不方便的，我还是走进去吧。"夜然潜意识地拒绝。

"相信我的技术，没问题的。"李铭轩放缓了速度，没有停下来，右转的方向打了进去，一直沿着道路开到了门口，又轻松地把车调好头，笑着对夜然说，"看吧，这不难。"

夜然松开安全带，转头对李铭轩说："嗯，你技术很好，谢谢你把我送回家，再见。"

李铭轩抓着夜然的手深情款款地说:"谢谢你,今晚我很开心。"

夜然看了看,缓缓地抽回手,轻声地说:"李铭轩,我们真的不可能了。"夜然试了一晚上不去抗拒李铭轩,可是每一分、每一秒,心里都带着不自然的抵触,原来一个人的心里只能住着一个人,如果被踢出去换个人住,即使原来那个人再回来,也找不到位置了。

李铭轩沉默了许久,久到夜然以为他不会再说话了,才缓缓、低沉地问:"为什么?"

"因为我的心变了。"夜然坦然地回视李铭轩幽深的黑眸,"我不再是原来的那个我了。"

"不管是过去,还是现在的你,我都愿意接受。"

"李铭轩,现在不是你接受不接受我的问题,而是我对你真的没有原来那种感情了。"夜然伸出手,七年后第一次主动轻轻地抓着他的手,"以前牵着你的手我会很幸福、很踏实,可是现在,我会沁汗,我会不自在,我也会挣扎。"

李铭轩怔怔地看着夜然没有说话,那眸光内流露太多的情绪,有着不解,失落,探究,甚至还有夜然看不懂的隐晦。

"时间会让你了解爱情,时间能够证明爱情,也能够推翻爱情。这个世界,没有永远,因为永远只是一个名词。"夜然笑得有些牵强,"痛过之后,就不会再痛,有的只是一颗冷漠的心。对你,我曾经深爱过,所以我恨不起,但是要重新再爱上,太难了。"

"夜然,我真的错过你了吗?"

"不,你不算错过,至少我们不顾一切地爱过,只是不能爱到最后。"夜然松开手,轻轻地放在胸口,"我这里曾经为你痛过,现在它已经拒绝你的靠近。"

"夜然。"李铭轩拧着眉,深深地叹息了一声,"我希望你再好好地想想,我会等你,一直一直地等。"

"我已经想得很透彻了,苦苦纠缠的是你,过程有了,结局有了,你还想怎么样？"夜然疲倦地问。

　　李铭轩沉默不语，灰暗的车厢内看不清楚他的表情。

　　夜然揉了揉偏疼的头，再没力气跟李铭轩耗下去，"不管怎么样，总是要谢谢你。"

　　李铭轩深深地叹息了一声，"或许，真的是我错了。"

　　"我走了，再见。"夜然走下车，心里松了口气，该说的她都说清楚了，李铭轩若还执意不放手的话，夜然唯有无视。

　　"等待……也许并不容易，但是，我会坚持下去。"李铭轩发动车子，离去之前透过车窗对夜然说。

第15章 执着的偏爱

回到家,换了睡衣,开电脑,QQ自动登录,夜然随手改了个性签名:时间终于将我对你的爱消耗殆尽,时间终于证明原来所谓的爱情只是浮云。

美阳在夜然改完签名三秒不到的时间,发过来一个抖动窗口,附带了一句话:"恭喜你,终于解脱了。"

夜然看着美阳的窗口,想了想,终于打了一行字过去:"阳阳,你觉得我做得对吗?"

"晚上我看你跟李铭轩的手一直牵着,心里还纳闷,你们什么时候这么要好了?"

"其实,我也挺矛盾的。"夜然顿了顿,"凭良心说,七年前的李铭轩是个失败的恋人,但是七年后确是一个不错的相亲对象。"英俊潇洒,事业有成,而且还那么深情款款。

"嗯,然后呢?"

"可是,要我真的再跟他一起,我心里又不踏实,真的宁愿找个一无所知的陌生人,也不想再破镜重圆!"

"为什么?"

夜然看着屏幕,认真地想了一会,才敲出这么一行字:"许多事情,经历过以后,心境会改变,就如当初我能不顾一切地扎进爱情。而现在我学会了保护自己,也开始变得小心翼翼。"

"那你以后准备怎么办？"

"我也不知道怎么办。"夜然打完这几个字，又颇有感触地打着，"阳阳，我现在真的很纠结，心里很烦。"

"烦什么呢？我感觉你今天晚上有点心不在焉。"

"我还没想好该怎么跟你说，给我点时间，让我整理下思路。"夜然深吸了口气，实在不知道她跟江浩的事该怎么跟美阳说。

"然然，你跟江浩好像很熟。"

夜然心虚地看着键盘，手指不知道该敲什么话回过去，说熟悉，还是陌生？还是说，夜然现在心里住的人是他？

"可是，你们今晚的互动让我感觉你们之间好像并不是熟悉那么简单。"

看着美阳屏幕上打过来的字，夜然咬了咬牙，终于勇敢地回过去："如果，我告诉你我现在喜欢的人是他，你会怎么想？"

美阳没有回话，头像暗淡了下去，夜然没把握美阳有没有看到最后这句话，但是心里轻松了许多，她终于有勇气在姐妹面前承认她爱上这个已婚离异的江浩了。

"你真喜欢上江浩了？"

夜然看着美阳重新亮起的QQ头像，有点心虚，但还是坚定地承认了："嗯，我们之间的事挺复杂的，第一次见面就是那次相亲，后来才知道他是纳米的表哥……"

夜然把她跟江浩的点点滴滴，一一叙说给美阳，最后问："阳阳，你说，我该怎么办？"

"你这头牛，偏执到骨子里，我要劝你，你也听不进去，可是你真不让我放心。"美阳发了一个无奈的表情，"你现在是想跟他在一起还是不想在一起？"

"虽然之前我口口声声说他离婚了，我肯定不会跟他在一起的，可是他现在真的离婚了，我的心就蠢蠢欲动了。但是一想到他的孩子，我的父母，我那些蠢蠢欲动就压得我喘不过气，所以我真的不知道，我该怎么办了？"

"你有问过他为什么要离婚吗？"

"我害怕听到有关我的理由，因为我没有办法面对这样抢夺来的爱情婚姻。"

"你去抢夺他的爱情婚姻了吗？你要他离婚了吗？还是你跟他在一起了？"

"虽然我什么都没做，但是我心里就是有疙瘩解不开。"

"然然，你觉得逃避能解决问题吗？"美阳发了一个打哈欠的表情，"明天还要送宝贝上学，我下了。你这样一个人胡思乱想，还不如直接问问江浩，听听他的解释呢。然然，一个人想，是永远不知道真相答案的。"

一个人想，永远得不出答案，就像夜然永远想不明白七年前的陈铭轩为什么丢下她走了一样，结果事实的真相，原来只是那么多无意的巧合。或许，真的该给江浩一个解释的机会，总好过两个人明明相爱却相互推远，折磨着彼此。

夜然打定主意，就掏出手机给江浩发了一个信息："约个时间，把你欠我的解释，告诉我。"看着信息发送成功，夜然心情忐忑地等江浩回信息。

三分钟后，十分钟后，半个小时后……一个小时，夜然看着手机开始眼皮打架，手机信号满格，电池满格，手机却一点反应都没，夜然失落，在忐忑焦虑煎熬下，疲倦地睡了过去。

"你说爱我就跟我走，风雨也跟我走……"手机铃声大作，夜然胡乱地在黑暗中摸索了半天也没抓到手机，只能抬手拉开了昏黄的床头灯，微眯着惺忪的睡眼胡乱地找了一通，却依旧只听见声音，没有踪影。手机铃声停止，夜然关了床头灯，翻了个身准备继续睡，门铃开始叮叮叮地响。

夜然带着满腔的怒火，光着脚丫子，连灯都没开，直接蹬蹬地朝着门边奔去，透过猫眼看了看空荡荡的楼道，心里不满地咒骂了句：谁吃饱了那么无聊？乱按门铃？

夜然转身要回房睡，门铃又一次响了起来，还兼带着砰砰砰的敲门声，"夜然，开门。"

竟然有几分桑梓的声音？

夜然撞大了胆子，啪嗒揭开了保险锁，一把推开了大门，一声刻意压低的哀吼声在跟大门亲密接触的瞬间叫了起来，"我的鼻子，撞歪了。"而另外一个人连滚带爬地摔进门来。

夜然顺手拉开灯，眯着眼看了看狼狈滚进来的江浩，又看了看从门后捂着鼻子进来的桑梓，浓重的酒味个刺鼻地飘来，夜然的头不知不觉有点大，遇到两个喝醉的酒鬼。

桑梓摸着鼻子，对夜然嘿嘿地笑了笑说："夜然，今天，有点喝多了，不过我保证我没醉。"

夜然没有说话，看着躺在地板上睡得正香的江浩，歪起身子，有样学样地冒了一句："我也没喝醉。"翻过身子，继续呼呼地睡。

"那个，你准备让学长睡哪？"桑梓打了个酒嗝，一脸正色地问。

夜然指了指沙发，"你先把江浩扶沙发上。"

"嘿嘿，那好，我跟你睡床。"桑梓摸着脑袋，笑得特别的灿烂。

夜然拧眉，"你们一个都不许睡我家，等酒醒了，通通给我滚蛋。"

"不是吧？就借住一晚嘛，那么小气干吗？难道家里藏了人？"桑梓的舌头有点大了，含糊不清地说，脚步却往夜然的房间大步流星地走去，推开房门，大大咧咧地往夜然床上一躺，

夜然来不及管江浩，跟着桑梓进去，一把拖拽着他，"你起来，不许睡我的床，都是酒味，臭死了。"

桑梓坐起身子，笑嘻嘻地看着夜然说："看来，你没收留李铭轩。"

夜然若有所思地看着桑梓，咬牙切齿，"原来是借酒装疯啊。"

桑梓无辜地举着手说："我刚进门就说了，我没醉，不过学长是真

醉了。"

"既然你没醉，就把江浩送回家去。"

"我不认识他家，怎么送？"桑梓无辜地摊了摊手，"他刚搬的新居，我还没去过，我只能丢你这里等失物招领。"

夜然瞪了一眼桑梓，"我不管，你要不认识他家，就把他带你家去，反正不要丢我这里。"

"喂，苏琪知道我带个男人回去，还不把我剥皮卸骨啊。"桑梓一惊一乍地说，"反正呢，你喜欢他，他喜欢你，这样月黑风高的夜里，最适合做些翻滚床单的事。"

"桑梓，要是让苏琪知道你借酒装疯，私会相亲对象，后果会怎么样？"夜然笑眯眯地问。

"你想怎么样？"桑梓嬉笑。

"不小心给苏琪拨了下号码，等下叫她来失物招领你呗。"夜然笑得和善可亲，手里扬了扬从桑梓身上摸来的手机。

"还给我。"

夜然把手机丢给桑梓，"不想让苏琪折腾的话，乖乖地送江浩回家去。"

"我看，我还是把学长扶进来吧。"桑梓迅速地从夜然床上跳起，直奔客厅，半扶半搀地将江浩拖拽着丢在夜然的床上，丢了一句话，"要是嫌学长身上酒味臭，那你就帮他去洗澡，我先走了。"

夜然目送着桑梓一溜烟地带上门闪人，有些纠结地揉了揉脑袋，看着在她床上躺得四仰八叉的江浩，犹豫了一会，还是上前推了推他，叫了几声："江浩，江浩。"

江浩丝毫没有反应，夜然无奈，只能去洗手间拧了一条热毛巾帮江浩细细地擦了下脸：这张熟悉的俊脸，飞扬的剑眉，不安稳地拧着眉，让夜然不由自主地伸手轻轻地抚平……

江浩喷出的浓烈酒气让夜然不舒服地皱眉，轻轻地责备着："不能喝酒少喝点，搞得跟个酒鬼似的。"

江浩支支吾吾地哼了哼，翻过身，抱着夜然的枕头呼呼睡着。

夜然眼睁睁地盘被江浩抢了去，也懒得跟酒鬼计较，帮他拉好被子，抽起抱枕准备去客厅的沙发里窝一晚。

夜然转身，还没挪开脚步，连人带抱枕被一股强大的力量拽倒了下去，倒在那个呼呼睡得正香的人身上，一时间脑子有点短路，等反应过来的时候，她已经被人当成抱枕大力地扣在怀里，还生怕夜然跑了似的，长腿一搁，大大咧咧地横在她身上。

夜然伸手推江浩，"江浩，江浩。"可是，他纹丝不动，睡得依旧很沉。

夜然被扣在江浩怀里，他喷出的温热气息弥留在夜然敏感的颈脖间，引得她浑身不自在，一阵燥热，面红耳赤地伸手抓着江浩扣在她胸前的手，费了好大力，才移到了腰间。夜然翻过身子，两手朝着江浩双颊捏去，"江浩，你醒醒！"

江浩吃疼，睁开幽深的黑眸，迷茫地看着夜然，轻声地自问："我在做梦？"

夜然还来不及出声回答，江浩那伴着浓烈酒味的呼吸已经扑至夜然鼻尖，接着在夜然目瞪口呆中，那温热的唇便贴上了夜然的唇，开始沿着唇齿啃吻了下来，彼此间不停地纠缠，缠绕。

腰间有陌生的手掌游弋时，夜然浑身一个激灵，一掌毫不犹豫地拍在了江浩的俊脸上，接着伸腿直接将压倒在她身上的江浩踹了下去。

江浩闷声哼了哼，无辜地眨着黑眸，控诉着夜然的狠绝。

夜然胡乱地整理了下衣衫，盯着江浩若有所思地说："酒醒了？"

"嗯，没醒。"江浩捂着被夜然拍红的俊脸，含糊不清地说。

"你没醒的话，就继续睡吧。"夜然深吸了口气，轻声地走出房门，拍了拍自己臊红的脸，暗叫好险，虽然，大家都是成年人了，但是，在跟江浩没有讲清楚之前，夜然还是不想跟他有什么说不清楚的关系。

江浩从床上跳起来，一把拽着夜然的手，拉住了她。

夜然转过身子，面无表情地扫了一眼，江浩讪讪地松开手，"酒醒了。"

"酒醒了，你是准备跟我解释呢，还是回家去？"夜然抱着手臂，挑眉看向江浩。

"虽然醒了，但是头很疼，夜然，我们明天说好不好？"

夜然看着江浩拧着俊眉，脸上遮掩不住的疲惫，点了点头，"那好吧，你先睡吧，等醒了再说。"

"嗯。"江浩识相地抱着被子走向客厅的沙发。

夜然重新躺回床上，敏感的嗅觉里，充斥着飘浮在空气里的酒味，手抚上江浩刚抱过的枕头，似乎还留有余温，重重地闭上眼，想催眠自己睡觉，却发现自己失眠了。失眠是种什么样的感觉呢？就是在静谧的空间里，除了自己的呼吸声，还能听到自己那有节奏的心跳声，怦怦……三长两短的频率……

夜然忘记最后她是怎么睡着的，醒来的时候，已经艳阳高照，走出房间环顾了下，屋子里没有了江浩的踪影，叠起的被子证明昨晚不是夜然在做梦。她翻了翻手机，并没有任何江浩的信息，心里不免有些失落，这家伙，走也不打个招呼。

桌子上有张纸，密密麻麻地写满了字，夜然抽起来一看，原来是封信：

夜然，我真的不知道该从哪里跟你说起，每次话明明都已经到了喉咙口，却又吞咽了回去。不是我不想跟你解释，而是我的事太复杂，一时半会根本就说不清楚。

江家跟舒家是邻居，平日关系很好，我跟舒雅也算是青梅竹马、两小无猜一起玩大的玩伴。

在舒雅十五岁那年，她父母出车祸去世了，舒雅年迈的外婆被接来，跟她相依为命生活。我母亲本来就疼她，她家出事后，我母亲完全是把她当亲生女儿一样照顾，而我当时没别的心思，只觉得当她妹妹一样，照顾她，宠着她。

时间长了，舒雅对我的感情渐渐变了，由青梅竹马的哥哥渐渐变成暗恋对象。在学校里，我跟哪个女生走近了或者多说了会话，她就会闹脾气，不开心。开始，我并没有注意，或许注意了也没当回事，以为时间长了，她就会懂事，会明白，对我只是一种依赖，而不是真的心动。

舒雅却不那么认为，她已认定非我不嫁，并且把我看成了她的私有物，越来越霸道。她那么强烈的占有欲，让我父母也有所察觉，他们并没有阻止，放任我们发展，或者说他们有点纵容舒雅把感情投入在我身上，毕竟舒雅是他们从小看着长大的乖女孩，又一心一意地对我，他们心里其实挺乐意娶这个媳妇。

我渐渐有些不满，慢慢地疏远了舒雅，而她却紧追不舍，并且以我女朋友、未婚妻自居。我的身边根本就没别的女生，即使有，也会被她的强势给吓退。

我跟舒雅沟通了很多次，但是每次都是无效，每次都会争吵到不欢而散。我要的不是舒雅那种熟悉得跟自己人一样的亲情婚姻，我需要一点心动，需要有那种探究的欲望。

沟通失败，舒雅依旧做我身边的拔花使者，而我除了不满，渐渐开始厌倦、憎恶，但是碍于那么多年的交情，我也没翻脸。

我不是那种听之任之的人，以前还能忍，因为确实也没遇到我心动的女生，但是，遇到了我的初恋。我很喜欢淳雨，费劲地接近她，可是每一次约会都被舒雅搞砸。难得的是淳雨心地厚道，也真的喜欢我，对舒雅虽然不满，但是，还是悄悄地约会，甜蜜过一段时间后，爱情终于抵不过心机，我们分手了。

大四毕业那年，舒雅的外婆去世了，在葬礼那天，舒雅又哭又闹，还拉着我喝了很多酒……

夜然看到这的时候，心蓦地收紧，手指拽着那张纸，似乎已经预料到即将发生的事，不外乎就是酒后乱性……

  我醒来的时候，真的什么都不记得了，穿上衣服落荒而逃了。我承认我很不负责，可是我真的没有办法强迫自己负责，这不是我想要的。

  在离家出走一个多月后，舒雅带着我父母在桑梓家找到我，并且跟我说有了我的孩子，父母已经同意操办我们的婚事。

  当时，年少气盛，脾气倔，我就是不同意结婚，跟舒雅吵了起来，当时争吵得很激烈，我失手推了她一把，谁想到那么巧就撞在了桌子磕角上，她捂着肚子说疼……看着她两腿间开始流血，我父亲甩了我一巴掌，骂我畜生……后来，把舒雅送去医院，孩子没保住，舒雅以后也不能生了，我父亲当场就气晕了过去，并且脑溢血发作……

  江浩写到这边的时候，手肯定是发抖的，字迹有些克制不住地歪斜，夜然看到这心里带着酸涩的疼。依照她对江浩的了解，他酒后乱性不愿意对舒雅负责，是因为不甘心，但是舒雅孩子掉了，并且不能生了，他一定会负责。

  父亲后来就没醒过来，去世了。当时我真的不知道会这样？如果早知道，那我娶舒雅就是了，反正就是跟个女人过一辈子，跟谁不是过呢？为什么一定就不要舒雅？一定要折腾成这样呢？

  后来，我要娶舒雅，可是母亲不同意了，因为江家就我一个独男，舒雅又不能生。当时我愧疚舒雅，觉得我就这样毁了她一辈子，我不能不娶她。

  在不许娶跟非要娶的情况下，闹得很僵，我带着舒雅悄悄地出来住，并且偷偷地领了结婚证，谁都没有告诉。我想舒雅跟母亲这么多年的感情，母亲过了气头上，总归会再接受舒雅，而且现在医学这么发达，想要孩子，试管婴儿、领养都是可以的。

等母亲接受了舒雅，同意结婚，我们再把酒席补上，而舒雅只要我愿意娶她，她一切都没有意见。

夜然看到这，下面有几个白字，又看了看丢在桌上那支没了墨水的笔，又气又急地抓着那笔就往垃圾桶里扔，该死的，关键时刻竟然没水，江浩的事说了一半，听得她心痒难耐。江浩隐婚是这样来的，可是舒雅不是不能生了吗？润润哪里来的？

夜然忙掏出手机给江浩打电话，因为她真的很想知道后面到底发生了什么？

"您好，您拨打的电话已关机或者不在服务区，移动秘书将会记录你的来电。"

夜然切断电话，不死心地又打了一遍，"您好，您拨打的电话已关机或者不在服务区，移动秘书将会记录你的来电。"

夜然恼怒地扔开手机，靠着沙发发呆，原来江浩的婚姻真的复杂，有故事。

叮叮叮，夜然看了看门铃，叮叮叮，还真的是她家的在响，忙起身去开门。

江浩扯着笑脸，扬了扬手里提的袋子，"我去买菜了，今天在家里吃饭吧？"

夜然看着江浩，鼻子酸酸的，猛地扑上前，一把勾着他的脖子，紧紧地抱着他，靠着他的肩膀，那烦躁的心就这样踏实平静下来。

江浩愣了下，终于松开了手里的袋子，伸手将夜然扣紧在怀里，温柔地蹭着她柔软的脑袋，心满意足地笑了。

夜然下巴顶着江浩的肩膀，低声地说："后来的事呢？你没讲完。"

江浩就这样伸过手拦腰把夜然横抱了起来，直直地走向沙发，安置她坐好，才笑着去收拾掉一地的袋子，"我会讲的，先把这收拾下，免得这虾都跳出来。"

夜然就这样看着江浩手脚麻利地收拾完残局，端了两杯水过来，靠着夜然坐了下来，"我继续讲吧。"

夜然点了点头，眸光凝望着江浩。

"其实，后来的事也没什么好讲了。"江浩深呼了一口气，"跟舒雅在一起半年后，她怀孕了。我才知道，当时为了要我娶她，她跟医生串通好说不能生的，其实只是普通小产。"

夜然瞪大了黑眸，这舒雅对江浩可真的是费尽心思了，可见她多么在乎江浩，她怎么可能愿意离开江浩，愿意离婚呢？

"母亲知道我跟舒雅偷偷结婚，并且她又怀上了孩子，她不计前嫌，开心地要给我们补办酒席，而我只觉得被骗了，舒雅怎么能这样不择手段呢？孩子是重新怀上了，可是我父亲呢，再也回不来了。"

夜然看着江浩抑郁落寞的神情，轻轻地叹了口气，"你别难过了。"

"后来我不肯补办酒席，坚持要离婚。因为我没有办法跟这样一个处处有心机的女人过一辈子。"江浩的表情很坚决，随即又拧着眉叹息了声说，"可是母亲坚决不让离婚，还处处劝我看在孩子的分上将婚姻走下去。"

"所以我跟她没有办酒席，也没有离成婚。"江浩无奈地摇了摇头，"不过，我再没进过她房间半步，我们分居了。"

夜然了解地点了点头。

"润润的出生让我们家庭和谐了一阵子，我也想着就这样过下去吧。"江浩端着杯子喝了口水，深吸了口气，挤了一抹苦涩的笑，"可是舒雅变了。"

夜然没有说话，静静地等着江浩说下去，"虽然不甘，但是我认命地接受了舒雅，接受了这样的婚姻，把动力寄托到了工作上，努力扮演好丈夫、好父亲，努力赚钱养家糊口。命运也算是眷顾我，事业上一帆风顺。"

"随着越做越顺的事业，我的应酬多了，回家的时间少了，舒雅的性情越来越难以捉摸，她开始有抑郁暴力倾向，动不动就会拿润润出气。"

夜然看着江浩不知道该说什么，舒雅那么在乎他，而江浩虽然接受了这样的婚姻家庭，但对舒雅始终有着隔阂，任何正常女人都会认为江浩外面肯定有人。而一旦女人有了这个认知，性情大变也是情有可原的，但拿孩子出气就有点过分了。

"舒雅一直认为我在外面有女人，甚至还雇用了私家侦探查我，可是没查出什么。她还不死心，跟踪、吵闹、折腾，让我越来越厌倦回家，越来越漠视她。"江浩揉着眉头，想到舒雅就头疼。

"后来呢。"

"后来，家里折腾得不像样子，她天天不是摔东西，就是打孩子，我母亲劝都劝不住。"江浩无奈地摇了摇头，"舒雅找不到我吵，就跟我母亲吵，我母亲都怕了她，一个人搬回老家住了。"

夜然拽着手指咬着唇，不知道该说什么。

"母亲在老家没多久就生病了。"江浩的脸色渐渐沉重起来，"病了不到一个月，就去世了。"

夜然伸出双臂环抱着江浩，轻轻地靠在他的身上。

江浩伸手抚摸着夜然的头，缓缓地说："母亲的去世，舒雅很伤心。因为母亲是真的把她当成亲生女儿那样疼，就是反对我们结婚的时候，也没说过半句重话。"

夜然点了点头，轻声地说："我知道，能理解。"

"舒雅后来不吵了、不闹了，对我也变得不理不睬了。"江浩的神色有点纠结，"说实话，我还真的有点不习惯。"

夜然没有说话，只是叹息了一声，爱情会让女人失去理智。失去了爱情，理智恢复，舒雅看来是对江浩死心了。

"不知不觉,跟舒雅结婚七年,折腾了七年,除了开始那会真的想要离婚,自从润润出生以后,我就没想过离婚了,就想着为了孩子过下去吧。"

江浩看着夜然,许久之后,轻声地说:"对不起,刚认识你的时候,我根本就没想过要跟你在一起,只是觉得你是个很特别的女人,充满朝气、活力,让我不由自主地想靠近你,想贪婪得分享点你张牙舞爪的快乐。"

夜然回视着江浩幽深的黑眸,默不作声地等着江浩继续说。

"后来,接触越久越难放下你。"江浩的嘴角扯着苦涩的笑,"你是个偏执而又倔强的女子,有时候明明很迷糊,却装得很精明。有时候明明不开心,却装得大大咧咧、嘻嘻哈哈,快乐无比。你明明很寂寞,却用很多喧嚣来掩饰自己,充实自己。"

夜然静静地听着,心里百感交集,江浩啊,这样一个了解她的男子。

"当我发现我对你不是一时的心动,而是真真实实地动心了,我茫然无措地慌乱了。"江浩抓着夜然的手加大了一些力度,"夜然,你知道吗?我真的很鄙视自己,作为一个已婚男人,竟然对你产生了感情。我强制自己远离你,可是命运一次一次地把我推到你身边,我既自责,又克制不住地想接近你。"

夜然深吸了口气,"江浩,你别说了。"

"不,夜然,你让我说完,我怕以后我没有勇气开口说了。"江浩急切地打断夜然,"跟你在一起,没有任何压力,很轻松,我贪恋这样的暧昧。"

夜然咬着唇点了点头,在不知道江浩已婚前的日子里,确实是轻松,没有压力的暧昧。

"我既贪恋你的暧昧,又不舍得家庭跟孩子,我是不是很卑鄙?"江浩苦涩地牵扯了下嘴角,"当你一次一次明示、暗示,想要打破这层暧昧的时候,我总是装傻逃避。"

"夜然,我知道对你不公平,可是我真的不知道除了逃避,我还能怎么样？"江浩懊恼地捶着脑袋，"对不起。"

夜然抓着江浩捶打的手，怔怔地望着他，"后来呢？"

"后来我动过离婚的念头，但是看着润润，我又打消了。"江浩心虚地看了眼夜然，转移开视线，"女人或许都是敏感的，舒雅觉察到了我的不对劲。"

夜然的心一惊，瞪大了黑眸，紧张地看着江浩。

"舒雅并没有像之前那样大吵大闹，也没有再请私家侦探追查跟踪我，倒是心平气和地跟我谈了谈。"

"谈了什么内容？"夜然急问。

"内容有很多，说一天一夜都说不完，结果就是要跟我离婚。"

"舒雅主动要跟你离婚？"夜然愣了。

江浩点了点头，"舒雅的态度很坚决，让我倒是不敢随便答应了。"

从江浩对舒雅的形容，夜然这个外人都感觉出舒雅不会是那种轻易肯放手的人，可是，事实……"后来呢？"

"后来舒雅坚持要离，我犹豫不离，就耗着了。"江浩看了看夜然，"而你终于打破了暧昧，非要求个真相，我不想再对你不公平，所以我告诉你我是已婚。"

夜然想起那天江浩告诉她已经结婚的事实，心里又一阵堵得发慌，原来已婚男人即使不爱老婆，即使讨厌老婆，即使有个心爱的姑娘，但是一旦有了孩子，就再也不会想离婚，这就是外人无法替代的血脉相连，这就是很多人宁愿耗着名存实亡的婚姻，也不愿意为爱走天涯，而常说的理由就是为了孩子，只是为了孩子。

江浩长长地叹了口气，"夜然，我很无耻是不是？"

夜然轻轻地摇了摇头，在感情的世界没有无耻不无耻，爱了就爱了，即使错了也没有办法再重新选择一次要不要爱。

就像她后来明知道江浩已婚了，可是心动了，情动了，感情投入了，再也没办法收回来了。只是理智让她选择卑微地退回原点，彼此遗忘留作纪念，而不是去选择在一起。

成人的世界，可以有爱，可以错爱，但是不能因为爱而不顾一切，也不能因为错爱而一错再错地强求在一起。

江浩看着夜然，深邃的眸光内，满满地歉意，"我是个失败的人，对家庭不够全心全意，对爱人不够专心致志，对你、对她我都很抱歉，没有处理好。"

真相总是有些伤人，事实总有些让人失望，除了忽略，夜然不想深究下去。能生江浩的气吗？不，夜然没有资格，她一开始就是迟到者，即使牺牲在江浩家庭里，夜然也无怨言，因为这是她迟到的命运。

"那润润怎么样？"

"舒雅离婚的唯一要求就是要带着润润。"江浩语气里有着不舍得，"我刚开始不同意离婚，也是因为润润。因为我不放心他跟着舒雅。"

夜然点了点头，舒雅情绪不稳定会暴打润润，谁知道离婚后会不会虐润润？

"不过，舒雅跟我签了协议，她不会伤害润润，所以我们和平签字离婚了。"江浩如负重释地叹了口气，"夜然，对于之前的事，我真的很对不起你，原谅我的自私。"

夜然勉强挤了一丝笑，"过去的事，就先不要说了，我想知道，你刚离婚，怎么就参加《相亲才会赢》了？"

"那还不都怪你。"夜然没有深究下去，让江浩松了口气，气氛也缓和了不少。

"关我什么事？"夜然无辜地反问。

"我每次跟你说到离婚，你就跳脚，要我滚，再听不得我一字半语的解释。我没办法，只能让全城的人都知道，我是离婚的单身钻石王老五，我要追求你。"

夜然头顶一道黑线，三滴冷汗，"这么幼稚的事你也做得出来？"

"还不都是桑梓教的。"江浩一脸无辜地说，"桑梓说，李铭轩就是靠这种独特的手段纠缠你,让我跟他学着点。"

"嗯,你都学会些什么了?"

"上电视告白啊,借酒装疯啊……"江浩如数家珍似的,一一掰着手指头在那说。

夜然无语地翻了翻白眼,"江浩,我发现你无赖起来,比李铭轩有过之而无不及。"

"我可以把这话理解为你在夸我吗?"

"树不要皮,必死无疑,人不要脸,果然天下无敌。"夜然跟江浩冰释前嫌,瞬间又恢复了嬉闹,"江浩,你无敌。"

"其实,我还不算无敌,不然我早上电视台跟你告白去了。"江浩一本正经地说,"听说你在电视台人气很旺?楼尘还预定你做第三期的女嘉宾?"

"没有啊。"

"那他跟我说做男嘉宾能挑女嘉宾相亲?我还挑了你。难怪一直没轮到拍我,原来没约到女嘉宾。"

夜然撇了撇嘴,拍了拍胸口,"我又没给电视台签卖身契,干吗免费给他们拍相亲专题片?"

江浩哈哈地笑了几声,凑过脸亲昵地在夜然的额头亲了下,"夜然,不知道你愿不愿意跟我相亲?"

"你想跟我相亲?"

"是啊,我长这么大还从来没有相亲过呢,让我也感受下那氛围。"江浩认真地点了点头,

"那请问你找到媒人来跟我说了没?"

"啊?还要媒人?"江浩为难地拧着眉,"我们都那么熟了,这个就不用了吧?"

"喂喂,是你自己说,要跟我相亲的,那当然得要按着相亲的步骤来。"夜然不满地说。

江浩看了会夜然，点了点头，掏出手机对桑梓说："你帮我打个电话给夜然，说我要跟她相亲。"

桑梓在电话那头不知道说了什么，江浩没好气地回了句："你才有病呢，不干是吧？那我给苏琪打电话去。"

苏琪这招还挺管用的，江浩挂了电话，桑梓就给夜然打了过来，有气无力地说："夜然，我学长说要跟你相亲，你看你什么时候有时间？"

"你学长谁啊？"

"你老情人，江浩呗。"

"桑医生，不好意思，我名花有主了，所以暂时不接受任何相亲，你去回你学长吧。"夜然一板一眼地拒绝。

"不是吧，你名花有主？谁？"桑梓一扫之前的有气无力，整个人瞬间八卦了起来。

"是谁我就不用告诉你了，反正我跟你也不熟。"

"夜然，你不说是吧？晚上我天天骚扰你去。"桑梓威胁。

"你要是敢骚扰我，我就骚扰苏琪去，谁怕谁啊！"夜然笑着反威胁。

"你别拿苏琪来压我，一句话，你到底要不要跟江浩相亲？"

"你吓我？威胁我？还那么凶我？"

"大小姐，我哪敢啊！谁知道江浩脑袋抽什么风，突然要我跟你说让你跟他相亲。"桑梓在电话那头无辜地说。

"我知道，因为是我让他找个介绍人来说。"

"你们两个合伙玩我是吧？"桑梓咬牙切齿。

"你觉得够我们两个玩你吗？"

"不跟你废话，把电话给学长，我有话跟他说。"

江浩微笑着伸手接过夜然的电话，"想跟我说什么？"

"学长，你重色轻友的家伙，我鄙视你，狠狠地强烈地鄙视你。"桑梓说完，啪的一下子挂了电话。

江浩掐断电话，对夜然笑说："人生就像打电话，不是他先挂，就是我先挂,好吧,现在桑梓先挂了。"

夜然哈哈地笑了起来。

江浩一本正经地坐好了身子,"介绍人有了,现在是我跟你正式相亲了。"

"你好,我叫夜然。"

江浩反应极快地伸手,握着夜然的手,笑着打招呼:"你好,我叫江浩。"

夜然缩回手,笑眯眯地看着江浩,

江浩搓着手,四处张望了下,才挨过身子,凑着夜然问:"一般接下来会做什么?"

"先给你个机会,自我介绍下吧。"夜然笑眯眯地说。

"我叫江浩,今年三十三,经营一家房地产公司,离异。"

夜然没有说话,看江浩继续说:"我出得了厅堂,下得了厨房,会做饭烧菜,洗衣,擦地,打扫卫生。"

夜然点了点头,"嗯,感觉还是可以的,不知道实际使用情况怎么样?"

"夜然,你是不是改台词了?"

夜然眨了眨眼,无辜地反问:"我改台词了吗?那我现在该说什么台词?"

"你当然得要介绍下你自己的情况,不然我怎么知道我相亲对象是神马玩意。"

"哦,这样子啊。"夜然若有所思地扫了几眼江浩,啧啧了两声后说,"那这样看来,你相亲经验也不是为零嘛。"

江浩撇过脸,正经地说:"好吧,我承认,在电视台拍宣传片的时候,有补充学习过该如何相亲。"

"嗯,然后呢?"

"然后,给我安排女嘉宾相亲的时候,我发现不是你,然后我就跑了。"

扑哧,夜然刚端着杯水,就这样朝着一边喷了出去,咳咳咳……咳咳咳,"你竟然跑了?楼尘没逮你?"

"桑梓跟苏琪都相对眼了，还逮我干吗？"江浩抓着面纸，给夜然擦了擦嘴，漫不经心地说。

"不是吧？第二期的女嘉宾是苏琪？"

江浩点了点头，"你说这事是不是忒巧合了？"

"嗯，一次是意外，两次是巧合。"

江浩抓着夜然的手，正色地说："所以说嘛，电视台的相亲都不靠谱。"

"嗯，跟你相亲就靠谱了？"

"那是必需的，至少我还惦记着你肚子饿了，该给你做饭了。"江浩笑着捏了捏夜然的脸颊，起身就朝厨房走去。

夜然跟在江浩身后，看着他有模有样地围着围裙，将虾倒在水里泡着，又挑起了那堆青菜，回头对夜然笑着说："怎么样？有点像样子吧！"

"嗯，如果你把锅盖顶着，就更像灰太狼了。"

"不是吧？我这形象，哪里像灰太狼了？"

"你肯定没看过《喜羊羊与灰太狼》吧。"

"那是什么电影？改天我们一起去看看。"江浩不耻下问。

夜然笑了，"那不是电影，是国内的动画片。"

"你说你都多大的人了，开口闭口都是动画片，那天我还在你电脑上看到好多蜡笔小新呢。"江浩点燃了煤气，手脚麻利地将泡在水里的虾洗了洗。

"蜡笔小新挺好看的。"

油锅热腾腾，江浩端着虾，随手将靠在厨房边看他忙碌的夜然推远了些，"你离这远点，我起了油锅，小心贱到你。"

夜然乖乖地退远了几步，就这样看着江浩，将活蹦乱跳的虾下锅，又有条不紊地加上调料，倒上水，合上锅盖。

"江浩，你煮的东西到底能不能吃啊？我怕我食物中毒。"

江浩手拿着菜刀转过身子，手指着夜然，没好气地瞪眼，"你竟然看不起我的技术，虽然我五六年没下厨了，但是宝刀肯定未老的。"

夜然胡乱地敷衍着点头，"嗯，嗯，我相信你宝刀未老的技术，可你能不能不要把刀对着我？万一小李飞刀了，我怕我这脸伤不起……"

江浩用实力证明自己，抽起萝卜在砧板上一阵当当当，没一会端着成果，沾沾自喜地对着夜然说："看吧，这刀工，多整齐。"

"嗯，是挺整齐的，但是我能不能问下，你到底是切的萝卜块，还是萝卜片啊？"夜然笑看着那堆切的粗粗的萝卜条，打趣地问。

江浩被夜然这么一说，俊脸有些挂不住，"我说你这人怎么这样？我下厨做给你吃，你竟然还挑三拣四的，要嫌我刀工不好，你给我切个来看看。"

夜然无所谓地挑了下眉，将袖子一挽，笑嘻嘻地对着江浩说："看着什么叫作切萝卜。"从江浩手里接过刀，将萝卜切成两半，然后，微笑着切切切……

江浩看着那细细密密，条条均匀的萝卜条，眼睛都差点瞪出来："这……这……"

夜然微笑，"这……这什么啊？不会做饭就别站在厨房里占位置，我来做吧。"

夜然接手了江浩手里煮了一半的虾，摇了摇头，撇着嘴说："我说你调料是没忘记放，但是香料呢？生姜呢？青葱呢？你放了么？"

江浩挠了挠头，面色越发地窘迫了，"我说，你会做饭，那干吗不早说？看我丢脸？"

"你自己不是说了嘛，会做饭烧菜、洗衣、擦地，而我只是验收下成果嘛。结果还真的是让我大跌眼镜，就你这技术也敢出来混？"夜然鄙夷地扫了一眼江浩，手脚麻利地开始择菜。

"我虽然做得不怎么好，但是至少也会嘛。"江浩弱弱地为自己辩解，看着夜然在厨房忙碌的身影，心里没有由来地一阵柔软。

"夜然，我们算不算相亲成功了？"

夜然放盐的手抖了下，一把盐就这样撒下锅，入水即化，暗叫糟糕，忙手忙脚乱地加水，妄想补救。

江浩半晌不等夜然回答，大步走进厨房，伸手抱住在那忙碌的夜然，头顶靠着她的肩膀，柔情地说："真的很想一辈子都这样看着你为我做饭忙碌的身影。"

夜然关了煤气，擦了擦湿漉漉的手，笑眯眯地转过脸，"一辈子给你做饭啊？你是不是做梦还没醒啊？"

"如果是做梦的话，我希望这个梦永远都不要醒。"江浩说得深情款款。

"好了，好了，你先试试，合不合你的口味。"夜然从锅里挑了一只虾，随意地吹了两下，给江浩喂过去。

江浩一口吞了进去，胡乱地嚼了嚼，吐出虾壳，朝着夜然竖起了食指，"我从来没有吃过这么好吃的东西了。"

夜然将信将疑，挑了一只虾，刚吃进嘴里，就忙吐了出来，"这么咸！江浩，我现在终于知道了，原来你重口味。"

"是啊，我重口味，才看上你嘛。"江浩笑得风轻云淡。

夜然没好气地踹了他一脚，转过身子又开始在厨房忙碌起来。

这就是恋爱的感觉吧，两个人简简单单地在一起过日子，会傻乎乎地说些不着边际的话，开些无关痛痒的玩笑，心里会带着无法形容的甜蜜，每一分、每一秒看着他的容颜，都会觉得无比的幸福，并且贪心地希望，一直就这样地幸福下去。

早上，夜然带着甜蜜的笑容从睡梦中醒来，她已经好久好久没有这样轻松过了。

美阳的电话敲了过来，夜然用温柔的能滴水的声音接起，"喂，亲爱的，你好。"

美阳吓得差点就握不住手里的电话，愣了好一会，才找到自己的声音，"然然，你今天中奖了？心情这么好？"

夜然咳了下嗓子，爬起身子就看到在客厅里勤劳拖地的江浩，脸上的笑容越发灿烂了,"嗯,中奖了。"

"得了吧,听你的声音,就是春天到了。"

"我说,阳阳,你大清早给我打电话,就为了损我哪?"

"也是,差点就忘记正事了。"美阳换了个口气,"你今天休息吧?等会陪我去健身房吧。"

"健身房?你去那干吗?"

"最近比较空,我想去报个瑜伽班,塑下身形。"

"塑身形?不是吧,就你这都快中年发福了,有用么?"夜然口没遮拦地损着。

"夜然,你再说一遍试试。"美阳河东狮吼。

"好吧,我错了,像你生过孩子,还能保持二尺腰的确实已经不容易了,你要再练下瑜伽,一尺九的话,叫我这种H型的,俗称水桶腰的,情何以堪哪。"夜然笑嘻嘻地讨饶。

"算你识趣,一会换好衣服等我,我来接你。"美阳说完,啪一下挂了电话。

夜然扔下手机,一个箭步朝着背对她的江浩冲过去,跳上他的背,紧扣着他的脖子。

江浩防备不及地被夜然的冲力扑倒在地,回神翻过手将夜然反扣到了身下。

夜然看着灰头土脸的江浩,又在沙发底下伸手蹭了蹭尘灰,往他的脸上抹去,接着淘气地哈哈大笑了起来,"涂脸猫,涂脸猫……"

江浩无可奈何地摇了摇头,笑看着跟个小孩子似的夜然,伸手刮了下她的鼻尖,"还不去换衣服?等下你朋友不是要来接你?"

"嗯,对哦,我先换衣服去。"夜然狼狈地在江浩身下爬起身子,对他扮了个鬼脸。

夜然为难地手托着腮,看着衣橱里一排一排整齐的连衣裙,显然去健身房是用不到的。

下面叠得比较整齐一点的是卫衣、休闲裤之类，去健身房的路途上能用到，去健身房锻炼好像又不太搭了。

江浩凑过脸，看了看夜然的衣橱，"咦，你好像没有运动装啊。"

夜然撇了撇嘴，"我压根没去过健身房，我哪里来的运动装备？"

"那这套是什么？"江浩眼尖地发现衣橱角落里有套运动包装的袋子，抽出那包装袋，一套枚红色的运动短T恤拿在了手里，"这颜色不错呀，挺粉的。"

夜然只看了一眼那短T恤便移开了视线，这衣服还是八年前在学校的时候，陈铭轩给她买的情侣装，只是从来没机会一起穿过。

当时买这套衣服的时候，是多么的青春，多么的激情飞扬，而今都这么大岁数的人了，再穿这么粉嫩的衣服，明显就是装嫩，而且还是那种恬不知耻地装嫩。

夜然从衣橱里抓了一套米白色的休闲卫衣，又挑了一条宽松的休闲裤，抱着衣服就去洗手间。换好衣服，把头发随意地扎了一个马尾，刚想化妆，门铃响了起来。

夜然忙奔出洗手间，把在客厅整理、拖地的江浩往房间里推去，压低了声音，"你快躲起来。"

江浩瞪着无辜的大眼，"为什么要躲起来？我又不是见不得人。"

夜然看着江浩，做了拜托的手势，"我还没跟美阳说过你呢，这会你凭空冒出来，她不把我卸了才怪。"

江浩心不甘情不愿地躲进了房间里。

夜然深吸了口气，环顾了下四周，没什么不妥，刚想开门，看到门口江浩的鞋，忙拉开鞋柜藏了进去，又在家里仔细地扫描了下，有种说不出来的心虚。

夜然拉开门，把美阳让进屋子里，看着她身上一身OL的职业套装，脑袋有些打结，"阳阳，你不是说去健身房的嘛，怎么穿成这样？"

"我家里没健身房能穿的衣服，就想到你这里来捞一套。"美阳说着，就往夜然房间里走去。

"我也没有运动装。"夜然拉着美阳情急地说。

美阳扫了一眼夜然拽着她的手臂，若有所思地看了看她的屋内，"然然，你屋子里好像有点不太一样。我似乎闻到了生人的味道。"美阳还故意装作闻味地扫了一圈，"嗯，还是个男人的味。然然，你这狗窝在藏男人。"

"是啊，我藏了个男人，你去把他找出来嘛。"夜然笑嘻嘻地说。

"你就会嬉皮笑脸，没劲，给我找衣服去。"美阳大大咧咧地拉开了夜然的衣橱，开始挑选战衣。

"这衣服颜色太土，款式又旧，你竟然还留着，扔了吧。"

夜然看着美阳把她的衣服朝床上一丢，接着又顺手丢了几件看不上的衣服出来。

"这衣服还行，但是这么显身材，我是穿不出去的，扔了吧。"你穿不出去，扔了干吗？那是我的衣服！夜然心里无声地呐喊。

"哇，你竟然还有这么粉嫩的衣服？"美阳抓着那短T恤，惊喜地叫了起来。

"美阳，你手里那衣服是八年前的旧款。"

"啊？八年前的，还这么新？"美阳拆开在身上比画了下，"这衣服我还能穿，运动衫的款式，基本上没变化。"

"你八年前是二十岁，穿这叫青春，八年后是二十八岁，还是孩子他妈，穿这个叫发春。你有没有点品位？"一听夜然这话，美阳忙把手里那短T恤扔回了衣橱，"好吧，我们现在去买吧。"

夜然也不发表意见，被美阳拖去小区门口的超市买了一套运动衫，兴致勃勃地朝健身房奔去。路上美阳还告诉夜然，王城有了女朋友，对夜然完全是一副恨铁不成钢的样子。

王城笑嘻嘻地看换好衣服的夜然跟美阳，手指着旁边一位美女说："这是我女朋友，叫少美，是这里新来的健身教练。"

夜然看了看穿运动背心，身材健硕的美女，友好地点了点头，"你好，我叫夜然。"

少美很热情地伸手，跟夜然美阳分别握了握后，对王城说："我带她们先去做个身体测试吧。"

从身高，体重，量三围，测心率，皮脂含量……一个流程走下来，夜然看着那张正常的报告，长长地嘘了口气。

美阳哭丧着一张脸，指着报告问："我隐形性肥胖？那就是有中年发福的危机了？"

"姐姐，你现在已经中年发福了。"少美含笑着说。

"不是吧？我现在这已经叫发福了？"美阳急了。

"从健身的角度来说，你的腰跟你的臀已经是H形了，俗称水桶腰，你的体格比较健硕，肉也比较结实，要减下来很容易。"少美的手朝着一旁掩嘴偷笑的夜然一指，"相对而言，夜然同样是H型腰，但是她的肉质松软，如果坚持运动半年，我可以肯定，她一定是魔鬼身材。"

美阳怨念地看了一眼夜然，又小心翼翼地问少美："那我呢，我该怎么办？"

"生命在于运动，你多运动运动，虽然避免不了中年发福，但是至少能保持这个状态。"少美中肯地说。

美阳看了看自己，"能保持这样的状态，我也算心满意足了。"

第16章 爱情，不靠谱

"你怎么也来运动了？"

夜然刚在跑步机上快走了三分钟不到，一个熟悉的声音便在耳边响了起来，打滑了下，差点就摔倒在机器上，稳住身子，转过脸一看，是正在跑步机上悠闲漫步的李铭轩，一脸和煦的笑意。

"嗯。"

"你刚接触跑步机，别调那么快，小心伤了脚。"李铭轩跳下机器，帮着夜然调慢了步调，"别紧张，慢慢跟着它的节奏再加快。"

"哦，谢谢。"夜然客气地朝他笑笑，浑身开始不自在起来。

李铭轩没有觉察到夜然的窘迫，兴趣极高地帮着夜然调动跑步机的节奏，"我要加快了哦，注意脚下，跟上节奏。"

十分钟快跑下来，夜然已经气喘吁吁了，一把按住红色暂停按钮，看着李铭轩，上气不接下气地说："不行了，我……我跑……跑不动了。"

李铭轩把夜然小心翼翼地扶下跑步机，搀扶着夜然在休息区坐下，还特殷勤地给她端茶倒水，"没关系，你是第一次来跑步，慢慢就习惯了。"

夜然看着那不动抽搐的小腿，心里暗叹：还真不是一块运动的料。

"你先休息会，我去跑会步，再来找你。"李铭轩对着夜然点了点头，认真地关照。那自然的神态，好像是两个人约好一起运动似的。

美阳似笑非笑地在夜然身边拉了把椅子端坐下来，夜然心中顿时警觉了起来，笑回着她："然然，你是跟我一起来运动的呢，还是跟李铭轩一起运动的？"

"你说呢。"

"我不知道啊。"美阳耸了下肩膀,"我感觉我像个灯泡,闪闪发亮着。"

"嗯,你是个灯泡,还是中年发福的那种。"夜然笑着打趣。

"你别给我嬉皮笑脸。"美阳脸色一沉,"说吧,跟李铭轩到底是怎么回事？"

"巧遇。"

"那么多健身房,偏偏就在这撞上了？巧遇也不找个好点的理由。"

"姐姐,我还想问呢,是不是你特意给安排的？不然,那么多健身房,怎么就偏偏遇上了？是你找我来运动健身的。"夜然强调,她无辜。

"我才不做那么无聊的事呢。"

"你无聊事做得多了去了,也不差这么一件了。"夜然眸光直视美阳。

"真不是我做的。"美阳急切地摇手,撇开关系。

夜然抬眼,从她的视线正好能看着李铭轩的背影,他步履悠闲地在跑步机上奔跑着,让夜然不由自主想起在校园的时光。

那时候,陈铭轩不仅长得俊朗、帅气,而且还是校园的运动健将,篮球打得特别好。每次比赛,夜然总是帮他拿衣服,坐在一旁静静地看着他奔跑的背影,每一步都那么地洒脱、优美。

"你不用看得那么入神吧？"美阳没好气地伸手在夜然眼前挥了挥,挡住了她看向李铭轩的视线。

夜然收回视线,对美阳扯着嘴角微微笑了下,"只是想起很多校园时光。"

"然然,我觉得你最近变了。"

夜然抬眼笑看着美阳,等她继续说下去,"我感觉你在恋爱。"

"有吗？"夜然心虚地反问。

美阳正色地点了点头,"我不知道你跟谁在谈,但是我肯定不是李铭轩。"

夜然咧着嘴笑了笑，点了点头，"你猜得很对。"

"他是谁？做什么的？"

夜然看着头顶的天花板，咬了下唇，轻轻地说："我也不知道怎么跟你说，但是那人你认识。"

"是江浩吧。"

夜然吃惊地看着美阳。

"女人都是很敏感的，你是，我也是。"美阳笑了笑，"然然，江浩的事你知道多少？了解多少？"

"你是说他结婚，离婚的事吧？"

美阳点了点头。

"前因后果，我大概知道了七七八八吧。"

"然然，你决定跟他在一起了？"

"我……"夜然犹豫，不敢确定，就情感上而言，她肯定是愿意跟江浩在一起的，但是理智上而言，夜然得要考虑父母是否能接受离异的江浩。

"你在犹豫？"美阳看着李铭轩奔跑的背影，淡淡地说，"然然，跟江浩在一起，你要仔细地想清楚。首先，伯父伯母能不能接受？其次，江浩还有个孩子，虽然现在是前妻带着，但是血浓于水，将来会怎么样，还不知道呢。"

夜然没有说话，美阳说的这些就是她的顾虑，所以才不敢把江浩公开。

"我看你还是抽点时间回家探探口风，毕竟你也这么大了，耗下去没意思。"美阳看李铭轩微笑着走来，直接结束了这话题。

"美阳好久不见，你已经是妈妈的人了。"李铭轩看着美阳，"不过还是那么年轻，漂亮妈妈。"

"哈哈，是吗？多谢夸奖，你还是那么帅。"美阳被漂亮妈妈一句话夸得心花怒放。

"不知道晚上能不能请两位美女一起吃个饭呢？"李铭轩擦了擦额

头的汗，笑吟吟地说。

美阳把眸光看向夜然，等着她的意见，李铭轩也用眸光询问。

被他们两个人这么一看，夜然皮笑肉不笑地点头，"好吧，晚上一起吃饭吧，把王城跟她女朋友也叫上吧。"

李明旭极有风度地点了点头，"好的，我来安排。"

"刚做完健身，还是吃些清淡点的东西吧。"李铭轩绅士地询问美阳跟夜然的意见。

"是啊，刚健身完，不要吃得太油腻，清淡点就好。"王城跟少美一致点头附和。

李铭轩点了几道菜，转手把菜单递给王城跟少美，"你们是健身教练，运动后该吃什么，还得请教你们两位专家。"

王城也不推辞，拿着菜单跟少美研究起来，"海带不错，味咸，性寒，是化痰、消炎、平喘、排毒的好东西，就点这个。"

"木耳也不错，味甘、性平，同样能排毒。"

"还有这个，苦瓜，味甘、性平，是解毒、养颜美容的。"少美指着菜单，补充着，"芹菜与鸡肉相克，不要一起点，把鸡肉退了。"

夜然跟美阳有点无奈地相视看了一眼，默不作声地等着王城跟少美一边研究，一边报出一道一道蔬菜的名字。

"猪血也不错。"王城对着服务员说完，笑吟吟地看了看李铭轩，"不知道这些菜合你们心意不？"

"点得很好，再加一个梅干菜仔排和一碗红烧焖肉。"李铭轩微笑着跟服务员补充。

"啊？怎么能点肉呢？刚运动完就吃肉，白做运动了。"少美不可思议地说。

"是啊，运动完就吃这么油腻，很容易得三高的。"王城也补充着。

李铭轩看着夜然，笑嘻嘻地说："没事，有些人无肉不欢，我怕桌上没肉，她就要暴走了。"

夜然面色淡淡地瞅了一眼李铭轩，"等会肉上来了，你们谁都别吃，就我一个人的份。"

众人都哈哈地笑了起来，一顿晚饭吃下来，夜然心里暗自庆幸，还好当时没跟王城将就下，不然每天不能吃肉不说，还顿顿要研究吃什么比较有营养又不会得三高……虽然，这健康饮食说得是不错，但是要天天这么折腾，那肯定要疯掉了。

吃完饭，在酒店门口，众人握手告别，夜然笑着送走了美阳，只剩下她跟李铭轩两个人凑做堆了。

"把你送回家？"李铭轩温和地问。

夜然点了点头，"嗯。"

狭小的车厢内总会不适宜地营造出暧昧的氛围，李铭轩没有像往常那样咄咄逼人，而是随意地按了音乐，放了一首舒缓的情歌。

李铭轩没有说话，夜然忐忑的心静静地平复下来，靠着椅子看着车窗外流动的风景，那一幕一幕刷过的景致熟悉而又陌生。突然，夜然端起身子喊道："停一下。"

李铭轩愣了眼，转过脸看着夜然，"这是直行车道，不能停车的。"

夜然看了眼后面紧跟着的车流，颓然地靠回了椅子上，心情却再也没办法平静下来，脑海里不断重复着刚才在咖啡店门口见到的两个身影。

那女子清丽高挑，长发披肩，穿着一条夏威夷风格长裙，在风中，飘逸的身姿紧靠在身边那俊逸的男子身上。而那俊逸的男子，就是江浩。

夜然抓着手机，手指颤抖想拨号，但是余光扫到关切地看着她的李铭轩，又将手机扔回了包里，甩了下头发，重重地闭上眼，不断地催眠自己刚才出现的只是幻觉，看到的那个人也只是长得相似的人。

李铭轩停下车，送夜然下车，随后跟了下来，张嘴刚想说点什么，江浩抱着手臂，微笑着向夜然迎了过来，一把拉过她的手，对李铭轩笑说："谢谢你把夜然送回来。"

李铭轩愣了下,转过脸看着夜然问:"你们?"

江浩的表情凝重了起来,深深地看了一眼夜然。

夜然看了看李铭轩,看了看江浩,又看了看自己的脚尖,轻声地说:"我男朋友。"

江浩松了口气,伸手轻轻地揽过夜然。

李铭轩的神情瞬间颓然,连再见都来不及说,仓皇地上车。

夜然目送李铭轩的车绝尘而去,深深地叹了口气,接着眸光便定格在江浩身上,一动不动。

江浩伸手在夜然眼前招了招,"发什么呆呢?还不上去。"

"我小腿肌肉抽筋。"夜然把想问的话吞咽了下去,她在害怕得知真相后没有勇气承担结果,有时候自欺欺人比较容易。

江浩将夜然上上下下看了个遍,"今天都做什么运动了?"

"跑步,压腿,拉力,哑铃,健身房能操练的,都见识着操练了一遍。"

江浩一脸恍然大悟,"你说你,没运动细胞的人一下子在健身房操练这么多,身体肯定是支持不住的,现在肯定浑身肌肉都酸疼。"

夜然赞同地点了点头。

"由于大量的运动导致肌肉疲劳,明天起来,你会更痛苦。"江浩撇着嘴,又是心疼又是好笑地看着夜然,"浑身骨头都跟散架一样,肌肉全部重新组装。"

"不是吧?"夜然惊慌地反问。

"你的健身教练没跟你说吗?"

夜然摇了摇头,她光顾着好玩,这个碰碰,那个玩玩,李铭轩虽然劝过,但是被她无视掉了。看吧,不听老人言,吃亏在眼前。

"来吧,我背你上去。"江浩在夜然身前蹲下身子,"等会上楼,好好泡个热水澡,然后拿点精油,我帮你按摩下。"

夜然一脸懊悔地拉着苦瓜脸,爬上江浩宽阔的背,搂着他的脖子郁郁地说:"我再也不去健身房了。"

"生命在于运动，多点运动对身体是有好处的，但是没让你一天运动过量啊。"江浩撇了撇嘴，"又不需要你去参加运动会，至于这么紧急训练嘛。"

夜然没有说话，把头趴在江浩的肩头，敏感的鼻尖传入一阵不属于江浩的香味，心蓦地一紧，手指互揪着，矛盾地在问跟不问之间徘徊，终于还是忍不住地问："江浩，你今天去哪了？"

"今天去的地方很多。"江浩把夜然放在沙发上，准备给她放水，泡澡。

"迪欧咖啡厅去过？"夜然跟着江浩的脚步，走进洗手间，追着问。

江浩转过身迎面对上夜然的黑眸，有些不自在地撇开眼，点了点头。

"那个女人是谁？"夜然的口气变得强势起来。

江浩不敢直视夜然，低垂着眉眼，神情有些纠结。

"是客户？"

江浩轻轻地摇了摇头。

"是朋友？"

江浩依旧摇了摇头，

"那是亲戚？表姐，表妹？"

江浩默不作声地摇了摇头，隐约可见他眼里有着闪烁的狼狈。

夜然就这样看着江浩，他没有解释，只是沉默不语。

"江浩，我想听你说她到底是谁？跟你是什么关系？"夜然隐忍着怒气问，其实心里已经猜到了答案。

江浩长长地叹了口气，"她是舒雅。"

夜然凄凉地扯了下嘴角，"舒雅，原来她就是舒雅，你的前妻。"

江浩伸手揽过夜然，急切地说："她来见我，是跟我说关于润润的事。"

夜然点了点头，看了一眼江浩，轻轻地推开了他，"好了，我知道了，你出去吧，我泡会澡。"

"夜然，你在生气。"江浩肯定地说。

"我难道就不能生气吗？"夜然反问。

"你生什么气?"江浩问,"就为了我见舒雅?就为了我见了儿子?我都还没生气你去见李铭轩呢。"

夜然被一口气赌在喉咙口,上不去,下不去。情理上,她没资格阻止江浩见前妻、孩子。法律上,他们还没结婚,就更没资格去管制江浩,但是就夜然的心情,她很生气,就是不爽,"江浩,你跟舒雅已经离婚了。"

"夜然,虽然我跟舒雅离婚了,但是不代表真的就老死不相往来了。"江浩稳了稳心神,语气淡淡地说,"我们还是朋友,我还是润润的父亲,我们还会有交集,还会见面,你难道不能理解下我吗?"

"我要怎么理解你?"夜然扯着嘴角,"如果你们天天见面,天天带着润润一起,那我算什么?"

"夜然,你这是无理取闹。"

"我无理取闹?江浩,到底是你没理,还是我没理?"夜然尖锐地反问,"你背着你现任女朋友见前妻,还堂而皇之地要她理解你,下一次,你是不是要说,让我支持你多见见前妻,没事的时候就旧情复燃,滚个床单什么?"

"夜然,我像是那种人吗?"江浩压抑着恼火,退了一步。

"你出去,我不想再跟你说话了。"

江浩没有再多说什么,走出洗手间,带上了门。

夜然疲惫地窝进浴缸,头靠着边沿重重地闭上了眼,心里开始鄙视自己。原来她是那么小气的一个人。润润的存在,舒雅跟江浩见面,本来就是一件理所当然的事,她有什么资格去生江浩的气呢?如果要接受江浩,就得接受润润,接受这个随时随地会冒出来的江浩前妻——舒雅。

夜然始终没有办法让自己的心情平静下来,她就是克制不住自己的醋味,因为喜欢江浩,生气也是因为喜欢江浩。

洗完澡出来,江浩拿着吹风机朝夜然招手,"过来,把头发吹吹。"

夜然默不作声地坐在沙发上,任由江浩细心地帮她把长发擦了几遍,又一缕一缕地吹干,就是冷着脸,怄气着不出声。

如果江浩跟夜然早认识十年,就不会有这么多的现实问题横在两个人之间,如果江浩跟夜然没有相识、相爱,就不会有这么多波澜起伏的心情了,如果……现实,没有那么多的如果可以去如果。

背靠着江浩入睡,听着他不停地叹息,夜然心有不舍,但是还是选择了冷战。因为在乎,所以才会计较。因为在乎,所以才会介意。

早上醒来的时候,江浩已经去上班了,夜然摸着枕边残留的余温,深深地叹了口气。以前没对象的时候,愁着找对象,不停地相亲;然后有对象了,才发现,真的要结婚,还是一件不容易的事。就像她跟江浩,谈婚论嫁是件多么缥缈的事,遥远到了不敢去想象。

谈恋爱可以不顾一切地扎进去,即使受伤了还能有勇气慢慢疗养,重新开始,伤得最多的也就是彼此,可是婚姻呢?这样一头扎进去了,受伤了,伤害的是两个家庭。

下班的时候,夜然心不在焉,脑子里都是润润、舒雅、江浩,搅得她心烦气躁,而江浩竟然一整天,一个信息、一个电话都没有,让夜然憋屈得牙痒痒的。

"夜小姐,你的花签收下。"前台的丁娜抱着一大捧红玫瑰笑吟吟地让夜然签收。

夜然看了看没有名字的卡片,只有三个字,对不起。便随手签了下,搁在桌旁,心想着是江浩的道歉,气也就消了大半。她抬眼看着丁娜抓着相片在看,不由得好奇了,"谁的照片呀?给我看看。"

"这是我姐的儿子,在影楼拍的写真,刚给我寄来了,小家伙,虎头虎脑,还挺好玩的。"

夜然看着照片里的小家伙,抓着皮球,摆着帅气的踢球姿势,不由得笑了,"这孩子还挺上镜的,拍得不错。"

"是啊,现在的小孩子普遍都长得漂亮,而且会表现自己。"丁娜认同地点了点头,"夜小姐,你上那个相亲节目找到对象没?"打开了话匣子，随口就问。

夜然也不尴尬，抱起花，随口笑了笑，"嗯，找到了。"

"真的？是那个李铭轩吗？"丁娜惊奇地问。

夜然愣了下，反问："李铭轩？为什么是他？"

"因为这花就是他送来的。"

夜然把花递给丁娜，"一会你帮我放办公室去。"

"夜小姐，说实话，你跟李铭轩还挺般配的。"丁娜笑着接过了花，"男才女貌，最难得的是，还有那么多年的感情。"

夜然没有说话，那么多年的感情，听着有点讽刺，七年空白的感情。

"夜小姐，我祝你早日结婚。"

夜然淡淡地笑了笑，随手挥了下手，就准备离开公司回家，当然是回爸妈家，早上老爸就打电话要夜然回去报个到。

夜然一开门，就闻着那十里飘香的冬瓜炖肉，忙踹了鞋子，光着脚乐呵呵地跑向厨房，"妈，今天到底什么日子啊？怎么搞得跟过年似的！"

老妈伸手推给夜然一把碗筷，"去，把碗筷摆上。"

夜然挠了挠头，哦了一声，然后看着满桌丰盛的佳肴，鸡、鸭、鱼肉都能凑成满汉全席了，又转过脸问在那摆茶的老爸："爸，今天咱们家有客人来吗？"

"等下李铭轩要来吃饭，你也进去准备下。"

"什么？"夜然脑袋懵了下，没反应过来。

李铭轩来家里吃饭？李铭轩来夜然家里吃饭？

"爸，到底怎么回事？"夜然满脸问号，拧眉。

"我就约他来家里吃个饭，也没别的意思。"

"你约他来家里吃个饭，是没别的意思，那叫上我算什么呢？"夜然一脸黑线。如果换作从前，夜然会欢天喜地，可现在，她对李铭轩已经没电了，再相处下去，只会大眼瞪小眼，不欢而散，"爸，你们能不能别参合我的事？"

"我们参合你什么事了？不就是叫李铭轩来家里吃个饭嘛，你反应这么大干吗？"老爸有些不悦地沉脸。

"李铭轩是我过去的男朋友，我要不给点反应，你们是不是要把我打包送给他了？"

"没有的事，就一起吃个饭。"老妈擦了擦手，心虚地别过头。

"饭有什么好吃的？天天都在吃，昨天还跟他一起吃呢。"夜然气恼得口不择言。

"哦，昨天就能在一起吃，今天就不能回家一起吃啊？"老爸怒了。

"那不一样。"夜然急着辩驳，昨天是朋友见面吃饭，今天是相亲式地见面吃饭，意义不一样。

"有什么不一样？"面对老爸的质问，夜然讪讪无语。

"过了年，你就二十九岁了，都快成老姑娘了你，还不急着结婚，以后就是高龄产妇了。"老妈举着抹布朝夜然大吼，"你妈我那会儿二十二岁就生你了！"

虽然老妈说的话很有道理，但是那对象也不能是李铭轩啊，"我说妈，我跟李铭轩真的不适合。"

"不适合，那你给我带个适合的。"

"适合的要是那么好找，我至于沦落到这般地步吗？"夜然撇了撇嘴，很无奈。

"那你就听爸妈一次，李铭轩这孩子还是不错的。从小到大，我们做了这么多，还不都是为了你好。"老妈语重心长地说。

"妈，我什么都能听你们的，但是结婚这件事，你们也别逼我。"

"我们就是没逼过你，所以才让你搁了这么多年。你不为自己想想，也为我们想想，我们没多少年头好活了。"老妈幽怨地说。

夜然撇了撇嘴，没有再说什么。

这顿饭是夜然这二十八年中吃得最没胃口、最沉默、最想呕吐的饭，匆匆地扒了几口饭，看着他们一桌人都在那虚伪地笑着，客气得夜然再没有坐下去的力气，散漫地跟一桌子的人说了一句："对不起，我有点不舒服。"就华丽地退场了。

夜然重重地关上房门，无力地趴在床上抓着手机，就给江浩打电话，"喂，你好，请问你找谁呀？"幼稚的童音传了过来，夜然浑身犹如被泼了冷水似的瞬间清醒。

"润润，不许你乱接爸爸的电话，拿来！"一个清丽的女音透过话筒传进了夜然耳内。

夜然心情纠结地掐断了电话，自嘲地笑了起来，呵呵呵，爸爸，妈妈，润润，才是一家人……伸手往湿润的眼睛抹去，泪珠就跟断线的珍珠一样，不停地落下来。原来江浩一天都没给她打电话，发信息，在舒雅那……这一刻，夜然不知道她跟江浩到底算什么关系？在他的前妻那，夜然永远都是个入侵的第三者，在孩子眼里，她或许永远都是个无良的后妈。

很久之后，老妈敲门，"然然，开门，妈有话跟你说。"

夜然擦了擦眼睛，整理了下情绪，扯着微笑开门，原来李铭轩走了。

"然然，妈想问你句实话，你到底有没有男朋友？"

夜然先是摇头，接着在老妈眸光灼灼地逼视下，勉为其难地点了点头，"算有吧。"

"他是谁？做什么的？"老妈忙问。

"他叫江浩，开个小公司。"夜然斟酌着说。

"多大了？"

"三十三。"夜然心里犹豫着要不要跟老妈坦白江浩离异。

"那你怎么不带回家看看？"

夜然揉了揉额头，"妈，情况有点复杂，让我想想该怎么跟你说。"

"有什么复杂的，不就比你大五岁，只要没结过婚的，我们都没意见。"老妈直爽地说。

夜然为难地看了一眼老妈，咬着手指。

老妈捕捉到了夜然一闪而逝的心虚，瞬间严肃地问："你别跟我说江浩是结过婚的？"

夜然硬着头皮点了点头，看老妈瞬间黑下来的冷脸，忙解释："是结过婚，后来又离婚了。"

"然然，我以为你会挑个好男人回来，可是你千挑万选，挑一个离异的男人回来！你叫我和你爸说你什么好？"老妈激动地扯着嗓子喊，"老头子，你过来。"

老爸也进了房间，看了看老妈，看了看夜然问："到底怎么了？"

"她，"老妈伸手指着夜然，对老爸说，"李铭轩这样好好的小伙子不要，找了个离异的男人，你说不是脑子进水了？"

老爸严肃地看着夜然，"到底怎么回事？"

夜然把心一横，如实地说："江浩的事很复杂，等有机会再慢慢跟你们说，反正他现在离异，孩子归前妻。"

"还有孩子？"老妈失控地叫了起来，伸手就朝夜然脑袋劈来，"你是不是越活越回去了？"

夜然偏头闪过，撇着嘴，好声好气地说："妈，你就不能冷静点听我说？"

"我能冷静得下来吗？我能冷静得下来吗？"老妈捶胸顿足。

老爸严肃地扫了一眼夜然，正色地问："你这会是跟我们报备你有男朋友，还是铁了心要跟他在一起？"

"我……"夜然的神情有些纠结，其实她心里没底，所以才想跟父母沟通下。

"如果你只是在考虑交往阶段，那么趁早分了。"老妈斩钉截铁地说，"离异，听着就不是靠谱，还别说带着个孩子。"

"妈，他的孩子跟前妻，不归他。"夜然跟老妈说的同时，也在催眠自己接受这样的江浩，"妈，江浩对我真的很好。"

"在没有结婚之前，对你好有什么稀奇的。"老妈没好气地哼了哼，"他能跟前妻离婚，指不定哪天也会跟你离婚。"

"妈，江浩不是那种人。"

"那他是什么样的人？"老爸的态度似乎有些松动。

"江浩很沉稳，做事很有分寸，对人很亲切。"夜然歪着脑袋想了想，"他脾气很好，很有礼貌。"

"再好的男人，结婚，离婚，有孩子了，就不用考虑了。"

"妈，你不要这样武断。"

"夜然，那么多青年才俊你不要，你就非要个离异的男人？难道你真想给他的孩子做后妈？"

"妈，你不要这样说行不行？"夜然感觉老妈的话句句带刺，扎在她心头上，一阵比一阵疼。

"我不这样说，你要我怎么说？"老妈反问，"你以为后妈好做？不论多好的女人，孩子不是自己亲的，你对他再好，背地里都指着你的脊梁骨骂。"

"妈。"夜然咬着唇，有些伤心，老妈竟然说出那么刻薄的话，看来要老妈同意江浩，不是一件容易的事。

"夜然，你这么大了，我以为你懂事了，可是你看看你，都在做什么？"

夜然被老妈训得半晌不敢回话，这件事她本来就心虚。

"李铭轩再怎么不好，总比江浩离异带着孩子强吧？"老妈用事实对比，"你就宁愿挑个离异的来伤爸妈的心，也不愿意听听我们的意见？"

"妈，我不是要伤你们心的，可是我真的喜欢他。"夜然深吸了一口气，"李铭轩是挺好的，可是我跟他已经没感情了。"

"夜然，你怎么会去喜欢一个离异的男人？"

"离异男人为什么就不能喜欢了？"夜然反问。

"反正我就不同意你们在一起。"老妈态度坚决。

"如果我们已经在一起了呢。"夜然小声地嘟囔了句。

"你如果铁了心要跟他在一起，就别回来了，我就当没生过你这个女儿。"

"妈，你不要这样。"夜然耐着脾气劝说着，"你没见过江浩，你这对他完全就有偏见。"

"我就有偏见了，你现在被他灌了迷魂汤，他什么都好。"老妈沉下脸，完全没商量。

老妈完全把话说死了，夜然火气也上来了，"妈，结婚是我的事。老公要跟我过一辈子的，你能同意最好，不能同意，我还是要选，你这样只能把关系搞僵。"

"你看看，你看看，我生的什么女儿，竟然为了个男人跟我顶嘴，还要搞僵关系！"老妈气得捶胸顿足，忙拉着老爸哭诉。

"妈，我不是那个意思，我尊重你们，才告诉你们，跟你们商量，可是你也不能这样反对我们呀。"夜然知道她刚才情急说错话了。

"你这态度像是商量吗？我不同意，你听了吗？"老妈瞪着夜然。

夜然正色地回视老妈，"妈，是你太偏激了。我是成年人，我知道我在做什么。你什么都不知道，就因为他的过去，一竿子把话说死，那我跟你说再多有什么意义呢？"

"跟我说没意义，那你给我走，找你的江浩说去。"老妈一把大力地推着夜然。

夜然防备不及被老妈推倒在地，委屈得满眼泪花，咬着唇。

老妈黑着脸，冷冷地对夜然说："今天，我就把话说死了，你跟那个江浩，我就是不同意。你非要坚持的话，以后就别回来了。"

夜然狼狈地站起身子，抹了把眼泪，抽泣了下，对着老妈一字一句地说："我就是要跟他在一起，你什么时候同意，我什么时候回来。"

"你滚。"老妈黑着脸怒吼。

夜然咬了咬牙，还是冲出了家门。一个人走在空荡的街上，看着形形色色匆忙的人群，她感觉孤单，犹如被抛弃的孩子一样无助可怜。

秋风起，带着一丝阴冷吹进骨子，夜然拢了拢双臂，抓着手机，犹豫了下，还是给江浩打了一个电话。这时候的她特别需要听到江浩的声音、江浩的鼓励以及温暖。

"喂……"电话接通，清丽的女声响起，听在夜然心里冰凉冰凉的。

"喂，喂……"那女声又唤了几声。

夜然含泪把电话切断，看着屏幕上江浩两个字有些烦躁。夜然是江浩的现任女朋友，给他打电话却是前妻接，这都叫什么事？这一场情感里，到底谁是主角，谁才是配角？到底谁能跟谁走到最后？

江浩跟舒雅是剪不断、理还乱的关系，江浩跟夜然同样是剪不断、理还乱，那么是不是舒雅等同于夜然，也会成为纠缠不清的关系呢？

"然然，你在哪里？"美阳打来电话问。

"在大街上晃悠呢。"夜然深吸了口气，却仍带着浓厚的鼻音。

"你在哭？"

"嗯。被我妈赶出来了。"

"正好，我儿子要去剧院看天鹅团演出，你陪我去，我们见面再说到底怎么回事。"美阳挂了电话。

夜然心不在焉地陪着美阳跟宝贝看完了剧团的演出，在露天咖啡屋坐着聊起了天。

"你父母知道了你跟江浩的事？"美阳拧着眉，"还不同意？那很棘手啊。"

夜然点了点头，"不过，老实说刚才挺冲动地跟我爸妈吵了，现在冷静下来想想，我父母那边我倒不是特别担心，因为只要给点时间说清楚，我父母应该会接受江浩。"

"那你担心什么？"

"我觉得我跟江浩自己的问题，我们可能不适合。"

"你们刚谈就不适合了？你以为你在过家家啊。"美阳不满地撇了撇嘴，"然然，你二十八岁了，不是十八岁，别那么幼稚行不行？"

"不是我幼稚，我觉得我跟他之间隔着一层膜，就是他的前妻跟孩子。"夜然深吸了口气,"我承认我很小气,我无法容忍我的男人在对我好的同时,还去对别的女人念念不忘,虽然那种念念不忘有孩子的成分。"

"当初我就要你考虑好。"

"没有经历过,就不会明白,就像当初我觉得我可以接受离异后的江浩,我们能开始自己的生活,可是我发现事实并不是那么回事。"夜然叹了口气,"真正看到江浩跟他前妻在一起的时候,我的心真的很烦躁,那是一种无法言语的烦闷。"

美阳赞同地点了点,"我能想象。"

"我不能为了孩子生江浩的气,也不能阻止他不去见前妻,可是难道我就真要睁只眼,闭只眼,眼睁睁地看着江浩在前妻跟我之间来回奔波吗?"夜然缓了缓气,"阳阳,你说我到底该怎么办?"

"我也不知道该怎么说,从旁观者的角度,你跟江浩分开,接受李铭轩,或者再去相亲遇到适合的男人,或许是不错的选择。"美阳揉了揉儿子的脑袋,看着夜然,"可是你跟江浩能在一起已经不容易了,你舍得就这样分开吗?"

"不舍得又能怎么样?"夜然喃喃自问。

"然然,你跟江浩需要好好地沟通。"美阳意味深长地说,"恋爱是艺术,婚姻是技术,而你遇到的是高端工艺,比一般的要花更多的时间和心思。"

夜然长长地叹了口气,不经意地转过头瞥见一抹熟悉的身影,不同的是他脸上醒目的微笑,他怀中的小男孩俊朗帅气,眉宇间像极了他,此时笑得灿烂如花。

夜然的心有些沉,侧过身子,突然有种躲开的欲望,她没有办法面对江浩、润润,还有他的前妻舒雅。

"江浩,你别那么宠着润润。"清丽的女音把夜然伪装得坚强撕裂,那揪紧的心很痛很痛地抽动。

"爸爸，小天鹅好好看，下次我还要来。"

稚嫩的童音清晰地传到夜然耳中，夜然感觉她浑身的血液都凝固了，冰冷得能将她冻成冰块。

"好，下次爸爸再带你来，不过你可不能再藏着爸爸的车钥匙了。"江浩温柔地拍拍润润的额头。

"对了，你找钥匙的时候没带手机，好像有人给你打电话了。"清丽的女声淡淡地说。

"哦？是吗？"江浩翻出手机，扫了两眼随即又把手机塞回口袋里，笑着问润润，"宝贝，你想吃什么？"

美阳张嘴，欲言又止，显然也看到了江浩他们一家。

夜然对美阳扯了扯嘴角，扬起一个残酷的微笑，掏出手机，颤抖着给江浩发信息："江浩，你们是一家人，我到底算什么？"

夜然的手机响起，江浩来电，她毫不犹豫地按掉。

美阳就这样看着夜然不停地按断，电话不停地响起，不由得劝道："我看你还是接个电话吧，有什么事说清楚，别这样。"

手机再次响起的时候，夜然接听了起来，"江浩，我们之间完了。"

"夜然，你别这样。"

"我就这样了。"夜然顺手挂断电话，又按了关机键。

"我说你这人脾气怎么这样啊。"美阳都忍不住撇嘴，"跟江浩第一天在一起，你就该想到他的孩子、妻子。你现在折腾，是不是有点晚了？"

夜然深吸了一口气，对着美阳僵硬地笑了笑，"现在还不晚。"

"妈妈，我困了，我想回家觉觉。"

美阳揉了揉宝贝的额头，"乖，我跟你然然阿姨还有话说，宝贝等等再睡好不好？"

"哦。"宝贝乖巧地应了声，打了个哈欠。

"阳阳，你带着宝贝回去吧，我也累了想回去。"

"就你这情绪，我敢放你一个人回家么。"

"我情绪挺稳定的,你放心,我都这么大的人了,这点挫折还是有能力承受的。"夜然牵强地笑了笑,"再说了,又不是被人甩,现在是我在甩别人好不好?"

"看你的表情,比被人甩还痛苦。"美阳实话实说。

"阳阳,给我点时间,让我一个人静静,好不好?"夜然恳求。

美阳关切地看着夜然,点了点头,"也行,不过你把手机开着,答应我不许找不到人,不许做傻事。"

夜然点了点头,当着美阳的面开机,然后保证:"我绝对不做傻事,也不会闹失踪,我只是安静会。"

在昏黄的街上走了许久,恍惚了许久,夜然终于跨进了那家灯火闪耀的叫夜色的酒吧,心情烦闷地叫了一打啤酒,一杯接着一杯往嘴里灌去,越喝心情就越阴郁,眼泪就不知不觉地掉下来。

夜然不知道,她那么坚强、偏执的女子,为什么会突然变得脆弱起来?夜然不知道她为了江浩跟父母闹翻是否有必要。夜然也不知道她跟江浩能否走下去。她跟江浩都有太多的顾忌,都有太多的逃避,不敢不顾一切地去爱,但是又舍不得彼此离开,远望的时候,望得见的都已经看见,望不见的就这样陌生下去。

原来,在生活面前,爱情真的不能算什么。那些所谓的心动,犹如人鱼幻化成泡沫前的丽影,在刺眼的阳光下,只能随风四散飘洒而去。

这个世界,很无情。谁长情,就注定要受伤害。

夜然已经不满足一杯一杯地喝,而开始抓着瓶咕咚,咕咚……苦涩的啤酒划过咽喉,灼灼地燃烧着胃。醉了,是不是心情就能好点?

夜然眯着眼,望着朦胧的灯光,感觉脑袋有一些昏昏沉沉,但是依旧抓着酒杯。她渴望大醉一场,渴望发泄出心中的苦闷。

"夜然,你怎么喝成这样了?"

夜然抬头,模糊地看着眼前这个拧着俊眉的男子,那张熟悉的俊颜,最后又成为陌生人。原来,爱情就是把一个一个陌生人变得熟悉,再把熟悉的人变得陌生。那么，她跟江浩最后会不会沦为最熟悉的陌生人呢？

"夜然，你喝醉了。"李铭轩俯下身子，搀扶起脚底发软的夜然。

"江浩，我们也会成为最熟悉的陌生人是吧。"夜然自嘲地笑了笑。

李铭轩的眸光闪过一丝失望，但是还是小心翼翼地把夜然扶出了夜色，靠着垃圾桶，轻轻地拍着她的背，失落地问："你跟江浩吵架了？"

夜然对着垃圾桶吐了会，缓过气，扯着嘴角，对着李铭轩笑了笑，"没有吵架。"

"没有吵架，你一个人喝什么闷酒？"

"我没喝闷酒，我高兴着呢。"夜然歪歪咧咧地站起身子，手足舞蹈地转了个圈，"我们完了。"

"分手了？"

"啦啦啦，分手快乐，祝你快乐……"夜然哼着小调，看着李铭轩傻笑了下，"我没醉。"

"好好好，你没醉，我送回去。"李铭轩一把拽着夜然的手。

"我不要回去，我还要喝。"

"今天太晚了，明天再喝吧。"李铭轩耐心地哄着，"明天我陪你喝。"

"你不许骗人。"

李铭轩点了点头，伸手发誓，"绝对不骗你。"

夜然认真地看了看李铭轩，点了点头。

"走，小心点，别摔着了。"李铭轩搀扶着夜然上了他的车，还细心地帮她拉好安全带，回到驾驶位，给美阳发了个信息，现在送她回家。

夜然安静地坐在车里，眼神出神，呆呆看着前方。

"为什么要分手？"李铭轩看着前方的红灯，转过脸问夜然。

"没有为什么。"

"夜然，你还会考虑我吗？"李铭轩问得有些小心翼翼。

夜然伸手按下车窗，秋天的夜风带着丝丝凉意，吹在她发烫的脸颊，说不清的凉爽，"暂时不想考虑个人情感问题，头疼。"

李铭轩伸手将车窗摇上一半,"别这样吹风,会感冒的。"

夜然伸手开了音乐,头挨着椅子,一阵短信提示声响起,有美阳的、江浩的,还有移动提醒的移动秘书,一共六十三个未接电话,十八条同一内容的短信:"夜然,回家,我们好好谈谈。"

夜然的嘴角扯着苦涩的笑,回家?家,哪个才是她的家?他们的家呢?

江浩来电,夜然犹豫了下,还是接了起来。她还没出声,就被电话那头焦急地打断:"夜然,你在哪里?"

李铭轩把音乐关小了一些,若有所思地看了眼夜然。

"夜然,你到底在哪里?"江浩语气依旧焦急地问。

"江浩,等我冷静下来,我们再好好谈谈。"夜然不等江浩回答,直接挂了电话,再一次看着车窗发呆。

李铭轩没有再多说什么,只是偶尔朝夜然送去关切的眼神。

"要我送你上去吗?"

夜然摇了摇头,"谢谢,不用了。"

李铭轩看着夜然脚步有些踉跄,不由得拧着眉下车,一把拽着夜然,搀扶着她回家。

夜然回到家,喝了两杯咖啡,整个昏沉的脑袋清醒了不少。她拿出手机给江浩打电话,她也想好好谈谈。即使说分手,也当面说,那样显得正式。结果传来移动秘书甜美的声音,"对不起,您所拨打的电话已关机或者不在服务区,移动秘书将会为您记录本次留言。"

夜然拽着手机怔怔地发呆,怀疑她刚才听错了,不死心地再打一遍,"对不起,您所拨打的电话已关机或者不在服务区,移动秘书将会为您记录本次留言。"

夜然缩着身子,抱着双臂,蜷缩着身子,静静地在沙发上坐等了一夜,看着天从漆黑渐渐转白,从漫天的星辰到橙色的日晕,从黑夜到黎明，夜然的心一点一点地冷却，期间不断地给江浩打电话，得出的结果，永远都是："对不起，您所拨打的电话已关机或者不在服务区，移动秘书将会为您记录本次留言。"

当最后一格电亮起红灯，夜然拨出电话，依旧是服务小姐清脆的声音，"对不起，您所拨打的电话已关机或者不在服务区，移动秘书将会为您记录本次留言……"

夜然恼火地将手机砸向墙面，应声而裂，接着抱着自己的身子，鼻子瞬间酸涩了起来，开始不停地哭泣。她竟然打不通江浩的电话，找不到他的人……是不是，又一次不需要说分手又再见的结局呢？

"夜然，开门……"

夜然凝神听了一遍，是门铃声，而且还有江浩的声音，忙胡乱擦了一把脸，奔去开门。她一把拉开门，看着一脸倦容的江浩，心里柔软得想哭，但是瞬间冷脸，气呼呼地质问："为什么关机？"

"手机没电。"江浩回答的同时，把手机递给夜然。

夜然看了看手机，随手扔在鞋柜上，冷着脸转过身子。她怕面对江浩会忍不住情绪失控。她在生气，很生气，但是更多的是担心。

"昨天我看到李铭轩送你回来了。"

"他送我回来有什么好奇怪的？"夜然坦荡地看着江浩。

"我以为你不要我了。"

"然后呢？"夜然不满地挑了下眉。

"我在你楼下思考了一晚上。"江浩神情疲倦地长叹了一口气，坚定地说，"我终于想明白，即使你不要我，我还是要赖着你。"

"我是决定不要你了。"夜然赌气地说，"我给你打了一个晚上都是关机，你知不知道我会担心你？"

江浩没有说话，深深地凝视着夜然，一动没动。突然间，他大步走向夜然，一把将她揽进怀里，胳膊紧紧地圈着她，越收越紧，像是要把她揉进他的骨子里去。

夜然闭着眼睛也紧紧地抱着他，把头搁在他的肩头，躁动不安的心就这样安静了下来，原来千言万语都抵不上眼前这么一个温暖的拥抱。

如果可以，时间能够停止，这一刻或许叫作幸福。但是时间不会停止，这一刻即将过去，她面对的不再是幸福，只有再见。

"夜然，不要离开我。"江浩的嗓音里带着沙哑，不安地说。

"江浩，我不想轻易说分手。"夜然吸了下鼻子，深呼了一口气，才缓缓地说，"可是我觉得我们走不下去了。"

江浩没有说话，只是加大了怀抱的力度，越抱越紧，起伏不定地急促呼吸，温热的气息不断地喷洒在夜然敏感的耳朵上，他心里在害怕，在绝望。

"我知道，润润、舒雅是你没有办法割舍的牵挂。"夜然怔怔地看着江浩，"可是你有想过我吗？这样对我公平吗？"

江浩心虚地垂下了头，不敢直视夜然。

"我是个对感情偏执、占有欲极强的女子，让我眼睁睁地看着你跟前妻会面，我心里会很难过。"夜然深吸了一口气，咬了下唇，一鼓作气地说，"你知道我给你打电话，你前妻接的那种感觉吗？我就觉得你跟他们才是一家人，而我始终是个局外人。"

感情只能是两个人的事，参合了第三个人便会变得拥挤不堪。夜然真的不想去争，也不想去抢，所以只能眼睁睁地看着，无能为力，这样的感觉让她心里真不是滋味。

江浩深深地叹了口气，满眼愧疚地看着夜然，"对不起，是我没处理好。夜然，你给我点时间好不好？"

"江浩，我给你的时间还不够多吗？"

江浩阴郁地转过脸，怔怔地凝望着夜然，"对不起。"但是江浩清楚，他哪怕说一百句、一千句对不起，都是没有办法获得夜然轻描淡写的一句没关系。

"夜然，我爱你。"江浩深邃的黑眸内溢满了深情。

"江浩，我从来都相信你是爱我的。但是，这个世界不是说句我爱你就是万能的。"夜然手指着心脏的位置，"你知道心疼的感觉吗？那是一种会抽搐的疼，一阵接着一阵……折磨到浑身没有力气为止。"

江浩紧握着拳，十指关节都泛着用力过度的苍白，"你有多疼，我比你更疼。"

"江浩，一颗心怎么能分成两半去爱呢？你丢不开润润，也舍不得我，那怎么办？我不要这二分之一的爱情。"夜然内心满是酸楚，泪眼婆娑地望着江浩。

爱情的世界里，本来就注重独爱，如果拆分成了几份，也就没了爱下去的意义。

"我对润润的爱跟对你的不一样。"江浩抓着夜然的手，认认真真地说，"我对润润是父爱，而对你是完完全全的独爱，情有独钟的爱。"

夜然没有说话，只是这样深深地凝望着江浩，从他毫不避让的眼神里，能读出那真真切切的深情。

"执子之手，与子携老。我想跟你一起慢慢变老。"

"江浩，我们身份对调，如果我是离异，我背着你一直偷偷跟我前夫见面，你会怎么想？"

江浩深邃的黑眸闪过心疼，愧疚地看着夜然，他知道那种难受，他也受过那样的煎熬。就在陈铭轩出现在夜然身边时，他整夜整夜地思考，痛苦难安地一次一次为难自己。他因为懂得，所以理解，于是更加难受。

"我会不安，我会害怕，我会伤心，我会难过，我会不知所措。"夜然直视着江浩，"你们是其乐融融的一家人，我会问自己，我到底算什么？"

"我承认，我做得非常失败，让你感到不安了。"江浩懊悔地捶着头，"夜然，我不想分开，因为我爱你。爱一个人，就要努力地在一起。以前我没勇气说，因为我没资格，但是，好不容易我有这个资格，我不想轻言放弃，所以你也不要放弃好不好？"

"江浩，我也不想分开，只是我已经不知道该怎么走下去了。"夜然深吸了一口气，"虽然你的婚姻成了过去式，可是舒雅、润润并不是过去式，我不知道该用什么样的身份去面对？"

"如果你不知道该怎么走下去，那么跟着我走好不好？"江浩抓着夜然的手，十指紧扣着，"舒雅、润润不是过去式，我们就一起面对他们，好不好？"

"一起面对？"夜然拧眉，有些理解不了。她从来没有想过，原来还能一起面对这条路。

"舒雅、润润，是我的过去，你既然接受了我，那么就一起接受我的过去好不好？"江浩小心翼翼地看着夜然，"以后我会跟舒雅保持距离，跟润润见面的时候，你跟我一起好不好？我相信润润一定会接受你，并且跟我一样爱上你。"

夜然轻轻地摇了摇头，"不，我没想过要你这样。"

江浩拧着俊眉看着夜然，"夜然，那以后我跟舒雅见面，主动提前向你汇报，这样好不好？"

夜然点了点头，"还算有点觉悟，不过也是治标不治本。"

"夜然，我会好好处理跟舒雅、润润的关系，以后一定不会再让你这么难过了，好不好？"江浩伸手信誓旦旦地说，"夜然，我一定会给你一个美好的未来。"

"江浩，我等你。"夜然踮起脚尖，双手搂住他的脖子，将自己的唇印上了他的嘴角。江浩如何处理已经并不重要，重要的是他的心里有夜然，愿意为了跟夜然走下去而努力。爱一个人，最高境界不是说我爱你，而是在一起为了两个人而努力。

坦诚公布沟通后，夜然跟江浩之间的相处渐渐地合拍起来，不像之前带着猜忌跟顾虑而做不到一心一意。

第 17 章 大结局，我们要结婚

当舒雅提出跟夜然见面时，夜然还是吃惊不小。为了赴这个女人的约，她紧张地梳洗打扮，又想了不知道多少措辞，才忐忑地去约好的地点。

舒雅没有带润润，一个人来的。见到她的刹那，夜然心里有片刻瑟缩、心虚，看着她美丽、清瘦的容颜，有些说不清楚的感觉。

舒雅看着夜然，强装风轻云淡，嘴角却无法遮掩苦涩，"其实很早之前就想见见你了，可是一直没有机会。"

夜然不语，在没离婚之前见的话，那是正牌对小三的会面，没见面的必要。

"我跟江浩的事，想必你都了解了。"舒雅语气低沉地问，得到夜然点头承认后，又带着哽咽说，"我很小的时候就喜欢他，在父母走后更是依赖他，想嫁给他是我唯一想做的。"

夜然咬着唇，不知道该说什么。

舒雅看着夜然，苦笑了下，"我嫁给他，我爱了他这么多年，为他费尽心机，可是我却始终没有得到他的心！"舒雅缓了口气，"我甚至有想过就这样继续名存实亡的婚姻，至少我把他绑在了身边。"

"可是我却越来越控制不住自己的脾气，甚至还把妈妈气走了……"舒雅越说越伤心，"直到妈妈下葬的那刻，我突然醒悟过来，这么多年我都是围着江浩、围着这么一个不爱我的男人在转，我根本就没必要。"

夜然从头到尾沉默着，心里却因她的话百转千折，因为执着一个"情"

字,舒雅并没有错,哪怕开始就用错了方法。

"当我对江浩死心、绝望了,我才真正地想明白,我还这么年轻,还有这么美好的年华,不应该虚耗在他身上。"舒雅的表情似乎是松了一口气般,"我决定要去国外,走之前见见你,也跟他告别下。"

舒雅看着夜然,从上到下仔细地看着,嘴角勾着浅淡的笑,"我其实挺恨你的,没有你,或许我跟他还能这样挂着婚姻走下去。"

夜然抿嘴,舒雅恨她一点也不意外,是个正常女人都会有怨恨。

许久之后,她又说:"不过,既然已经分开了,那就好合好散吧。要我祝福你们,抱歉,我做不到。"

夜然咬着唇看着舒雅,真诚地说:"那我祝你一路顺风吧。"说完,抬头看着江浩走过来,忙起身将位置让了出来,"你们聊吧。"

江浩沉下眼看着夜然,又看了看舒雅,最终点了点头,把车钥匙给夜然,"你去车上等我,我一会就来。"

江浩跟舒雅两个人谈了一会话就出来了,两个人对视着微笑了下,接着转身,一个向左朝着街边走,一个向右来到了停车场。

"跟舒雅谈好了?"夜然走下车,仰着头笑问走来的江浩。

江浩轻轻地点了点头,眸光无限温情地瞅着夜然,正色地问:"夜然,嫁给我好不好?"

"啊?"夜然傻眼地看着江浩单膝下跪认真求婚,伸出手扬了扬,"连个戒指都没有,你求婚也太没诚意了吧?"

"戒指在我心里,我要把你先定了,免得你伪单身,又要被人拖去相亲。"江浩抓过夜然的手,对着无名指亲了下。

"嗯,江浩,我好像没跟你说,我父母不同意我们俩在一起。"

"你放心,我会用诚意打动伯父、伯母,让他们放心把你嫁给我。"江浩信心十足地说。

"那你先把我爸妈哄好了,再来跟我求婚,下次要记得带上戒指,不然我不答应。"夜然笑嘻嘻地看着江浩。

"夜然，你别忘记，你是一个相亲无数次失败的大龄女青年。"

"嗯哼？然后呢？"

"然后，好不容易吊着一个金龟婿了，就赶紧地点头，不然金龟跑了，你又得踏上相亲这条道路。"江浩自我感觉挺良好地说，"不过，你想再遇到比我更好、更适合你的男人，那是不可能了。"

"其实，我还挺享受相亲这过程的。"夜然拨了下手指，笑得风轻云淡，下一秒被江浩拽着就跑，"喂，你拽我去干吗？"

"民政局，领证。"

"我还没答应嫁你呢！"

"我确定非你不娶就是了。"

一个月后，老爸老妈接受了江浩。其实每个父母都是极其爱自己的孩子，为了孩子能够不断妥协，也为了孩子的幸福，能够容忍所不能忍的一切。

江浩用心去跟夜然的父母相处，竭尽所能让老人能够真心实意地喜欢他，接受他成为夜然的另外一半，并且用诸多的实际行动给老人安慰，证明他真的是夜然可以依靠的靠谱好男人。

半年后夜然跟江浩举行了盛大的婚礼，夜爸爸、夜妈妈总算是舒了口气。爸、妈从剩女逼婚，上升到催娃养孩，夜然真是叫苦不迭。她还真觉得爸妈是生命不止，战斗不息的两活宝。再说说舒雅，她再一次遇到了第二春，把润润的抚养权给了江浩。

一年后，老爸老妈带着润润出门旅游，逢人便说，这是他们的孙子，润润也会乖巧地腻着两位老人，给江浩跟夜然更多制造弟弟妹妹的机会。

这样的结局很完美，因为大家都是爱得纯粹的人，而今在残酷的世界里，其实更需要这些为爱坚持的品质。爱情，只讲究，不将就。